Restsüße
Roman
Claudia Meimberg

Claudia Meimberg

Restsüße

ROMAN

Bibliografische Information der Deutschen Nationalbibliothek:R
Die Deutsche Nationalbibliothek verzeichnet diese PublikationR
in der Deutschen Nationalbibliografie; detaillierteR
bibliografische Daten sind im Internet über
dnb.dnb.de abrufbar.

4. Auflage, Januar 2021
© AlleR echte vorbehalten.
Lektorat: Dorothea Kenneweg
Cover/Umschlaggestaltung: Florian Meimberg,
unter Verwendung von lizensierten Shutterstock-MaterialienR
Buchsatz: Stefanie Scheurich

Herstellung und Verlag:
BoD – Books on Demand, Norderstedt

ISBN: 978-3-7528-8695-5

Für meine Familie.

Prolog

Das Tropenhaus dampfte. Es war stickig, die Luft machte das Atmen schwer und legte sich feucht auf die sattgrün glänzenden Blätter und den hölzernen Steg, der durch die Anlage führte.

Sarah blieb stehen und wischte sich über die Stirn. Die Hitze in diesem Bereich des Zoos machte sie träge. Ihre Augen wanderten über die exotischen Pflanzen, die sich dem gläsernen Dach entgegenstreckten. Sie entdeckte bunte Vögel, die laut rufend durch die Halle flogen und erstaunlich große Schmetterlinge, die an einer Schale mit Nektar tranken und dabei langsam ihre pudrigen Flügel schlugen. Unter ihr, am Ufer eines trüben Wassertümpels, lagen Kaimane. Sarah betrachtete die Tiere, die mit halb geöffneten Mäulern am Ufer auf Beute lauerten. Völlig regungslos, nur der Glanz ihrer Augen zeugte von ihrer Echtheit.

»Pass auf!«, rief die Stimme, als sie plötzlich nach vorn gestoßen wurde und stolperte. Sie versuchte noch, sich am Geländer festzuhalten, als im gleichen Moment zwei starke Hände sie festhielten. Ihr Herz raste, aber sie riss sich zusammen, während sie sich zu ihm umdrehte.

»Dennis! Du hast mich erschreckt!« Sie schlug ihm mit der Hand auf die Brust, und er grinste.

»Tut mir leid.« Dann zog er sie an sich und küsste sie auf die Nasenspitze. »Na, komm. Da vorne ist das Nachthaus.«

Hand in Hand ließen sie die Hitze hinter sich und traten in das rötliche Dämmerlicht der künstlichen Nacht. Die Wände waren einem Felsen nachempfunden und die Gehege der Bewohner darin hinter Glas eingelassen. Sarah und Dennis schlenderten von einem zum nächsten, nur gerade so leise flüsternd, wie es von den Besuchern erwartet wurde. Manche Tiere entdeckten sie erst auf den zweiten oder dritten Blick, bei anderen überraschte sie deren Giftigkeit. Schließlich erreichten sie ein recht großes Tiergehege und blieben vor der Trennscheibe aus Plexiglas stehen. Dennis beugte sich zum Informationsschild und las mit zusammengekniffenen Augen vor: »Das ist ein …«

»Possum«, unterbrach Sarah ihn lächelnd. Sie konnte den Blick kaum von dem kleinen Fellknäuel abwenden, das vorsichtig auf allen vieren einen Ast hinab balancierte. Die rosa Nase schnuppernd in die Luft haltend, folgte es einer Duftspur, bis es unter einem Stein ein verstecktes Bananenstück fand und es gierig in sein Maul stopfte. Trotz der Dunkelheit erkannte Sarah die Zähne des Tieres, sein kleines, kräftiges Raubtiergebiss. Unvermittelt strich sie mit ihrem Daumen über die Narbe an ihrer Hand.

Es war jetzt fast fünf Jahre her, seit ein deutlich wilderes Possum sie dort gebissen hatte. Seit diesem Wochenende. Dem letzten Wochenende mit ihm, Josh. Bilder flackerten in ihr auf, sie sah das Zelt vor sich, ihr Kanu auf dem smaragdgrünen Wasser, sein Gesicht. Eine längst verdrängte Wehmut schlich sich in ihre Gedanken, als Dennis' Stimme sie aus ihren Erinnerungen riss.

»Hier steht aber, dass es ein Fuchskusu ist. Das heißt, warte, du hast recht …«, er las nuschelnd weiter, »… bezeichnet als Possum, gilt in Neuseeland als Plage und wird bejagt.« Amüsiert lachte er auf und trommelte mit den Fingerspitzen an die Scheibe. »Na, da hast du ja Glück gehabt, dass du hier wohnen darfst, nicht wahr?«

Das Tier reagierte nicht auf ihn und suchte unbeeindruckt weiter nach Essbarem. Dennis klopfte etwas lauter. »Die Neuseeländer schießen Viecher wie dich über den Haufen, hörst du?« Er hielt Daumen und Zeigefinger wie einen Revolver auf das Possum gerichtet und kicherte. »Peng, peng, peng!«

»Nicht alle Neuseeländer«, murmelte sie leise.

»Was hast du gesagt, Liebes?« Er sah sie so aufrichtig interessiert an, dass sie einen Moment lang versucht war, ihm die Geschichte hinter ihrem Kommentar zu erklären. Ihm diesen Abend zu schildern, der am anderen Ende der Welt, irgendwo auf einer neuseeländischen Küstenstraße eine abenteuerliche Wendung genommen und ihr im Nachhinein so viel bedeutet hatte. Damals, an diesem Abend, war ihr plötzlich alles so klar geworden.

Aber etwas in ihr wehrte sich dagegen, Dennis davon zu erzählen. Sie mochte dieses Erlebnis nicht als lustige Anekdote darbieten. Dafür war es zu wichtig gewesen, zumindest für sie selbst. Nein, sie würde jetzt nicht darüber reden. Außerdem kannte sie Dennis ja kaum. Heute war eines ihrer ersten Dates, wer hörte da schon gerne Geschichten von vergangenen Liebschaften?

»Ach, nichts. Das erzähle ich dir ein anderes Mal.« Sein prüfender Blick wurde schnell weich, dann lächelte er sie liebevoll an.

»Okay.« Er legte den Arm um sie und zog sie mit sich. »Lass uns weitergehen. Es gibt hier noch viel zu entdecken.«

Kapitel 1

Fünf Jahre vorher

»Das ist total lecker! Willst du mal probieren?« Miriam hielt Sarah eines ihrer Kaugummis hin. Sarah warf nur einen kurzen Blick darauf und nickte.

»Ja.« Sie seufzte genervt. »Sag mal, wie weit ist es denn noch?!« Sie umklammerte das Lenkrad und versuchte, sich im Fahrersitz gerader aufzurichten. Ihr Auto hoppelte über die unbefestigte Straße, kleine Steinchen knallten gegen die Türen und hinter ihnen verschleierte eine schmutzige Staubwolke die Sicht.

»Keine Ahnung. Nicht mehr so weit, glaub ich«, antwortete Miriam. Sie wickelte das Kaugummi aus, reichte es Sarah und warf das Papier achtlos auf den Boden.

»Gleich fährst du weiter, okay? Oder wir machen in Blenheim eine Pause. Ich hab langsam keine Lust mehr.«

»Klar. Pause klingt gut«, sagte Miriam fröhlich. Im gleichen Moment wurde das Auto deutlich langsamer, bis es nur noch in Schrittgeschwindigkeit rollte. »Ach so, jetzt sofort?« Miriam schaute verwundert zu Sarah, die ihre Augen weit aufriss.

»Was ist denn hier los?« Sarahs Stimme klang plötzlich alarmierend schrill. Sie drückte mit aller Kraft auf das Gaspedal, aber das zeigte keine Wirkung. »Es fährt nicht. Ich kann gar nichts machen!«

Mit jedem Meter verlor der Wagen an Geschwindigkeit und Sarah schaffte es mit Mühe, ihn an den linken Straßenrand zu lenken. Dort rollte er aus, bis er ganz stehen blieb. Sarah versuchte, den Motor neu zu starten, aber sie hörten nur ein merkwürdig hohl klingendes Rasseln.

»Und nun?« Miriam kaute weiter auf ihrem Kaugummi.

»Keine Ahnung.« Sarah versuchte einen weiteren Neustart, aber der Wagen blieb still, nicht einmal das Rasseln war mehr zu hören. »Ich fürchte, wir müssen eine Werkstatt finden«, befand sie.

Sie stiegen aus und sahen sich um. Außer ihnen war niemand in dieser Gegend unterwegs. Dicht bewaldete Hügel neigten sich fast bis zum Straßenrand, und auf der gegenüberliegenden Seite wuchsen Gräser, Büsche und Bäume wild durcheinander, nur mühsam mit einem kleinen Drahtzaun begrenzt. Über ihnen führten Stromleitungen zu weit entfernter Zivilisation. Ein leichter Sommerwind spielte durch die Blätter der Bäume.

»Hier ist ja kein Mensch weit und breit!«, rief Sarah hilflos. »Wo sind wir denn überhaupt?« Sie breitete die Straßenkarte auf der Motorhaube aus und betrachtete die skizzierte Südinsel Neuseelands, die nun vor ihr lag.

»Da. Kurz vor Rarangi.« Miriam tippte mit ihrem blau lackierten Fingernagel auf den winzigen Punkt auf der Karte. »Aber ich weiß nicht, ob es da eine Werkstatt gibt. Das sieht so klein aus.«

Sarah zog ihr Handy aus der Gesäßtasche ihrer Shorts

und zog die Nase kraus. »Kein Netz. Na, wunderbar. Sowas musste ja mal passieren. Und dann ausgerechnet hier.«

Miriam zuckte die Schultern. »Irgendwer wird uns schon helfen.« Sie lehnten sich ans Auto und warteten. In weiter Ferne blökte ein Schaf.

Sie waren seit sechs Monaten und vier Tagen in Neuseeland unterwegs. Keine ganze Woche nach der offiziellen Verleihung ihrer Abiturzeugnisse waren sie in Christchurch, auf der neuseeländischen Südinsel, angekommen. Das Auto hatten sie einem holländischen Pärchen, das kurz vor der Abreise war, für verdächtig wenig Geld abgekauft und bis jetzt tatsächlich keine einzige Panne gehabt. Obwohl sie damit schon so viel erlebt hatten, immerhin hatten sie in den letzten Wochen einen großen Teil der Südinsel und die ganze Nordinsel erkundet. Seit zwei Tagen waren sie wieder zurück auf der Südinsel, denn von dort würde in knapp zwei Monaten ihr Rückflug gehen. Von ihrer geplanten Route waren sie längst abgewichen. Immer wieder hatten sie spontan gehalten oder waren, wenn es ihnen irgendwo besonders gut gefiel, länger geblieben.

Sie hatten sich in den bizarrsten, ursprünglichsten und schönsten Landschaften wiedergefunden und es nicht fassen können, dass sie tatsächlich hier waren, am anderen Ende der Welt. So viele Leute hatten ihnen vor ihrer Reise versichert, wie einmalig Neuseeland sei. Jeder hatte von freundlichen Menschen, putzigen Tieren und beeindruckenden Landschaften erzählt. Alle hatten von grünen Hügeln und tropischen Wäldern geschwärmt und die unendliche Weite des Landes geschildert. Aber keine Erzählung, kein Reisebericht im Internet und kein Foto in den

Bildbänden hatte Sarah und Miriam auf das vorbereitet, was sie tatsächlich erlebten.

Sie wanderten zwischen Farnen, die größer waren als sie selbst, und entdeckten Vögel, winzig wie Tischtennisbälle. Sie stapften durch vulkanische Mondlandschaften und paddelten durch kristallklares Meerwasser, das sich an weiße Sandstrände schmiegte. Sie sahen zahllose Schafe, die auf grünen Hügeln grasten und majestätisch bewacht wurden von schneebedeckten Gletschern. Sie hielten die Luft an, um leuchtend bunte, aber entsetzlich stinkende Schlammtümpel zu bewundern, und stürzten sich atemlos kreischend an Bungeeseilen in die Tiefe. Sie begegneten traditioneller maorischer Kultur und tauchten ins Nachtleben der modernen Städte.

Nachts schliefen sie meist in ihrem Zelt und gelegentlich, wenn das Wetter zu schlecht war oder sie einfach ein wenig mehr Komfort brauchten, in einem Hostel. Überall trafen sie auf andere Reisende, aus allen Ecken der Welt. Oft tauschten sie Tipps aus, und manchmal fanden sie auf diesem Weg eine Gelegenheit, um Geld zu verdienen. So hatten sie in Auckland Werbezettel verteilt, in Rotorua in einer Spülküche gearbeitet und bei einem älteren Ehepaar in Dunedin tagelang den Garten gepflegt. Es waren meist langweilige Jobs, aber die einzige Chance, ihre Reise überhaupt zu finanzieren.

Zwei Stunden hatten sie an ihrem Wagen gewartet, bis ein neuseeländisches Paar Mitleid mit ihnen gezeigt hatte. Ihr Angebot, den Wagen zu einer Werkstatt kurz vor Blenheim zu schleppen, nahmen sie dankbar an. Nun standen sie in »Graham's Garage« und warteten auf den Befund des Meisters. Die Halle war klein und schmutzig, überall

13

standen oder lagen alte Autoteile und Werkzeuge herum, ohne dass irgendeine Form von Ordnung erkennbar gewesen wäre. Neben der eigentlichen Werkhalle lag ein Raum, der mehr einem Raucherzimmer denn einem Büro glich. Die Fenster hatten über die Jahre einen schmierigen Gelbstich angenommen und obwohl die Tür offen stand, dünstete jedes Teil darin den Geruch von kaltem Rauch aus. Auf dem Schreibtisch befanden sich ein überquellender Aschenbecher, schmutzige Teetassen und ein Stapel Zeitschriften. Graham schien sich sehr für Sport zu interessieren.

Außer ihnen hatte er keine anderen Kunden zu bedienen, was seiner Arbeitsmoral eine gewisse Trägheit verlieh. Emotionslos hörte er zu, während Sarah ihm schilderte, was passiert war. Dann rieb er schweigend sein Kinn, blieb jedoch weiter auf seinem abgewetzten Drehstuhl sitzen, als würde ihn das gar nichts angehen. Miriam ließ geräuschvoll eine Kaugummiblase platzen. Schließlich stand er auf und schlurfte murmelnd zum Auto der Mädchen. Graham beugte sich über die geöffnete Motorhaube, klopfte hier und da mit seinem Schraubenschlüssel, und versuchte den Wagen zu starten. Nach einer Weile nickte er seufzend und winkte Sarah und Miriam zum Auto heran. »Die Benzinpumpe ist hinüber.«

»Klar«, Miriam nickte wissend. »Und was heißt das?«

»Die muss ausgetauscht werden.« Seine trüben Augen fixierten die beiden.

»Und das können Sie?« Sarah merkte bereits während sie sprach, wie unangemessen das klang, und setzte schnell hinzu: »Also, ich meine, haben Sie eine neue Pumpe hier? Eine passende?«

»Kann sein.«

»Was, äh ... kostet denn so eine Pumpe?«

»Muss ich nachgucken. Vielleicht vierhundert Dollar.«

»Vierhundert?!« Miriams Stimme überschlug sich fast. »Aber dann haben wir für die restliche Zeit keine 100$ mehr!« Graham schien unbeeindruckt. Abwartend lehnte er sich an das Auto und steckte die Hände in die Hosentaschen. Sarah schluckte. »Miri, ich glaube, wir haben keine große Wahl.«

»Aber wie soll das denn gehen? Das ist so viel Geld! Können wir die blöde Karre nicht einfach hier lassen und mit dem Bus weiterfahren?«

»Und du glaubst, das ist billiger? Außerdem: Wir müssten dauernd unser Gepäck tragen. Die Rucksäcke, das Zelt, den ganzen Kram halt. Das ist viel zu viel. Und lästig.« Miriam stöhnte. »Dann müssen wir ja doch nochmal arbeiten.«

»Sieht so aus.«

»Aber ich verteile nicht wieder Flyer. Auf keinen Fall. Wenn ich noch ein einziges Mal stundenlang in irgendwelchen Fußgängerzonen herumstehen muss, um genervten Touris blöde Zettel zuzustecken, flippe ich aus!«

Sarah grinste. »Wir werden schon was anderes finden. Versprochen.« Dann wandte sie sich an Graham. »Wie lange dauert die Reparatur?« Der Mechaniker murmelte wieder etwas Unverständliches, schlurfte in eine Ecke seiner Werkstatt und machte sich dort an einem Regal zu schaffen.

Sarah und Miriam blieben am Auto stehen und sahen sich ratlos an. »Oh, na, hoffentlich hat der Meister überhaupt noch einen Termin frei«, giftete Miriam genervt, und Sarah kicherte.

Nach einigen Minuten kam Graham zurück. »Ich muss die Pumpe erst bestellen. Holt den Wagen morgen ab. Morgen Nachmittag.«

»Morgen Nachmittag?« Miriam zog die Wörter in die Länge.

Graham nickte, kniff die Augen zusammen und sprach nun ebenfalls betont langsam. »Nicht vor vier.«

Sarah räusperte sich. »Gibt es hier in der Nähe denn einen Zeltplatz, wo wir schlafen können?«

Graham schüttelte den Kopf. »Nein.« Er wandte sich dem Auto zu. Dann drehte er sich noch einmal zu ihnen um. »Da vorne könnt ihr ja mal fragen.«

Sarah schaute in die Richtung, in die er deutete. Sie erkannte ein hübsches Wohnhaus, das mit vielen bunten Blumen im Vorgarten einladend und gemütlich aussah. Ein kleines Schild, gerade so groß, dass man es nicht übersehen konnte, wies es als B&B aus und schaukelte quietschend im Wind. »Ein B&B .... Günstig wird es nicht sein«, meinte sie.

»Fragen kostet nichts. Vielleicht können wir im Garten zelten.« Miriam hatte bereits ihren Rucksack geschultert. »Komm schon, Sarah. Worauf wartest du?«

Die Besitzerin des B&B, Margaret Fletcher, war eine ältere Dame. Alles an ihr strahlte. Ihre kurzen, silbergrauen Haare glänzten im Licht, ihre Augen leuchteten herzlich und sie lachte die beiden Mädchen an, als wären sie lange erwartete Gäste.

»Natürlich habe ich ein Zimmer für euch! Es hat das bequemste Bett der Welt und ein eigenes Bad mit Dusche. Woher kommt ihr?«

»Aus Deutschland, Köln. Wir sind seit sechs Monaten unterwegs.« Sie hatten diese Frage in den letzten Monaten so oft gehört, dass sich inzwischen Routine in ihre Antwort eingeschlichen hatte.

»Oh, wie schön! Da habt ihr bestimmt schon viel erlebt.«
Margaret drehte sich zum Flur um. »Kommt, ich zeige
euch das Zimmer.«

Sarah und Miriam blieben unentschlossen in der Tür
stehen. »Äh, wir haben ein kleines Problem.« Sarah war es
peinlich, ihre Frage zu formulieren. Miriam nicht.

»Könnten wir eventuell im Garten zelten, statt ein Zimmer zu nehmen? Wir haben nämlich fast kein Geld mehr,
weil unser Auto in der Werkstatt steht und die Reparatur
unfassbar teuer ist. Da vorne. In Graham's Garage. Mehr
als zwanzig Dollar können wir für eine Übernachtung leider nicht bezahlen.«

Margaret zögerte, während die beiden sie unsicher an-
lächelten. Sarah spürte, wie Margaret sie von oben bis
unten musterte. Sarah hatte ihre langen, dunklen Haare
zu einem Zopf gebunden, wodurch ihr hübsches Gesicht
gut zu sehen war. Sie trug dezenten Schmuck, ein schlich-
tes T-Shirt mit einer kurzen Hose und leichte Sandalen.
An Miriam war dagegen alles bunt. Ihre Haare, deren
Strähnen teilweise geflochten waren, hatten seit einem
missglückten Färbeversuch einen leuchtenden Blauton.
In ihrer Nase trug sie einen silbernen Ring, und ihre Fin-
gernägel waren in zehn verschiedenen Farben lackiert. Ihr
Ringelshirt fiel etwas unförmig über ihre kurze, zerrissene
Jeans, und ihre Füße steckten in erstaunlich groben Stie-
feln.

»Es tut mir leid, ich kann euch nicht im Garten zelten
lassen«, erklärte Margaret schließlich bedauernd.

Sarah hatte mit dieser Antwort gerechnet und griff nach
ihrer Tasche. »Okay, danke trotzdem.«

»Aber vielleicht möchtet ihr euch das Zimmer mal ansehen? Ihr habt Glück. Nur heute kostet es zwanzig Dollar.«

Ihre Augen blitzten schelmisch. »Dafür erwarte ich allerdings einen ausführlichen Reisebericht heute beim Abendessen.« Die drei Frauen grinsten sich an.

Das Abendessen stellte sich als typisch neuseeländisch heraus, es gab Whitebait-Frikadellen mit Salat. »Ich habe noch nie so leckere Fischfrikadellen gegessen!«, bemerkte Miriam kauend, und Sarah warf ihr einen erstaunten Seitenblick zu. Sie wusste genau, dass Miriam überhaupt noch nie Fischfrikadellen gegessen hatte, aber es war tatsächlich lecker, und so nickte auch Sarah zustimmend. Sie saßen mit Margaret und ihrem Mann Steve auf der Terrasse des Hauses. Steve war ein hochgewachsener, schlanker Mann mit einer starken Brille, die seine Augen riesig erscheinen ließen. Auf Sarah wirkte er wie eine freundliche Eule. Unterstrichen wurde dieser Eindruck durch die vielen Fragen, die Steve ihnen stellte. Er wollte so viel wie möglich über Deutschland, Europa und die bisherige Reise der beiden hören und gab zwischendurch launige Kommentare ab. Sarah und Miriam erzählten lebhaft von ihren Erfahrungen und Erlebnissen und zeigten auf ihrer zerknitterten Straßenkarte die Lage einiger interessanter Orte. Je länger der Abend dauerte, desto wohler fühlten sie sich.

Margaret hatte nach dem Abendessen einfach nicht aufgehört, die Weingläser zu füllen, und ihrerseits Geschichten erzählt. Sie und Steve hatten zwei Söhne, die beide auf der Nordinsel lebten und seltener nach Hause kamen, als ihre Eltern sich das wünschten. Sarah überlegte, ob sie ihr Wohnhaus vielleicht deshalb als B&B führten, um die Leere der alten Kinderzimmer zu füllen. Margaret schien ihre Gedanken zu lesen.

»Ich liebe es einfach, mit Menschen Kontakt zu haben, wisst ihr? Hier trifft man ja immer dieselben Leute«, sagte Margaret.

»Und sie erzählen immer dieselben Geschichten«, ergänzte Steve mit einem Schmunzeln.

»Oh ja. Versteht mich nicht falsch, ich mag die Bewohner hier. Ich bin ja selber eine!« Sie lachte. »Aber es ist doch immer spannend, neue Menschen zu treffen, nicht wahr? Wir sind zu alt, wir können nicht mehr so viel reisen wie früher.« Sie machte eine Pause und Steve strich ihr liebevoll über die Hand. »Von hier aus ist der Rest der Welt ganz schön weit weg.«

»Deshalb müssen die Reisenden jetzt zu uns kommen.« Steve erhob sein Glas. »Auf die Reisenden!«

Sarah ergänzte: »Und auf die, die ihnen ein Dach über dem Kopf geben!«

Als Sarah am nächsten Morgen aufwachte, fragte sie sich im ersten Moment, wo sie war. Sie hatte so fest geschlafen wie lange nicht und wunderte sich beim Blick auf die Uhr, dass es erst halb sechs war. Sie blieb noch im Bett liegen und ging in Gedanken den gestrigen Abend durch. Es war spät geworden, sie waren alle vier überrascht gewesen, als sie beim Verlassen der Terrasse einen Blick auf die Uhr geworfen hatten.

Dennoch fühlte sie sich bereits ausgeschlafen. Neben ihr schnarchte Miriam leise in ihr Kissen, genau so, wie sie es immer tat. Sarah stand auf, zog die Vorhänge ein kleines Stück zur Seite und betrachtete die Aussicht ihres Zimmers. Auf der Hauptstraße des Ortes war kaum etwas los. Nur wenige Menschen waren unterwegs und auch die Werkstatt lag geschlossen da. Die Sonne hatte noch keine

Kraft, und so hingen leichte Nebelschleier über dem sanft geschwungenen Land, das von Hügeln umrahmt wurde. Etwas weiter entfernt entdeckte Sarah riesige Weinfelder, die sich bis zum Horizont erstreckten. Hunderte Weinreben standen in perfekter Ordnung aneinandergereiht.

Sarah bemühte sich, so leise wie möglich zu sein, während sie duschte und sich die Haare wusch. Eine eigene und noch dazu saubere Dusche war ein seltener Luxus auf dieser Reise, und sie genoss das frische Gefühl danach umso mehr. Als sie sich angezogen hatte, saß sie einen Moment unschlüssig auf ihrem Bett. Miriam würde noch lange nicht aufwachen, aber sie hatte wenig Lust, bis dahin still im Zimmer zu sitzen.

Schließlich ging sie nach unten und entdeckte, dass die Gläser und leeren Flaschen vom letzten Abend noch immer draußen auf der Terrasse standen. Kurzentschlossen räumte sie den Tisch ab und wischte ihn sauber. Im Haus war nichts zu hören, alle schienen fest zu schlafen. Sarah hatte die Gläser zunächst nur in die Küche gestellt, jetzt sorgte sie auch hier für ein wenig Ordnung. Margaret war eine großartige Köchin, aber offenbar genauso chaotisch. Überall standen die Töpfe und Pfannen herum, lagen schmutzige Bestecke und Teller. Nach und nach hatte Sarah alles gespült und gereinigt und weil sie nicht recht wusste, wohin alles gehörte, stapelte sie das Geschirr auf den kleinen Küchentisch. Als sie fertig war, blitzte und blinkte die Küche. Die Uhr zeigte jetzt kurz vor acht.

Zufrieden mit sich trat Sarah hinaus auf die Terrasse. Sie grenzte an einen Garten, der nur ein kleines Stück Rasen hatte, aber dessen Randbeete überquollen mit Blumen und Pflanzen. Es war Dezember, und der neuseeländische Sommer strebte auf den Höhepunkt zu. Steve hatte letzte

Nacht erzählt, dass er viel Zeit hier verbrachte, aber in der Dunkelheit waren nur Silhouetten erkennbar gewesen. Jetzt aber entdeckte Sarah prächtige Rosenbögen, Lupinen in Lila und Rosa und die so exotisch anmutende blaue Iris, die überall im Land an Zäunen und Wegen wucherte und über die ihnen eine freundliche Neuseeländerin einmal gesagt hatte, das Beste an ihr sei, dass das Vieh sie nicht fraß. Jeder Zentimeter dieses Gartens war mit viel Liebe gepflegt und umsorgt. Kein Wunder, dass wir hier nicht zelten durften, dachte Sarah.

»Oh mein Gott«, hörte sie plötzlich jemanden rufen. »Bin ich im falschen Haus?«

Sie drehte sich um und sah Margaret in der Küchentür stehen. Sarah durchfuhr der Gedanke, dass sie zu weit gegangen war, als sie die Küche aufgeräumt hatte. Immerhin war sie hier nur Gast und die Küche ein mehr oder weniger privater Raum, auch wenn sie gestern immer mal wieder gemeinsam dort gestanden hatten. Aber sie hatte sich einfach revanchieren wollen für den schönen Abend, das Essen und natürlich für das Zimmer, das eines der besten ihrer bisherigen Reise war. Verlegen trat sie näher. »Guten Morgen, Margaret. Es tut mir leid, ich wollte nicht ... «

»Es ist wundervoll! So etwas hat noch nie ein Gast für mich getan! Ich danke dir!« Margaret strahlte über das ganze Gesicht und umarmte Sarah herzlich. »Wann bist du aufgestanden?«

»Schon eine Weile her. Aber ich habe so gut geschlafen wie lange nicht.« Sie lächelte.

»Es ist ein tolles Bett, nicht wahr? Aber jetzt trinken wir erstmal einen Tee.« Kurz darauf saßen sie mit ihren Teetassen auf einer Bank im Garten. Die blühenden Büsche um sie herum hüllten sie in eine Duftwolke.

»Danke, dass wir hier übernachten durften, Margaret. Ich weiß, dass das Zimmer normalerweise viel mehr kostet. Ihr habt uns gestern wirklich gerettet.«

Margaret winkte ab. »Ach was. Für uns war es auch ein toller Abend. Es passiert nicht oft, dass wir so junge Leute zu Gast haben.« Sie lachte. Dann wurde sie plötzlich ernst. »Hör mal, ich habe nachgedacht. Ihr braucht doch einen Job, nicht wahr?«

Sarah nickte gequält. »Ja, allerdings.«

»Könntet ihr euch vorstellen, auf einem Weingut zu arbeiten? Es ist kein leichter und ehrlich gesagt auch kein besonders spannender Job. Man muss früh raus, den ganzen Tag auf dem Feld stehen und immer die gleichen Handgriffe machen.«

Sarah schmunzelte. »Frühes Aufstehen klingt schon mal gut.«

»Ich kenne die Familie, die eines der größten Weingüter hier hat, es heißt ,Eight Poplars Winery'. Da vorne, siehst du die Weinstöcke?« Sie deutete auf die Felder, die Sarah bereits aus ihrem Fenster gesehen hatte. »Die gehören auch dazu.«

»Oh, also ist das Weingut hier im Ort, ganz nah?«

»Na ja, die Häuser sind schon ein Stück entfernt, aber nein, es ist nicht weit. Ich könnte mir vorstellen, dass sie noch Helfer suchen. Wenn du und Miriam das möchtet, rufe ich nachher mal dort an.«

»Würdest du das tun? Das wäre toll!« Sarah strahlte.

»Natürlich. Ich wollte mich ohnehin mal wieder bei den Whittakers melden. Und ich habe das Gefühl, du würdest gut dorthin passen.«

Kapitel 2

»Die Zahlen müssen stimmen, Josh! Und sonst nichts!« George Whittaker strich sich fahrig durch sein weißes Haar.

Josh nickte. »Dad, ich weiß das. Glaub mir, ich habe lange darüber nachgedacht und es durchgerechnet. Mehrfach. Also nochmals: Für die Grünlese würden wir nur etwa zwanzig Prozent der Trauben entfernen, dann entwickelt sich der Rest der Beeren umso besser, und wir hätten am Ende eine höhere Qualität. Das würde uns ...«

»Ich weiß, was die Grünlese bewirkt, danke für die Belehrung«, unterbrach George ihn unwirsch.

»Wenn die Qualität der restlichen deutlich besser ist, werden wir dadurch sogar mehr verdienen«, erläuterte Josh unbeirrt weiter.

George verzog das Gesicht. »Du vergisst bei deiner Rechnung allerdings, dass wir dadurch auch zwanzig Prozent weniger Ertrag haben. Und dass sich diese Arbeit nicht von selbst macht. Wir bräuchten mehr Helfer, und das kostet! Bei alldem hätten wir aber noch nicht einmal die Sicherheit, dass wir tatsächlich mehr Umsatz haben. Dafür müssten wir erst Kunden finden.«

Zappelig wippte Josh in seinem Stuhl. »Darum kümmere ich mich. Ich mache alles, was nötig ist.«

George atmete tief ein. »Josh, warum willst du dir das antun? Ich führe ‚Eight Poplars Winery‘ seit fast dreißig Jahren. Deine Mutter und ich, wir haben unser ganzes Leben damit verbracht, dieses Weingut so weit zu bringen. Für dich! Damit du etwas von deinem Leben hast!«

»Ich weiß«, entgegnete Josh.

»So, wie die Firma jetzt aufgebaut ist, funktioniert sie ohne große Probleme. Wir haben gesunde Pflanzen, erfahrenes Personal und Kunden, die unseren Wein schätzen, so wie er ist. Warum willst du das unbedingt ändern?«

»Verstehst du das wirklich nicht?« Josh presste die Lippen zusammen und versuchte, ruhig zu bleiben, aber seine Stimme verriet große Anspannung. »Wofür war ich denn sonst auf der Uni? Ich habe tausend Ideen im Kopf! Aber keine davon kann ich umsetzen! Deinetwegen!«

Er sprang aus seinem Stuhl, ging ans Fenster und sah hinaus auf die Felder, die sich rund um die Gutshäuser erstreckten. Die Pflanzreihen zeichneten ein abstraktes Muster in die Landschaft, ein Bild von beruhigender Ordnung. Einzig gestört durch die Staubwolke, die jetzt auf der Hauptzufahrt von einem heranfahrenden Auto aufgewirbelt wurde.

Ohne seinen Vater anzusehen fuhr er fort. »Du weißt genau, dass ich eigentlich noch gar nicht hier sein wollte! Und manchmal frage ich mich, warum ich immer noch hier bin, du brauchst mich doch gar nicht! Du bestimmst alles allein! Keiner meiner Vorschläge ist gut genug. Es sind immer nur deine Entscheidungen, die hier getroffen werden.«

Einen Moment lang schwieg George, dann seufzte er. »Ich möchte doch nur nicht, dass du es dir selbst unnötig schwer machst. Du sollst etwas von deinem Leben haben. Das war immer unser Ziel, deshalb haben wir auf vieles verzichtet.«

Josh drehte sich zu ihm um. Sein Vater wirkte müde. »Ja. Aber wenn ich dieses Weingut in Zukunft führen soll, will ich, dass es auch ein Teil von mir ist. Und ich möchte eben einen Wein von höherer Qualität.«

Im selben Moment klopfte es an der Tür, die, ohne eine Antwort abzuwarten, gleich geöffnet wurde.

»Jenny, muss das jetzt sein?« Josh warf der jungen Frau, die nun hereintrat, einen gereizten Blick zu.

»Ja, Josh. Da draußen stehen zwei neue Helferinnen, sie sagen, sie kommen von Mrs. Fletcher. Sie hätte mit euch telefoniert?«

George nickte. »Sie hat mich heute Morgen angerufen«, brummte er.

»War ja klar«, murmelte Josh kaum hörbar. Jenny sah von einem zum anderen. »Und was sage ich den Mädels da draußen jetzt? Brauchen wir sie? Oder schicke ich sie weg? Sie sehen ehrlich gesagt nicht so aus, als wären sie sonderlich belastbar. So dünne Dinger.«

Keiner von beiden sagte etwas, und Jenny trommelte ungeduldig mit den Fingernägeln auf dem Türrahmen. Schließlich atmete George tief durch. »Wenn wir dieses Jahr die Grünlese versuchen, brauchen wir jede Hand.«

Josh schaute überrascht auf, ein Lächeln huschte über sein Gesicht.

»Okay«, sagte Jenny, drehte sich dann auf dem Absatz um und verließ das Büro.

Josh richtete sich auf. »Ich danke dir, Dad. Du wirst es nicht bereuen.«

»Josh, lass mich eins klarstellen. Wir probieren das

höchstens zwei Jahre. Wenn es nicht funktioniert, arbeiten wir wieder nach meiner Regie. Und dann bleibt hier alles beim Alten.«

Kapitel 3

»Gute Neuigkeiten! Wir haben tatsächlich Jobs für euch!«, rief die Frau, die Sarah und Miriam eben angesprochen hatten, schon von weitem.

Die beiden waren erleichtert. »Super.«

Die Blonde, eine kleine, etwas moppelige junge Frau, lächelte. Mit ihrem runden Gesicht und den roten Wangen verströmte sie eine sympathische Freundlichkeit. Als sie voreinander standen, streckte sie ihnen die Hand entgegen. »Ich bin Jenny. Ich bin sozusagen die rechte Hand des Chefs. Manchmal auch die linke«, sie lachte. »Schön, dass ihr da seid. Willkommen bei ‚Eight Poplars Winery'.« Miriam und Sarah stellten sich vor und Jenny fuhr gleich geschäftig fort. »Habt ihr schon mal auf einem Weingut gearbeitet?«

»Nein.«

»Das dachte ich mir schon. Na schön, wir zeigen euch, wie das geht. Die Bezahlung ist elf Dollar pro Stunde, dafür könnt ihr in einem unserer Helferhäuser schlafen. Ist das okay für euch?«

Miriam und Sarah wechselten einen freudig überraschten Blick.

»Ja, klar«, Miriam nickte zustimmend.

»Fein. Die Häuser sind wirklich ganz süß, nichts Besonderes, aber ihr seid ja auch nicht für einen Wellness-Urlaub hier, stimmt's?« Sie grinste. »Also, wie lange könnt ihr bleiben?«

»Zwei Wochen?«, schlug Sarah zögernd vor, und Jennys Gesicht verdunkelte sich schlagartig.

»Oh, so kurz nur? Das machen wir eigentlich nicht. Vier Wochen wären besser, wisst ihr? Oder gleich sechs. Wir müssen euch ja erst einarbeiten, das lohnt sich ja nicht für so eine kurze Zeit.«

Sarah warf einen vorsichtigen Seitenblick auf Miriam. Sie ahnte, dass ihre Freundin nichts davon hielt, länger hierzubleiben. »Miri, ich weiß, was du denkst. Aber wir brauchen das Geld. Außerdem ...«, sie sah sich rasch um, »sieht es doch ganz schön aus hier.«

Miriam verzog das Gesicht, dann seufzte sie genervt: »Okay. Vier Wochen.«

Jenny lächelte. »Abends ist es wirklich nett und entspannt hier. Wir essen meist alle zusammen. Ihr werdet viele Leute kennenlernen. Kommt mit, ich zeige euch eure Hütte.«

Auf dem kurzen Weg erklärte Jenny ihnen ihre täglichen Arbeitszeiten, dass sie samstags frei hätten und sie bei der Arbeit unter freiem Himmel auf keinen Fall den Sonnenschutz vergessen sollten. Unterwegs deutete sie auf ein großes Holzhaus, das Sarah an eine Scheune erinnerte. »Das ist das Haupthaus, da treffen wir uns abends um sieben Uhr zum Essen. Wir haben hier eine Köchin, die jeden Abend ein warmes Gericht für alle kocht. Es kostet nur zwei Dollar, ihr meldet euch am Tag vorher dafür an.«

»Oh, wow. Das ist ja purer Luxus!« Miriams Miene hellte sichtlich auf.

Jenny lachte. »Und es wird noch besser: Helen kocht nicht nur, sie spült auch. Wenn ihr selber kochen möchtet, könnt ihr den Kühlschrank und die Küche mitbenutzen. Aber das macht eigentlich nie jemand.« Sie stutzte kurz und fragte misstrauisch: »Ihr seid aber keine Vegetarier oder sowas in der Art, oder?«

Beide schüttelte den Kopf. »Nein.«

»Perfekt. Dann kommt doch heute Abend schon vorbei, ihr seid zwar nicht angemeldet, aber ich gebe Helen gleich noch Bescheid, dass sie für euch mitkocht.«

Nur ein paar Minuten später erreichten sie die Hütten der Helfer. Unauffällig duckten sie sich unter acht hohen Pappeln, die erhaben den Mittelpunkt des Weinguts bildeten.

»Deshalb ,Eight Poplars Winery', stimmt's?«, fragte Sarah und Jenny nickte. Die Hütten grenzten direkt an die Weinfelder und standen dicht an dicht, jeweils nur ein wenig versetzt. Jede Einzelne hatte vor der Haustür eine Veranda, auf der schlichte Klappstühle standen.

Jenny steuerte auf eine Hütte am Rand zu, eine der kleinsten von allen. »Da wären wir. Ihr habt ein Zweierhaus.«

Sie schloss die Tür auf, und Sarah und Miriam sahen sich zufrieden um. Der Wohnraum war zwar kaum größer als ein paar Quadratmeter, aber er war mit zwei einzelnen Betten, einem Schrank, einem zweckmäßigen Schreibtisch und einem Stuhl ausgestattet. Die Mädchen ließen ihre schweren Rucksäcke auf den Boden sinken, damit war der Raum praktisch voll. »Das ist ja wie in einem Puppenhaus hier drin«, kommentierte Miriam.

»Stimmt. Aber mit eigenem Bad.« Jenny wies auf eine Tür.

»Ehrlich? Wie toll!« Begeistert öffnete Sarah die Tür und fand dahinter eine Dusche, eine Toilette und ein Waschbecken. »Wow.« Sarah sah zu Miriam hinüber. »Miri! Ein eigenes Bad nur für uns! Vier Wochen lang!«

Miriam steckte ihren Kopf hinein und nickte zufrieden.

Jenny legte die Schlüssel auf den Schreibtisch.

»Okay, hier sind die Schlüssel. Packt in Ruhe aus, wir sehen uns dann nachher beim Essen. Bis dann!«

Sarah und Miriam brauchten nicht lange, um sich einzurichten, sie hatten nicht viel dabei.

»Voll komisch, die Klamotten in einen Schrank zu räumen, oder?« Miriam legte ihr letztes T-Shirt in ihr Fach.

»Stimmt, schon was anderes, als aus dem Rucksack zu leben. Aber gar nicht so schlecht.«

Miriam schob die ausgeräumten Gepäckstücke unter ihr Bett und stand auf. Sie ging ans Fenster und warf einen Blick hinaus.

»Da kommen Leute.«

Neugierig trat Sarah hinter Miriam. Das Geplapper von vielen Stimmen näherte sich, die anderen Helfer kamen vom Feld und verteilten sich auf die Hütten. Auch auf das Haus neben Sarah und Miriam gingen zwei Menschen zu. Es waren junge Männer, beide groß, mit muskulösen Armen und kräftigen Händen. Einer von ihnen hatte seine langen, blonden Dreadlocks zu einem Zopf gebunden. Sie unterhielten sich angeregt auf Französisch.

»Oh là là!« Miriam spitzte die Lippen. »Eigentlich gefällt es mir hier doch ziemlich gut.«

Sarah verdrehte die Augen. Sie kannte Miriam lange genug, um zu wissen, was und wen sie meinte.

»Der Hippie? Herrje. Lass den bloß nicht in unsere Hütte, wer weiß, was der so alles in seinen Haaren rumlaufen hat.«

»Ach, du spinnst. Der sieht doch total sympathisch aus.« Miriam spielte gedankenverloren mit einer ihrer blauen Locken. »Ich gehe dann mal ‚Salut‘ sagen. Wir sind jetzt schließlich Nachbarn. Kommst du mit?«

Die Nachbarn stellten sich als Philippe und Mathis vor, zwei Franzosen, die sich erst vor einigen Wochen in einem Hostel in Neuseeland kennengelernt hatten und seitdem gemeinsam reisten. Genau wie Sarah und Miriam waren sie gezwungen zu arbeiten, um sich die Weiterreise zu finanzieren.

»Wir haben recht hohe Nebenkosten«, grinste Philippe und deutete auf die stattliche Ansammlung leerer Flaschen auf ihrer Veranda. »Aber uns hat vorher auch niemand gesagt, wie verdammt teuer der Alkohol hier ist!«

»Setzt euch. Wollt ihr etwas trinken?« Mathis, der Hippie, hantierte mit einem Flaschenöffner.

Miriam ließ sich nicht lange bitten, und so verbrachten sie und Sarah die nächste Stunde bei ihren französischen Nachbarn.

Es dämmerte bereits, und überall brannten die Lichter. Dampf stieg aus den Duschräumen heraus, die Helfer seiften sich den Schweiß des Tages ab. »Vielleicht wäscht er sich ja auch die Haare!«, flüsterte Sarah in Miriams Ohr, als Mathis sich ins Bad zurückzog.

»Sarah, sei nicht so gemein! Er ist total nett. Und charmant.«

»Ich wusste gar nicht, dass französischer Charme so stinkt.« Sarah kicherte.

Ein kleines Grinsen huschte über Miriams Gesicht, aber sie schwieg trotzig.

Nachdem sie sich alle mehr oder weniger frisch gemacht hatten, liefen sie zu viert zum Haupthaus. Schon von weitem lag der Duft von Essen in der Luft. Sie traten durch die Tür und Sarah sah sich um. Der Speisesaal war hell erleuchtet und erstaunlich groß. Die offenen Dachbalken gaben den Blick frei nach oben, und durch die Fenster schaute man direkt in die Felder hinein. Einige Tische, größere und kleinere, standen im Raum verteilt. Rechts neben dem Eingang befand sich die eigentliche Küche, die durch eine Theke vom Speisesaal getrennt war. Dahinter stand eine Frau. Das musste Helen, die Köchin, sein. Sie sprang zwischen Herd und Arbeitsplatte hin und her, rührte in einem großen Topf und verteilte Salat in Schüsseln.

»Bonsoir, Mesdames et messieurs! Bitte sagt hallo zu Miriam und Sarah!«, rief Mathis mit donnernder Stimme in den Raum, während er Miriam, die knallrot im Gesicht angelaufen war, vor sich herschob. Prompt drehten sich alle zu ihnen um. Gefolgt von neugierigen Blicken und ein paar gerufenen Grüßen erreichten sie einen freien Tisch.

Sarah seufzte. Was für ein unangenehmes Ankommen, sie mochte es nicht, so im Mittelpunkt zu stehen. Wenigstens hatte sie von ihrem Platz einen guten Blick in den Raum. Immer mehr Helfer kamen herein, und belegten innerhalb weniger Minuten alle Tische. Es waren die unterschiedlichsten Typen dabei. Eine Gruppe Asiaten bildete die größte Runde, sie saßen zu zehnt zusammen und schnatterten laut durcheinander. Philippe beugte sich zu Sarah hinüber. »Das sind Chinesen. Oder Koreaner. Keine Ahnung. Die bleiben immer unter sich.«

»Verstehe.«

»Da kommen die Spanierinnen, die sind ganz nett«, nickte er in Richtung von vier jungen Frauen.

»Und wer ist das da, an Jennys Tisch?« An der Fensterseite des Raumes stand eine längere Tafel, an der neben Jenny drei Männer und zwei Frauen Platz genommen hatten. Sie wirkten etwas älter als die anderen.

»Das sind die Festangestellten. Davon gibt es noch ein paar mehr, aber diese dort wohnen auch hier.«

»Das ganze Jahr?«

»Glaub schon. Und siehst du die beiden da vorne, das Pärchen?«

»Ja.«

»Sie sind Dänen, ganz coole Leute. Ich hab nur bis heute keine Ahnung, wie die heißen. Und der Rest kommt aus Australien und den USA.«

Helen verkündete mit breitem neuseeländischen Akzent in den Raum hinein: »Essen ist fertig!«

Während sie aßen, strahlte Miriam Sarah an: »Ach, das ist schon toll hier, oder? Total gemütlich! Wie gut, dass wir hier gelandet sind!«

Mathis machte einen Witz auf Französisch, und Philippe brach in schallendes Gelächter aus.

»Hallo Leute!«, rief jemand in den Raum hinein. »Ihr habt einen guten Job gemacht heute. Danke euch. Habt alle einen schönen Abend!«

Sarah drehte sich zur Tür um. Dort stand ein junger Mann, der nicht darauf zu warten schien, besonders empfangen zu werden. Dennoch grüßten ihn fast alle, während er durch den Saal ging und sich dann neben Jenny setzte. Er raunte ihr etwas ins Ohr, während die Köchin ihm seinen Teller an den Tisch brachte. »Danke, Helen, was für ein Service. Du bist ein Schatz«, sagte er, was sie nur mit einem kurzen Nicken quittierte.

Er war groß und wirkte in dem schlichten, enganliegenden T-Shirt sportlich. Sein dunkelbraunes Haar war ein wenig zu lang gewachsen und sein auffallend markantes Kinn mochte nicht recht zu seinen weichen Gesichtszügen passen. Wenn er lachte, blitzten weiße Zähne.

Er war vertieft in sein Tischgespräch mit den Angestellten und beachtete sie gar nicht. Trotzdem schaute Sarah während des Essens immer wieder zu ihm hinüber, flüchtig, aber aufmerksam.

Hey, wer bist du?

Miriams Stimme riss sie aus ihren Gedanken.

»Sarah?! Hast du überhaupt zugehört? Wie hieß nochmal das Hostel in Christchurch, wo wir am Anfang gewohnt haben?«

»Äh ... weiß ich jetzt auch nicht«, stammelte Sarah und fühlte sich ertappt. Philippe beugte sich zu ihr hinüber.

»Gespräche über Hostels sind langweilig, nicht wahr? Erzähl mir etwas von dir! Ich weiß nur, wie du heißt. Und dass du süße neunzehn Jahre alt bist.«

Innerlich verdrehte Sarah die Augen. Sie kannten diese Kerle erst knapp zwei Stunden, aber während Miriam der französischen Versuchung offenbar erlegen war, hatte Sarah wenig Lust auf Philippes Flirtversuche. Er war überhaupt nicht ihr Typ.

»Tja, wir sind seit einem halben Jahr in Neuseeland. Und in zwei Monaten fliegen Miriam und ich zurück nach Deutschland. Nach Köln.«

»Und erwartet dich dort jemand?«

»Ja, klar«, sagte Sarah und dachte an ihre Mutter.

»Natürlich, so eine Schönheit wie du ist nie allein. Und was machst du dann zu Hause? Lass mich raten ... du bist Schauspielerin? Oder nein! Du bist ein Model! Gar keine Frage.«

34

Sarah lächelte gequält. Was für ein Schleimer! Wie sollte sie es bloß vier Wochen mit solchen Nachbarn aushalten?!

»Nein. Ich werde studieren.«

»Oh, eine Studentin, hm? Was studierst du?«

»Mediendesign.«

»Interessant! Und was machst du dann, wenn du …«

»Hey, ich wollte mal kurz hallo sagen«, unterbrach ihn eine fremde Stimme. Sarah drehte sich um. Direkt vor ihr am Tisch stand der Dunkelhaarige und sah ihr in die Augen.

Oh nein! Du hast nicht gesehen, dass ich so zusammenge-zuckt bin, oder? Bitte nicht! Das wäre so peinlich!

»Hab ich dich erschreckt? Entschuldige«, machte er diese Hoffnung sofort zunichte und grinste. »Jenny sagte mir gerade, dass ihr uns vier Wochen unterstützen werdet. Das freut mich sehr. Herzlich willkommen!«

Er streckte seine Hand aus. »Ich bin Josh Whittaker.«

»Hi, Sarah Lambrecht«. Sarah versuchte, möglichst lässig zu wirken und dem Blick aus seinen braunen Augen standzuhalten, während sie Hände schüttelten.

»Hallo!« Miriam winkte ihm gutgelaunt von ihrem Platz zu. »Ich bin Miriam Winter.«

»Also, ich hoffe, ihr habt eine schöne Zeit hier. Wenn etwas ist, Jenny kennt ihr ja schon. Ich bin auch immer in der Nähe. Alles klar?« Er strahlte Miriam und Sarah abwechselnd an.

»Absolut. Danke, Josh! Es ist wirklich toll hier«, sagte Miriam beim Aufstehen, und erst jetzt bemerkte Sarah, dass die Franzosen ebenso wie alle anderen schon dabei waren, ihre Teller abzuräumen.

»Danke, das höre ich immer gern.« Er klopfte zum Abschied auf den Tisch und lächelte freundlich in die Runde.

»Wir sehen uns! Gute Nacht!« Damit drehte er sich um, und nachdem er sich ein paar Schritte entfernt hatte, rief Sarah ihm ein halblautes »Gute Nacht« hinterher. Aber er reagierte nicht mehr darauf, und Sarah war sich nicht sicher, ob er sie überhaupt gehört hatte.

Kapitel 4

Die Vögel sangen, während Josh seine morgendliche Runde über die Felder machte. Überall an den Rebstöcken waren schon Knospen zu sehen. Josh brach hier und da ein paar Blätter heraus und entdeckte, dass manche Blüten sich bereits öffneten. Aufmerksam untersuchte er einzelne Pflanzen nach Anzeichen für Pilze oder Schädlinge, aber nichts davon konnte er entdecken. Zufrieden ging er zurück zu seinem Auto und fuhr zum nächsten Feld.

‚Eight Poplars Winery' umfasste zweihundert Hektar Land und dennoch hatte Josh das Gefühl, jeden einzelnen Stein zu kennen. Als Kind hatte er zwischen den Reben Verstecken und Fangen gespielt und Schätze vergraben. Als Jugendliche hatten seine Freunde und er hier manchmal heimlich Wein getrunken, bis sie einmal von einem der Angestellten seiner Eltern erwischt worden waren. Es hatte riesigen Ärger und die nächsten Jahre nur billiges Dosenbier für ihn und die Jungs gegeben. Die weiten Weinfelder hatten in seiner Kindheit Symbole magischer Freiheit dargestellt, inzwischen waren sie vor allem ein Ort der Arbeit. Dennoch liebte er diesen Flecken Erde. Er wusste genau, wie es um die Pflanzen und die Böden bestellt war, und wann welche Felder in der Sonne lagen. Für ihn war es jedes Jahr aufs Neue spannend, wie die Ernte und damit der Wein werden würde. Obwohl das Wetter hier so mild war, hatte es doch seine Tücken. Zu viel Regen oder zu wenig Sonne hatten einen enormen Einfluss auf den Ertrag und die Geschmacksnoten. Dieses Jahr hatten sie Glück, bis jetzt war das Wetter ideal gewesen.

Auf der Fahrt zum höchsten Punkt des Weinguts pfiff Josh das Lied mit, das im Radio lief. Er dachte an das gestrige Gespräch mit seinem Vater und fühlte sich so zufrieden wie lange nicht. Endlich hatte er sich mit einer Idee durchgesetzt! Das war so ein wichtiger Schritt! Als er angekommen war, stieg Josh aus und genoss für einen Moment die Aussicht auf ‚Eight Poplars Winery'. Er hatte immer gewusst, dass er hierher gehörte – aber seit gestern war er sicher, dass es auch zu ihm gehören würde. Hier oben im Hügel wuchs der Chardonnay in der besten Sonnenlage. Der Sauvignon blanc und der Pinot gris wurden im flachen Land angebaut, dazwischen waren die Gebäude errichtet worden. »Wir wohnen ja auf einer Insel zwischen Weinfeldern!«, hatte Josh festgestellt, als er als Kind einmal mit seinen Eltern hier oben gewesen war. Inzwischen war es auf dieser Insel etwas enger geworden, weil sie die Hütten und den Speisesaal für die Helfer errichtet hatten. Seine Eltern waren es leid gewesen, dass Helfer morgens oft zu spät oder gar nicht kamen, wenn sie in Hostels in Blenheim übernachteten. Ein Problem, das gelöst war, seit die Helfer dort wohnten, wo sie arbeiteten. Anfangs war es ungewohnt gewesen, ständig von so vielen Menschen umgeben zu sein. Inzwischen hatten sie sich so sehr daran gewöhnt, dass es im Winter, wenn sie keine zusätzlichen Helfer beschäftigten und die Hütten leer standen, fast einsam war.

Josh erkannte, dass der Chardonnay schon etwas weiter war als der Sauvignon blanc. Hier oben waren dank der längeren Sonneneinstrahlung nahezu alle Knospen aufgeblüht. Er überlegte, dass die Grünlese mit etwas Glück bereits Mitte oder Ende Januar stattfinden würde. Er konnte es kaum erwarten.

Inzwischen war es kurz vor acht Uhr und er machte sich auf den Weg zurück zum Haupthaus. Er passierte die Pinot-Felder, wo große Betriebsamkeit herrschte. Alle Helfer, seit gestern über dreißig, waren mit dem Hochbinden und Heften der Reben beschäftigt. Eine Arbeit, die sie schon seit Tagen leisteten. Sie waren inzwischen routiniert und erfreulich schnell darin.

»Hey, Leute!«, rief er aus dem offenen Fenster, grüßte diejenigen, die an der Straße arbeiteten mit Namen und hielt neben Nigel, der als Angestellter die Arbeiten koordinierte.

»Morgen, Nigel. Alles okay?«

»Hallo, Josh. Ja, läuft. Wir heften, was sonst.« Er lachte. »Und die Neuen werden eingearbeitet.« Er deutete ans Ende der Reihe, und Josh erkannte die Mädchen von gestern Abend. Miriam – und Sarah. Er sah ihnen an, dass ihnen die Handgriffe noch nicht so leichtfielen, wie dem Rest der Belegschaft. Mit zusammengekniffenen Augen konzentrierte Sarah sich auf ihre Arbeit und bemerkte gar nicht, dass er sie beobachtete.

Hallo, Sarah. Schön, dich zu sehen.

»Gut, sehr gut. Dann bis später, Nigel!«

Josh gab Gas und winkte Sarah und Miriam kurz zu, während er an ihnen vorbeifuhr. Vor ihm lag ein Tag im

Büro. Es waren einige Briefe und Mails liegen geblieben, die Jenny nicht allein bearbeiten konnte und um die er sich selbst kümmern musste. Josh hoffte, dass er spätestens nachmittags dort fertig sein würde, damit Zeit für die Kontrolle der Tanks blieb.

Eine Hoffnung, die sich zerschlug, als er kurze Zeit später feststellte, dass deutlich mehr Papierkram auf ihn wartete, als Jenny angekündigt hatte.

Es war schon halb neun, als er abends den Speisesaal betrat. Wie immer grüßte er alle, holte sich bei Helen seinen Teller ab und setzte sich dann an den Tisch, diesmal neben Nigel. Während der von seiner liebsten Serie schwärmte und die letzte Folge bis ins Detail nacherzählte, schweifte Joshs Blick durch den Raum. Ganz hinten, wieder bei den Franzosen, saßen die beiden Neuen. Heute Abend sahen sie nicht mehr so munter aus wie gestern. Sie wirkten so erschöpft und müde wie jeder, der zum ersten Mal auf dem Feld gearbeitet hatte. Miriam lehnte an der Schulter des Hippie-Franzosen, Sarah untersuchte ihre geröteten Finger. Josh beobachtete aufmerksam, dass einer der Franzosen ihre Hände in seine nahm, um sie zu massieren.

Oh ... lässt du dich von diesem Philippe etwa anbaggern?

Sarah sagte etwas Unverständliches zu Philippe und zog kopfschüttelnd ihre Hände weg. Josh lächelte zufrieden und wandte sich wieder Nigel zu, der munter erzählte, was am Ende der Serienfolge passiert war. »... dabei ist er doch verheiratet! Also ehrlich, könnt ihr euch das vorstellen?«

Kapitel 5

»Mit dir kann ich mir alles vorstellen!«

Sarah prustete in ihr Bier, als sie hörte, was Miriam da ihrem Hippie-Mathis ins Ohr versprach. Sie standen mitten in einer Bar, und um sie herum war es unfassbar laut. Die Musik dröhnte aus den Boxen und die meisten Liedtexte wurden von den Gästen mehr oder weniger melodisch mitgegrölt. Es war Freitag, morgen erwartete sie der erste freie Tag ihrer Arbeitswoche und obwohl es heiß und eng in dieser Kneipe war, genoss Sarah die gute Stimmung. Sie waren mit einem großen Teil der anderen Helfer hergekommen, die hier fast jeden Freitag feierten. Die Australier standen an der Theke, die Spanierinnen tanzten ausgelassen, und die Dänen tranken erstaunlich viel Bier. Zu Sarahs Erleichterung hatte Philippe sich zu krank gefühlt, um auszugehen, was ihr eine kleine Pause von seinen zweifelhaften Komplimenten gewährte. Sein schmieriger Charme ging ihr zunehmend auf die Nerven. Miriam war dagegen seit zwei Tagen offiziell mit Mathis zusammen, ein Umstand, über den Sarah immer den Kopf schüttelte.

Sarah stand an der Bar und bestellte sich noch ein Bier,

als plötzlich jemand von hinten an ihrem Oberteil zupfte. Sie drehte sich um und schaute in Miriams glühendes Gesicht. »Mathis und ich gehen schon mal vor, okay?«

»Jetzt schon?« Sarah schaute auf die Uhr. »Es ist erst halb elf!«

»Ja ... also, ähm ...«, Miriam tippelte nervös mit ihren Füßen »... wir gehen zu uns.«

Sarah riss die Augen auf. »Zu uns? Warum nicht zu Mathis?!«

»Da ist doch Philippe ... Der liegt bestimmt immer noch krank im Bett.«

»Und wo soll ich schlafen?«

»Komm doch einfach später. Wenn wir ... äh ... fertig sind, mach ich das Licht auf der Terrasse an. Okay?«

»Miri, das ist echt ...«.

»Bitte, Sarah! Bitte!« Miriams flehender Blick war herzerweichend. Sarah brummte genervt. »Wehe, du vergisst mich da draußen!«

»Oh, du bist ein Schatz!« Miriam küsste sie flüchtig und war schon in der Menge verschwunden, bevor Sarah noch etwas einwenden konnte. Sie bezahlte ihr Bier und ließ sich dann von den Spanierinnen auf die Tanzfläche ziehen.

Es war kurz nach ein Uhr, als das Taxi sie am Ende der Auffahrt zum Weingut ausspuckte. Sarah und das dänische Pärchen hatten sich die Fahrt geteilt, jetzt stolperten sie zu den Hütten. »Gute Nacht!«, wünschten sie noch, dann waren die Dänen schon in ihrem Eingang verschwunden. Summend lief Sarah zu ihrer Terrasse und blieb dann davor stehen. Das Licht war aus. Sie brauchte einen Moment, bis ihr klar wurde, was das bedeutete, dann seufzte sie. Sie würde jetzt nicht dort hineingehen. Auf keinen Fall!

Die Vorstellung, Miriam und Mathis im Bett zu überraschen, war ihr ein Graus.

Aber vielleicht waren Miri und Mathis ja schon längst eingeschlafen? Und was, wenn Miriam nur vergessen hatte, das Licht für sie anzumachen? Minutenlang wusste Sarah nicht, was sie tun sollte, überlegte hin und her, bis sie sich doch zögernd der Tür näherte. Erschrocken zuckte sie zurück, als sie von innen ein verliebtes Kichern und Seufzen hörte. Hier schlief niemand!

Ohne lange zu überlegen, drehte sie sich um und schlenderte hinüber zum Speisesaal. Von hier aus hatte sie ihre Terrasse im Blick, sie würde einfach warten, ganz egal, wie lange es dauern würde. Sie nahm ihr Handy aus ihrer Tasche und dachte kurz darüber nach, ihre Mutter anzurufen, immerhin war es in Deutschland jetzt Nachmittag. Aber dann würde ihre Mutter mitbekommen, dass Sarah mitten in der Nacht irgendwo allein herumsaß, ziemlich angetrunken, während Miriam einen Hippie-Franzosen vögelte. Nein, jetzt war einfach kein passender Moment für ein Telefonat mit ihrer Mutter, so gern sie sie auch mochte. Kurzerhand tippte Sarah ihr nur eine gutgelaunt klingende SMS mit dem Versprechen, sich bald zu melden.

Das Licht der Terrasse war immer noch aus, als Sarah von den Scheinwerfern eines Autos erfasst wurde, das die staubige Auffahrt hochfuhr. Misstrauisch spähte sie zu dem Wagen und fragte sich, wer mitten in der Nacht bis hierher an die Häuser heranfuhr. Der Pick-up wurde geparkt, dann hörte sie Schritte, die näher kamen.

Sie erkannte ihn erst auf den zweiten Blick, es war dunkel und er trug ein weißes Hemd, das einen ganz anderen Typ aus ihm machte.

Oh, Josh.

»Hey, Hübscher«, rief sie.

Hab ich das laut gesagt?

Er blieb stehen und drehte sich überrascht zu ihr um.

»Ich meinte: Hey, Josh!« Sie grinste schief und bemühte sich, möglichst nüchtern zu wirken.

»Sarah? Bist du das? Was tust du hier draußen?«

»Ich ... äh ... schaue mir die Sterne an?«

Er sah nach oben. »Es ist total bewölkt.«

»Weiß ich doch. Aber noch nicht lange.«

Josh wirkte irritiert. »Bist du ganz allein hier?«

»Ja. Naja, jetzt bist du ja da.« Sie deutete mit der Hand neben sich, und er setzte sich. »So, Josh, woher kommst du denn um diese Zeit? Ich weiß genau, dass du nicht im Monkey's warst, da waren wir nämlich bis eben!«, plapperte sie und hätte sich am liebsten selbst den Mund zugehalten. Wenn sie getrunken hatte, waren klug klingende Unterhaltungen noch nie ihr Ding gewesen.

»Ach ja? Und, wie war es?«

»Sehr schön. Hat Spaß gemacht. In Deutschland sagen wir immer: Wer arbeiten kann, kann auch feiern, weißt du?« Sie grübelte kurz, was ihr an diesem Sprichwort so falsch vorkam. »Ich bin ein wenig betrunken.«

»Tatsächlich?« Er grinste. »Macht nichts. Wie gefällt dir denn die Arbeit?«

»Ganz ehrlich?«

»Ja.«

Sie sah sich kurz nach allen Seiten um, dann senkte sie die Stimme und flüsterte: »Verrate das niemandem, ja? Sonst halten mich alle für eine Streberin. Es macht mir echt Spaß. Klar ist es anstrengend, aber die anderen jammern immerzu. Die Arbeit wäre so langweilig, und dauernd müsste man draußen stehen ... Nur ich finde es wirklich gut, weißt du? Aber Joshshshshshsh«, sie legte den Zeigefinger auf den Mund, »sag das den anderen nicht.«

Er schüttelte lachend den Kopf. »Von mir erfährt es keiner.«

»Und wo warst du nun? Du hast meine Frage nicht beantwortet.«

»Ich hatte einen Geschäftstermin. Ich habe unseren Wein ein paar Leuten vorgestellt.«

»Und, war es gut?«

»Ich denke schon.«

»Das freut mich.« Sie lächelte ihn an. »Und jetzt musst du mir ein Geheimnis verraten. Ich hab' dir auch eins erzählt.«

»Puh. Ich weiß nicht. Ich fürchte, ich habe keins.«

Sie zog einen Schmollmund. »Komm schon. Irgendwas.«

Er überlegte einen Moment, dann munkelte er: »Okay. Also, der allerbeste Platz hier in der Gegend ist die Piperbay. Glasklares Wasser, riesige Felsen. Wunderschön. Das kennt kein Tourist, da sind nicht mal viele Einheimische, weil es nicht leicht zu finden ist. Wenn du mal ausspannen willst, fahr dahin. Aber das darfst du niemandem sagen. Niemandem!«

Sie nickte, dann schüttelte sie den Kopf. »Auf keinen Fall.«

Aus den Augenwinkeln sah Sarah, dass das Licht auf der Terrasse angeschaltet wurde. Sie stand auf und merkte im selben Moment, wie wackelig sie auf ihren Beinen war. »Okay. Ich muss jetzt gehen«, erklärte sie entschieden.

»Schaffst du das allein?« Josh musterte sie besorgt.

»So betrunken bin ich nun auch wieder nicht.« Sie deutete auf ihre Hütte. »Es sind doch nur ein paar Meter.«

Er schmunzelte. »Dann gute Nacht, Sarah.«

»Gute Nacht, Joshshshsh!« Sie warf ihm einen verschwörerischen Blick zu und legte ihren Finger wieder auf ihre Lippen.

»Shhh!«, tat er es ihr lächelnd nach.

Als sie wenige Minuten später ins Bett fiel, flüsterte Miriam leise: »Sorry, dass du warten musstest.«

»Nicht schlimm. Eigentlich war das sogar ganz gut.«

Kapitel 6

Josh rieb sich die Augen. Es war erst Dienstagmittag, aber er fühlte sich schon jetzt ungewohnt müde und reif fürs Wochenende. Die letzten Tage waren noch arbeitsintensiver als sonst gewesen. Gleich fünf Helfer hatten sich krank gemeldet und so mussten alle auf den Feldern mit anpacken. Nach der Feldarbeit hatte er jeden Tag im Weinkeller weitergemacht, und wenn er keine Kundentermine hatte, war er meist bis spätnachts im Büro beschäftigt gewesen, um zu erledigen, was tagsüber liegen geblieben war. Es war anstrengend, aber er wollte es unbedingt schaffen, er musste es schaffen. Schon allein, um es seinem Vater zu beweisen.

Neben ihm arbeitete Jenny. Sie schwitzte. »Es ist so heiß heute, oder?«

»Ja.« Er band weiter die Reben hoch.

»Dass ausgerechnet jetzt so viele krank sind!«, schwatzte Jenny, aber Josh hatte keine Lust, sich zu unterhalten. Dennoch antwortete er: »Ja, das muss eine Ausnahme bleiben.«

»Allerdings. Ich bin es schon gar nicht mehr gewohnt, auf dem Feld zu sein.«

Er stutzte. »Ich weiß, Jenny. Aber im Moment brauchen wir hier draußen jeden, der zwei Hände hat und stehen kann.«

»Natürlich. Ich helfe doch immer gern.« Sie strahlte ihn an.

Für eine Weile arbeiteten sie schweigend weiter. Als sie das Ende der Pflanzenreihe erreichten und damit endlich das ganze Feld fertig bearbeitet hatten, legten alle eine kurze Pause ein. Die Sonne hatte inzwischen ihren Zenit erreicht. Die meisten Helfer suchten sich einen Platz im Schatten und tranken Wasser. Josh besprach währenddessen mit Nigel, wie sie weiterarbeiten sollten, und entfernte sich dann ein paar Meter, um zu telefonieren. Als er zurückkehrte, hatten alle ihre Arbeit bereits wieder aufgenommen. Er wollte noch einen Schluck Wasser nehmen, aber die Flasche rutschte ihm aus der Hand und zerschellte zu seinen Füßen in tausend Scherben.

»Fuck!«, entfuhr es ihm. Er nahm einen Eimer und sammelte die größten Teile ein. Jenny kam ihm zu Hilfe.

»Lass mich das machen, Josh.«

»Ich hab es gleich.«

Jenny ließ sich trotzdem nicht abhalten. Sie griff eine Scherbe nach der anderen, bis sie eine kleinere so ungeschickt anfasste, dass sie ihr in die Hand schnitt. Blut rann ihr über die Finger und tropfte auf den Boden. »Oh, verdammt!«

Josh stellte den Eimer mit den Scherben zur Seite und warf einen kurzen Blick auf Jennys Wunde. »Mach ein Pflaster drauf«, sagte er ungerührt.

Jenny verzog ihr Gesicht zu einem Schmollmund. »Ein Pflaster? Aber das ist bestimmt ganz tief, ich blute. Guck doch mal richtig! Siehst du das nicht?«

»Jenny, das ist nur ein Kratzer, stell dich nicht so an.«

»Und wenn es sich entzündet?«

Josh bebte. »Was willst du? Soll jetzt ein Arzt kommen, oder was?«

»Nein, so schlimm ist es nun auch wieder nicht.«

»Also, worauf wartest du? Mach halt ein Pflaster drauf oder einen Verband oder gips es ein, mir egal. Aber mach weiter, wir haben viel zu tun.«

Jenny rührte sich nicht. »Ich weiß nicht, ob ich so arbeiten kann. Also, hier draußen. Im Dreck.«

Seine Miene verhärtete sich. Er atmete tief ein und aus. »Fein, Jenny. Dann arbeitest du eben im Büro weiter. Tippen und telefonieren wird gehen, nehme ich an?«

»Ich denke schon, ja.«

Josh rief Nigel zu sich. »Könntest du Jenny ins Büro fahren?«

Nigel nickte. Während Jenny einstieg, raunte er leise zu Josh: »Dann hast du wenigstens dort weniger Arbeit.«

»Ja, ich weiß. Aber hier hätten wir sie dringender gebraucht.« Dann drehte er sich um. »Ich hab jetzt keine Zeit dafür. Lass uns weitermachen.«

Kapitel 7

»Aufhören!« Miriam kreischte albern, während Mathis sie am Bauch kitzelte. »Hör auf, ich kann nicht mehr! Non, Mathis, non!«

Er antwortete unverständlich etwas auf Französisch und küsste seine Freundin lachend. Sarah nutzte den kurzen Moment der Ruhe. »Miriam, ich nehme nachher das Auto, okay? Ich wollte …«

»Das geht nicht. Wir machen doch heute einen Ausflug, Mathis und ich.« Miriam setzte sich im Bett auf und strich ihr verwuscheltes Haar glatt. Mathis nickte. »Oui.«

»Das hatte ich dir doch gesagt, weißt du nicht mehr?« Miriam klang schon fast entschuldigend. Und jetzt fiel es Sarah wieder ein. »Ach ja … das hab ich ganz vergessen.«

»Wo wolltest du denn hin?«

»Ach, nur an einen Strand, der ganz schön sein soll.«

»Wir könnten dich hinbringen und nachher wieder abholen.«

Sarah überlegte einen Moment. »Nein, lass gut sein. Ich gehe einfach in die Stadt. Ich wollte eh noch was für die Party besorgen.«

Zwei Stunden später stand sie mitten auf der Geschäftsstraße in Blenheim. Über ihr baumelte die weihnachtliche Festbeleuchtung in Form von blinkenden Sternen und Glocken. Gestresste Menschen strömten, bepackt mit Tüten und Taschen, zwischen den kleinen Geschäften umher.

»Fast wie zu Hause«, murmelte Sarah zu sich selbst, »nur wärmer.«

Wirkliche Weihnachtsstimmung kam bei ihr dieses Jahr nicht auf, aber sie war sich nicht sicher, ob das an den Temperaturen lag oder daran, dass sie ihre Mutter vermisste. Sie hatte noch nie Weihnachten außerhalb von Deutschland verbracht und erst recht nicht ohne ihre Mutter. Morgen war der 24. Dezember, immerhin würden sie dann telefonieren.

Für den Heiligen Abend hatten die Helfer eine internationale Party organisiert. Kurz war diskutiert worden, ob sie Weihnachten am 24. oder am 25. zelebrieren sollten, insbesondere die Amerikaner und die Spanierinnen hatten sich schwer damit getan, schon einen Tag früher zu feiern. Aber das Argument der Franzosen, dass Europäer bereits am 24. viel essen und noch mehr trinken, hatte letztendlich alle überzeugt. Jeder würde etwas Typisches aus der Heimat mitbringen, Miriam hatte Glühwein vorgeschlagen, aber Sarahs Einwand, dass Heißgetränke bei Sommertemperaturen nicht sonderlich beliebt seien, hatte ihr eingeleuchtet.

Nachdem sie in einer Konditorei ein paar Vanillekipferl gekauft hatte, setzte sich Sarah auf eine freie Bank und beobachtete das geschäftige Treiben der Menschen. Plötzlich entdeckte sie in der Menge ein vertrautes Gesicht.

»Margaret!«, rief sie und eilte zu ihr.

»Sarah! Wie schön, dich zu sehen.«

Sarah strahlte sie an. »Danke, gleichfalls.«

»Was machst du hier? Weihnachtseinkäufe? Ist es nicht furchtbar, dass den Leuten immer erst auf den letzten Drücker einfällt, dass sie noch Geschenke brauchen?«

Sarah lachte. »Ja, stimmt.«

»Sollen wir einen Tee trinken gehen? Hast du Zeit?«

»Nichts lieber als das, ja.«

Sie wählten ein kleines Café, das trotz seiner etwas versteckten Lage in einem Innenhof brechend voll war. Vor der Theke hatte sich eine Schlange gebildet, aber sie hatten Glück und erwischten einen ruhigen Tisch in einer Ecke. Während sie in ihren Tassen rührten, erzählte Sarah von der geplanten Weihnachtsfeier, was Margaret eine faszinierende Idee fand. »Das wird bestimmt super. Und interessant.«

Als sie Margaret danach kichernd von Miriam und ihrem neuen Hippie-Freund erzählte, lachte die alte Dame so schallend, dass sich die Leute am Nebentisch nach ihnen umdrehten. Sarah grinste und merkte, wie gut es ihr tat, mit jemandem zu reden.

»Schön, dass wenigstens du dich amüsierst. Ich werde mich daran erinnern, wenn er das nächste Mal auf meinem Bett sitzt und seine Fußnägel abknabbert.«

»Oh bitte, ja.« Margaret wischte sich eine Lachträne aus den Augenwinkeln. »Aber sonst? Wie geht es dir? Wie kommst du mit der Arbeit zurecht?«

»Sehr gut. Die ersten Tage waren echt anstrengend, ich hab Muskeln gespürt, von deren Existenz ich bis dahin gar nichts wusste. Und meine Finger haben wirklich gelitten. Aber inzwischen macht es viel Spaß. Es tut gut, so viel an der frischen Luft zu sein. Außerdem sind die anderen Helfer echt nett.«

»Und die Whittakers?«

»Ja, die mag ich auch.«

»Ich kenne sie schon viele Jahre, weißt du. George sowieso und Josh, seit er ein Baby war.«

»Tatsächlich?« Sarah legte ihren Teelöffel zur Seite. Der Gedanke, etwas mehr über zu Josh zu erfahren, löste eine ungewohnte Spannung in ihr aus.

»Ja, seine Mutter, Alice, war meine beste Freundin.« Sie hielt inne und fuhr leiser fort: »Sie ist vor drei Jahren gestorben. Ein schrecklicher Verlust, für uns alle.«

Sarah sah, wie nah Margaret dieses Thema ging. Alle Fröhlichkeit war plötzlich aus ihrem Gesicht gewichen, ihr Blick voller Trauer. Sarah traute sich kaum, nachzufragen, wollte aber nicht desinteressiert wirken. »Was ist denn passiert?«

»Ach, Krebs ist passiert. Es war ganz schrecklich. Es ging ihr immer gut, sie hatte nichts. Nichts! Nur dann und wann mal ein paar Zipperlein, was man ab einem gewissen Alter eben so hat.«

Sie lehnte sich zurück und seufzte. Mit leiserer Stimme sprach sie weiter. »Alice war dann wegen einer ganz banalen Routineuntersuchung beim Arzt. Und dann hieß es gleich: Krebs an der Bauchspeicheldrüse, fortgeschrittenes Stadium. Wir konnten es gar nicht fassen.« Sie schaute aus dem Fenster. »Aber der Krebs war schon überall. Sie haben sie operiert und eine Chemo gemacht, aber sie hatte im Grunde keine Chance, von Anfang an nicht.«

Margaret schluckte. Ihre Mundwinkel zuckten kurz. Sarah legte ihr sanft eine Hand auf den Arm.

»Es war eine furchtbare Zeit, weißt du? Alice wurde immer schwächer und ... physisch weniger. Ihr Mann, George, war mit allem überfordert, mit der Pflege von Alice, mit der Führung des Weinguts ... Er war wie erstarrt damals. Und Josh wohnte ja auch nicht mehr hier, er studierte ja schon seit einer Weile in Nelson. Gott sei Dank war er schon kurz vor dem Abschluss, als das alles passierte. Gleich danach ist er dann wieder auf dem Weingut eingezogen, um seinen Eltern zu helfen. Ich weiß nicht, was George ohne ihn gemacht hätte. Im Juli ist Alice dann gestorben, kein Jahr nach der Diagnose.« Ein trauriges Lächeln umspielte ihren Mund. »Ich vermisse sie so. Wir haben so oft miteinander geredet, sie konnte immer so gut zuhören, weißt du? Sie war eine Seele von Mensch. Immer fröhlich und so hilfsbereit.«

»Ach, Margaret, das tut mir leid.«

Margaret trank einen Schluck Tee. Dann lächelte sie tapfer. »Schon gut. Ich wollte dich nicht damit belästigen. Die Weihnachtszeit macht mich so sentimental, fürchte ich. Lass uns von etwas anderem reden.« Sie dachte einen Moment nach, dann hellte sich ihr Gesicht auf. »Morgen kommen meine Söhne! Ist das nicht schön?«

Sarah war froh, dass Margaret wieder lächelte. Sie saßen noch eine ganze Weile zusammen und erzählten sich ihre Feiertagspläne. Als sie das Café verließen, umarmten sie sich herzlich.

»Sarah, es hat mich so gefreut, dich zu sehen! Das müssen wir wiederholen!«

»Sehr gern. Ich habe samstags meinen freien Tag und ...«

»Was hast du am Mittwoch vor?«

»Äh, ich werde arbeiten, denke ich.«

»Den ganzen Tag?«

»Na ja, wir fangen morgens um sieben an, bis siebzehn Uhr sind wir auf dem Feld.«

»Ich habe eine kleine Feier, nichts Großes. Ich habe Geburtstag und feiere mit ein paar Freunden. Komm doch auch, und bring Miriam und ihren Hippie mit! Steve und ich würden uns so freuen.« Sie sah Sarah erwartungsvoll an.

»Dann komme ich gern.«

Kapitel 8

Die Geschenke für die Helfer trug er in einem Jutesack. Es waren Karten und Süßigkeiten, Josh hatte keine Zeit für eine längere Ideensuche gehabt und dankbar Jennys Vorschlag angenommen.

Als er den Speisesaal betrat, war er überrascht, wie viel Mühe sich alle gegeben hatten. Der Raum war innerhalb weniger Stunden in ein weihnachtliches Winterwunderland verwandelt worden. Lichterketten tauchten den Raum in warmes Licht, an den Fenstern hatte jemand versucht, mit Schneespray die Illusion einer kalten Winternacht zu zaubern. Golden glänzende Sterngirlanden waren durch den Raum gespannt, und auf den Tischen flackerten Kerzen in hohen Gläsern. Das Buffet war auf der Küchentheke aufgebaut und gleich daneben eine improvisierte Bar. Weihnachtsmusik erfüllte den Raum.

»Wow«, entfuhr es ihm.

»Ja, wunderschön«, pflichtete Jenny ihm bei. Sie hatte sich extra schick angezogen, wie alle anderen auch. Viele der weiblichen Helferinnen zeigten ihre Beine in kurzen Röcken, einer der Australier trug sogar eine Fliege, und

Mathis hatte sich zur Feier des Tages ein frisches T-Shirt ausgesucht. Erst auf den zweiten Blick erkannte Josh Sarah, die ihre Haare nicht wie üblich zurückgebunden hatte, sondern in weichen Wellen offen trug. Selbst ihr schulterfreies Strandkleid wirkte in dieser Umgebung elegant und festlich.

Du bist die hübscheste Frau im ganzen Saal, weißt du das?

Als alle da waren und jeder ein Glas zum Anstoßen in der Hand hielt, stieg er kurzerhand auf einen Stuhl.

»Frohe Weihnachten euch allen!«

Die Helfer klatschten.

»Ich freue mich sehr, dieses Jahr so ein ungewöhnliches Fest zu feiern. Mit euch! Das hatten wir noch nie!« Wieder klatschten sie. »Mein Vater wäre sicher auch gern hier, aber er ist für ein paar Tage unterwegs. Er bestellt euch beste Grüße. Ich möchte euch außerdem danken für die letzten Tage. Ich weiß, es war viel Arbeit, und wir haben eine Menge von euch verlangt, aber die gute Nachricht ist: Wir haben es geschafft!«

Die Helfer jubelten und klatschten erleichtert.

»Natürlich wird die Arbeit weitergehen, aber sie wird ab jetzt einfacher sein. Mit euch zusammen haben wir im Januar viel vor, wir werden zum ersten Mal überhaupt auf ‚Eight Poplars' die Grünlese machen! Aber dazu erzähle ich euch mehr, wenn es soweit ist. Jetzt habt einen wunderbaren Abend, esst, trinkt, tanzt und feiert! Morgen habt ihr alle frei, aber denkt dran, dass ihr spätestens übermorgen wieder nüchtern sein müsst!« Einige buhten spöttisch, und Josh grinste. »Na gut, wenigstens halbwegs. Cheers!« Er hob sein Glas. »Auf Weihnachten! Und auf euch!«

In den nächsten Stunden trank er selbst mehr, als er vorgehabt hatte. Irgendwer schenkte ihm immer nach und nach dem vierten oder fünften Glas befand er, dass er an seinem eigentlichen Plan, den nächsten Tag schon ab morgens früh im Büro zu arbeiten, nicht unbedingt so streng festhalten musste.

Er genoss den Abend. Das Essen war ungewohnt, aber manches davon tatsächlich sehr lecker. Die Amerikaner hatten es geschafft, einen ganzen, gefüllten Truthahn zuzubereiten, die Dänen servierten eine Grütze und betonten, dass sie davon eine Schüssel für einen Nisser, einen Weihnachtswichtel, aufheben müssten. Mathis und Philippe hatten einen »Bouche de Noel« gebacken und von Sarahs gekauften Vanillekipferln waren bald nur noch Krümel übrig.

Zur Überraschung aller hatten die Australier eine Karaokemaschine organisiert. Sie konnten zwar nicht recht erklären, welche Weihnachtstradition dahintersteckte, aber danach fragte niemand genau. Nach dem Essen schoben sie die Tische zur Seite, um eine Tanzfläche zu schaffen. Kaum hatte einer der Koreaner »Last Christmas« angestimmt, tanzten die ersten. Josh stand am Rand und sah ihnen lächelnd zu, während er einen Schluck Wein trank. Am anderen Ende des Raumes stand Sarah.

»Schade, dass dein Vater nicht hier ist.« Jenny stellte sich neben ihn.

»Nein. Es ist ganz gut, dass er beschäftigt ist über die Feiertage.«

»Findest du?«

»Natürlich. Es wäre ohne meine Mutter nur wieder schwer geworden für ihn.«

»Wo ist er eigentlich?«

»Er wandert mit ein paar Freunden.«

»Ach ja. Das hatte er mir erzählt. Und wie geht es dir?«

»Gut. Es ist eine gelungene Party.«

»Soll ich morgen kommen, um im Büro zu helfen?«

»Nein, Jenny. Morgen feierst du Weihnachten mit deiner Familie.« Er vermied es, sie direkt anzusehen.

»Aber ich würde gerne helfen.«

»Lass gut sein. Ich mache das schon. Du hast frei.«

Er wusste, dass Jenny ein schlechtes Gewissen hatte, weil sie vor ein paar Tagen diese alberne Schnittwunde als Ausrede benutzt hatte, um der Feldarbeit zu entfliehen. Aber wenn sie morgen im Büro mitarbeiten würde, wäre er tatsächlich früher mit der Arbeit fertig und würde am Weihnachtsabend allein sein. Ihm grauste davor. Seit seine Mutter gestorben war, hatten die Feiertage für ihn und seinen Vater jeden Glanz verloren.

Schnell erklärte er: »Ich hol mir noch was zu trinken, wir sehen uns.« Er ließ Jenny stehen und ging zur Bar.

An der Theke war Mathis damit beschäftigt, Gläser aufzufüllen. »Was trinkst du, Mann?«, fragte er Josh.

»Ach, gib mir einfach ein Bier.«

Mathis öffnete eine Flasche und reichte sie ihm. »Prost.« Sie stießen an und der Franzose legte ihm kumpelig den Arm um. »Das ist eine schöne Party, eh? Wenn du was rauchen möchtest, melde dich bei mir. Schenke ich dir zu Weihnachten.« Er grinste.

»Danke, nein. Ich bleibe beim Bier«, erklärte Josh und kam sich albern spießig vor.

»Dann komm wenigstens mit zu den Mädels.« Mathis schien keinen Widerspruch zu erwarten. Sein muskulöser Arm lag immer noch schwer um Joshs Schultern, als er ihn zu Miriam und Sarah führte. Sie standen am Rand der Tanzfläche und unterhielten sich. Als Mathis und Josh zu ihnen stießen, lächelten sie, nahmen ihre Gläser und stießen an. In den nächsten Minuten erläuterte Mathis der kleinen Runde wortreich, dass er zwar nicht gläubig, aber dennoch ein großer Fan von Weihnachten sei.

»Es ist das verdammte Fest der Liebe!«, erklärte er schließlich und lallte dabei ein wenig. »Ist doch egal, ob einer katholisch oder buddhistisch oder hinduistisch ist. Es zählt doch bei allen Religionen nur die Liebe. Hab ich recht?«

Miriam hing an seinen Lippen, als hörte sie diese These zum allerersten Mal. Josh trank einen Schluck und wechselte einen amüsierten Blick mit Sarah.

Denkst du das gleiche wie ich?

Im Hintergrund stimmte im gleichen Augenblick ein Australier eine sehr schiefe Version von »Rockin' Around The Christmas Tree« an.

»Oh, das ist so ein schönes Lied!«, quiekte Miriam. »Lass uns tanzen, Mathis!« Sie zog ihn auf die Tanzfläche, und er geriet dabei fast ins Stolpern. Josh und Sarah blieben allein zurück.

»Tanz mit ihr, Mann!«, befahl Mathis in Joshs Richtung. »Es ist das Fest der Liebe!«

Oh nein. Ich kann nicht tanzen. Weder nüchtern noch jetzt. Ich will mich nicht vor dir blamieren.

»Möchtest du?«, fragte er und hoffte, sie würde ablehnen. Doch sie nickte. »Natürlich.«

Als sie auf der Tanzfläche vor ihm stand, lachte sie ihn an und tanzte mit Leichtigkeit. Ihre Bewegungen waren weich und fließend, sie drehte und wiegte sich und blieb doch immer im Takt. Josh konzentrierte sich sehr und fühlte sich neben ihr trotzdem wie ein unbeweglicher Holzklotz.

Muss es denn ausgerechnet so ein schnelles Lied sein?

Er lächelte erleichtert, als es endlich vorbei war. »Tut mir leid. Ich bin kein guter Tänzer«, sagte er zu Sarah und beugte sich zu ihrem Ohr hinunter, damit sie ihn überhaupt hörte. Sie zuckte mit den Schultern und antwortete etwas, aber er verstand es nicht. Es war einfach zu laut. Als das nächste Lied angestimmt wurde, war Josh froh, dass es eine langsame Ballade war. Sarah deutete ihm an, wieder an den Rand zurückzukehren, aber er schüttelte den Kopf, nahm ihre Hand und zog sie wieder auf die Tanzfläche. Er legte seine andere Hand auf ihren Rücken, und als er ihr überraschtes Gesicht sah, raunte er in ihr Ohr: »Balladen tanzen kann ich, pass mal auf!«

Sie lachte auf, und er zog sie etwas näher an sich. Sie war viel kleiner als er und leicht zu führen. Während einige Koreaner eine überraschend stimmsichere Version von »White Christmas« zum Besten gaben, bewegten sie sich langsam miteinander. Die Welt um sie herum verwischte, schien still zu stehen und verschwand bald ganz im Dunkel. Mit geschlossenen Augen spürte er sie plötzlich mit jeder Faser seines Körpers. Ihre weiche Haut, ihre Hand in seiner, ihre Brüste. Er hielt sie sanft und fühlte jede ihrer Bewegungen durch den Stoff ihres Kleides. Ihr Atem an seinem Hals ließ prickelnde Wellen über seine Haut laufen, es gab nur sie beide, hier und jetzt, ganz nah. Tief sog er den Duft ihres Parfums ein und spürte ihren Herzschlag, gleichmäßig, aber eine Spur schneller als normal.

Lass uns immer so weitermachen. Du bist mir so nah.

Das Lied war schlagartig vorbei. Mit dem eigentümlichen Gefühl, aus einem Traum zu erwachen, öffnete er die Augen. Sarah trat einen Schritt zurück. Sie lächelte unsicher. Keiner von beiden sagte etwas, sie standen für einen

Moment nur da und sahen sich an, seine Hand hielt ihre noch immer fest.

Hast du das gerade auch gespürt? So gespürt wie ich?

Um sie herum feierten und tanzten die Menschen weiter zum nächsten Lied, als Jenny ihn plötzlich am Ärmel zupfte und ihn damit aus diesem Moment riss.

»Hier bist du! Dein Vater hat mich gerade angerufen, weil er dich nicht erreichen konnte«, rief sie in sein Ohr. »Du bist nicht drangegangen.«

Er ließ ihre Hand los und nahm sein Handy aus seiner Hosentasche. Tatsächlich stand auf dem Display, dass er drei Anrufe in Abwesenheit hatte.

»Was will er? Ist was passiert?«, hakte er nach.

»Weiß ich nicht.«

Josh wollte etwas zu Sarah sagen, aber sie hatte sich schon abgewandt.

Als er knapp zwanzig Minuten später zurück in den Festsaal trat, schaute er sich suchend nach ihr um, doch er entdeckte sie nirgendwo. Enttäuscht nahm er sich ein Bier. Das Telefonat mit seinem Vater war so unwichtig gewesen! Er hatte nur ausführlich die bisherige Wanderung beschrieben und wissen wollen, wie es auf dem Weingut lief. Seit er verwitwet war, teilte er Gedanken gern spontan mit seinem Sohn. Mathis lief an ihm vorbei und Josh hielt ihn an. »Hey, hast du Sarah gesehen?«

Mathis kratzte sich am Kopf. »Ich glaube, die ist eben gegangen. Weiß nicht so genau.«

Josh blieb noch eine Weile, plauderte mit den Leuten und amüsierte sich – aber Sarah tauchte nicht mehr auf.

Kapitel 9

»Schön, dass du da bist!« Margaret führte Sarah auf die Terrasse, wo die anderen Gäste sie mit gespannten Blicken empfingen. Sie winkte schüchtern in die Runde und war erleichtert, als sie feststellte, dass die Party deutlich ungezwungener war, als sie heimlich befürchtet hatte. In ihrer schlimmsten Vorstellung saß sie allein unter lauter alten Leuten an einer Kaffeetafel. Miriam hatte die Einladung dankend abgelehnt und einen Abend mit Mathis bevorzugt.

Auf dem Grill brutzelte Fleisch und leise Musik untermalte die entspannte Stimmung. Die Gäste waren bunt gemischt, Sarah war zwar die Jüngste, aber Margarets unkomplizierte Art, sie den anderen vorzustellen, erleichterte es ihr, sich rasch wohlzufühlen.

Sarah nahm sich etwas zu trinken und kam bald mit Freundinnen von Margaret ins Gespräch. Sie plauderten über dies und das, zwischendurch gesellten sich Margaret und Steve zu ihnen und erzählten ein paar Anekdoten von ihren Söhnen.

Sie war schon etwa eine Stunde dort und stand gerade

im Garten, wo sie wieder die Blumenpracht bewunderte, als jemand hinter sie trat.

»Dich hab ich hier nicht erwartet.«

Sie drehte sich um.

Verdammt. Du hier. Seit drei Tagen hab ich dich nicht gesehen und jetzt, wenn ich mal nicht nach dir Ausschau halte, stehst du einfach so vor mir.

»Ich dich auch nicht. Hallo, Josh.«

Er lächelte. »Hallo, Sarah.«

Eine Pause entstand.

Und worüber reden wir jetzt?

Sie hatte in den letzten Tagen so oft nachgedacht, über Josh und über das Gefühl, das sie beim Tanzen mit ihm verbunden hatte. Diese Nähe.

Es war keine drei Wochen her, seit sie ihn zum ersten Mal gesehen hatte, und ja, sie fand ihn natürlich sofort attraktiv. Ja, auch sympathisch. Und vom ersten Moment an so irritierend vertraut.

Obwohl ihr erstes Gespräch, ihr Geheimnisaustausch, mitten in der Nacht stattgefunden hatte, so unerwartet. Aber das waren doch nur ein paar Minuten gewesen, und sie selbst betrunken! Hatte er sie überhaupt wahrgenommen? War sie für ihn nicht nur eine von vielen hier? Irgendeine Helferin, die sowieso bald wieder weg war?

Aber diese Weihnachtsparty ging ihr nicht mehr aus dem Kopf. Oder vielmehr: Der Tanz, Josh und dieses Gefühl geisterten ständig durch ihren Kopf. Dabei war es doch nur ein einziger Tanz zu einem alten, abgedroschenen Lied gewesen! Wieso brachte sie das so durcheinander?

Aber irgendetwas ist mit uns passiert, oder? Du warst mir plötzlich so nah. Und ich habe so viel Zärtlichkeit für dich empfunden.

Er hatte sie direkt danach so merkwürdig angesehen, selbst Miriam war das aufgefallen, und sie hatte sie am nächsten Morgen darauf angesprochen.

»Und was verschlägt dich hierher? Hat man dich wieder aus der Hütte ausgesperrt?«, erkundigte er sich frech, und sie bemerkte, dass sich kleine Grübchen bildeten, wenn er grinste.

Sie spürte, wie sie rot wurde. »Ähm, nein. Ich kenne Margaret ... Sie hat Miriam und mir den Job bei euch vermittelt.«

»Oh, stimmt. Ich erinnere mich.« Es schien ihm tatsächlich erst jetzt wieder einzufallen.

»Und selbst?«, gab sie sich ahnungslos, obwohl sie genau wusste, dass Margaret mit seiner Familie befreundet war.

»Sie ist meine Patentante. Normalerweise wäre mein Dad auch hier, aber er wandert mit ein paar Freunden über die Nordinsel.« Er deutete zum Grill. »Hast du schon was gegessen?«

»Nein.«

»Kommst du mit? Es ist mal was anderes als Helens Küche ...«

Mit ihren Tellern setzten sie sich an einen Tisch. Sie aßen und unterhielten sich, er scherzte, und sie lachte und fühlte sich immer verwirrter. Da saß sie nun auf einer Gartenparty in Neuseeland und unterhielt sich mit einem Mann, den sie kaum kannte, aber der ihr das Gefühl gab, ein alter Freund zu sein.

Empfinde nur ich das so, oder ist das einfach deine Art?

Er wechselte mit jedem, der zwischendurch an ihrem Tisch Platz nahm, freundliche Worte. Alle hier schienen ihn zu kennen und zu mögen. Nach einer Weile setzte sich Margaret zu ihnen. »Was möchtet ihr trinken? Wein?«

Josh winkte ab. »Ich muss noch fahren, danke.« Auch Sarah lehnte dankend ab. »Sorry, Margaret. Aber ich kann mich ja vor meinem Chef nicht betrinken.«

Er lachte und hob abwehrend die Hände. »Oh nein, meinetwegen musst du auf nichts verzichten, bitte. Hier bin ich nicht dein Chef. Hier sind wir beide nur Gäste.«

»Sehr richtig, Josh. Also Wein, meine Liebe?«, fragte Margaret, während sie Sarahs Glas und ihr eigenes bereits füllte.

»Oh, danke. Und cheers!«

Sie stießen an und Margaret erläuterte: »Dieser edle Tropfen ist schließlich das Ergebnis eurer Arbeit! Na ja, in diesem Fall von Joshs Arbeit. Aber nächstes Jahr wird auch deine Mühe darin stecken.«

Überrascht betrachtete Sarah die Flasche. Tatsächlich, ohne es zu wissen, hatte sie den Wein der »Eight Poplars Winery« getrunken. Einen Chardonnay vom letzten Jahr. »Wie schmeckt er dir?«, wollte Josh wissen.

»Sehr gut.« Sie suchte nach Worten. Sie trank gerne Wein, aber sie war keine große Weinkennerin, und mit den üblichen blumigen Umschreibungen des Geschmacks konnte sie in der Regel nur wenig anfangen.

Josh sah sie weiter gespannt an. »Wie sieht er für dich aus?«

»Hm. Hell?«, gab sie zögernd als Antwort.

Josh nickte. »Ein ganz helles Gelb, nahezu farblos. Daran erkennt man, dass es ein leichter, trockener Wein ist. Je dunkler die Farbe, desto voller ist der Geschmack oder desto älter der Wein. Was riechst du?«

Sie schnupperte an ihrem Glas.

»Lass es ein wenig kreisen, dann riechst du es besser«, schlug er vor und sie schwenkte das Glas vorsichtig. Sie versuchte, sich zu konzentrieren, aber es fiel ihr schwer, die Aromen zu identifizieren. Es roch eben nach Wein!

»Ich weiß nicht genau ... Es riecht fruchtig. Limette?«

Er schüttelte den Kopf: »Nein, in erster Linie Mandarine.«

»Naja, immerhin auch eine Zitrusfrucht.«

Er grinste. »Stimmt. Wenn wir in einem geschlossenen Raum wären, würdest du auch Ananas und Nektarine riechen.«

Sarah war sich da nicht so sicher, nickte aber zustimmend.

»Jetzt probier ihn. Achte auf deine Zunge: Ganz vorne, mit der Spitze, schmeckst du die Süße. Säure empfindest du an den vorderen Rändern, Salz an den hinteren. Und Bitterstoffe schmeckst du ganz hinten.«

»Josh, ich weiß nicht, ob ich das so gut kann ...«

»Versuch es einfach, bitte.«

Seufzend probierte sie den Wein, ohne ihn herunterzuschlucken. Süße? Bitterstoffe? Sie hatte keine Ahnung. Für sie schmeckte der Wein einfach lecker. Ihr Blick fiel auf das Etikett.

»Naja, er ist ... leicht und lebendig. Und passt hervorragend zu Fisch und Gegrilltem«, las sie ab.

»Na schön«, grinste er. »Für eine Anfängerin bist du gar nicht schlecht.«

Sie saßen eine ganze Weile so da. Er erzählte ihr von seinen Plänen, erstmals eine Grünlese durchzuführen, was er sich davon erhoffte und wie gespannt er auf das Ergebnis war. Sie merkte ihm an, mit wie viel Stolz ihn seine Arbeit erfüllte. »Wann ist es soweit?«, fragte sie.

»Im Januar. Es wird anstrengend werden, mach dich auf was gefasst.«

»Im Januar erst? Dann bin ich wahrscheinlich nicht mehr da. Wir fahren am 9. schon weiter.«

»Tatsächlich? Du bist doch gerade erst angekommen!«

»Na ja, dann sind schon vier Wochen rum.«

»Oh. Das ist schade.«

Bist du tatsächlich enttäuscht, oder klingt das nur so?

»Ja«, sagte sie.

Einen kurzen Moment schwiegen beide und sahen sich verlegen um. Die meisten Gäste hatten die Party vor ihnen unbemerkt verlassen. Es dämmerte bereits, Margaret und Steve saßen mit ein paar wenigen Freunden noch am Tisch.

»Wie bist du eigentlich hergekommen?«, fragte er.

»Miriam hat mich gefahren. Ich rufe sie gleich an, damit sie ...«.

»Du kannst mit mir zurück fahren«, unterbrach er sie.

»Oh. Danke.«

»Kein Problem, wir haben schließlich denselben Weg, nicht wahr?« Er lächelte. »Sollen wir?«

Sie wäre gern länger mit ihm hier sitzen geblieben, hätte gern weiter mit ihm geredet und gelacht. Aber er hatte dazu offenbar keine Lust mehr. »Okay.« Sie nickte und schrieb Miriam eine SMS, dass sie nicht mehr abgeholt werden musste. Dann verabschiedeten sie sich von den anderen Gästen, und Margaret nahm ihr das Versprechen ab, vor ihrer Weiterreise unbedingt noch einmal bei ihr vorbeizuschauen.

Er hatte seinen Pick-up vor der Tür geparkt, und kaum, dass sie sich angeschnallt hatte, entschuldigte er sich für das Chaos im Fußraum. »Wie peinlich ... Ich fahre meistens allein und äh ... hab keine andere Erklärung.«

»Ich sag's nicht weiter«, schmunzelte sie und schob mit ihrem Fuß ein paar Dinge zur Seite. Er fuhr los, und ohne nachzudenken sagte sie: »Ich war noch gar nicht in der Piperbay.«

Josh sah überrascht zu ihr hinüber, dann wieder auf die Straße. »Das solltest du aber.«

»Ich weiß. Ich wollte neulich mal hin, aber Miriam brauchte das Auto.«

Er überlegte eine Sekunde oder zwei. »Sollen wir jetzt hinfahren?«

»Jetzt? Äh … klar, warum nicht?«

Es war kein weiter Weg. Er parkte das Auto auf einem ungeteerten Platz, wo außer ihnen niemand war.

»Wie hätte ich das denn allein finden sollen?«, bemerkte sie kopfschüttelnd, aber er lachte nur, während er auf einen kleinen Trampelpfad vorausging. Farne bogen sich über und vor ihnen, bildeten einen Tunnel, bis sie plötzlich den Blick freigaben. Der Strand war nicht groß, und die Bucht war kaum zweihundert Meter breit. Direkt links neben ihnen ragte eine riesige Gesteinswand in die Höhe. Im Meer lagen dunkle Felsbrocken, und die Wellen zersprangen daran in weiße, schaumige Gischt. Sarah blieb ehrfürchtig stehen. Die Szenerie hatte etwas Magisches und sie brauchte einen Moment, um sie in ihrer Vollkommenheit zu erfassen.

»Oh mein Gott!«, flüsterte Sarah. »Das ist ja wunderschön hier!«

Josh hatte seine Schuhe ausgezogen und lief barfuß auf dem hellen Sand. Er lächelte stolz. »Nicht wahr? Hab ich doch gesagt!«

Sarah streifte ihre Sandalen ebenfalls ab und ging zum Wasser. Es war kalt, aber das machte ihr nichts aus, und sie watete bis zu den Knien hinein. Sie drehte sich langsam um sich selbst und versuchte, sich jedes Detail dieses

Ortes einzuprägen. Josh war inzwischen auf einen der Gesteinsbrocken im Meer geklettert.

»Komm her«, bat er sie. »Hier oben ist der beste Platz!«

Sie ging ein paar Schritte zum Felsen, aber wie sollte sie dort hinauf kommen? Sie fand keine Trittfläche und nichts, woran sie sich hochziehen konnte. Er beugte sich von oben zu ihr hinunter und hielt ihr seine Hand hin. »Halt dich fest.«

Sie ergriff seine Finger, und er zog sie mit Leichtigkeit nach oben, bis sie direkt vor ihm stand und sie sich ansahen. Wortlos hielt er sie weiter fest. Sekunden verstrichen. Ihre Haut prickelte elektrisiert, ihr Herz übersprang aufgeregt ein paar Schläge. Sie drückte seine Finger, ganz leicht, und er erwiderte den Druck sanft.

Ermutigt strich sie mit ihrer anderen Hand durch sein Haar, und er schloss die Augen. Mit ihren Fingerspitzen berührte sie sein Ohr und sein Kinn und dann stellte sie sich auf die Zehenspitzen und küsste ihn, zart und vorsichtig, bis er ihren Kuss ebenso zärtlich erwiderte. Dann löste sie sich von ihm, und in seinen braunen Augen lag für einen Moment Erstaunen. Endlich nahm er ihr Gesicht in seine Hände, und sie küssten sich noch einmal, jetzt leidenschaftlich und voller Hingabe. Alles in Sarah strömte, mächtig und unaufhaltsam, und ließ ihr Herz schnell schlagen. Da standen sie auf diesem Felsen, als würden sie tanzen, und umarmten sich und hielten sich fest, und Sarah konnte es einfach nicht fassen.

Lass mich nicht los. Was passiert hier gerade mit uns?

Kapitel 10

Als sie ihn ansah, erkannte er in ihrem Blick das gleiche Erstaunen, das er selbst empfand. In seinem Mund schmeckte er ihre Süße.

Ist das gerade wirklich passiert? Aber wie?

Natürlich, ja, sie war ihm gleich aufgefallen, vor ein paar Wochen, im Speisesaal. In den Tagen danach hatte er sie manchmal beobachtet, sie wurde ständig umschwärmt. Die Franzosen hingen andauernd bei ihr und ihrer Freundin herum, und auch sonst schien sie immer von Menschen umgeben zu sein. Wie helles Licht von Motten. Bis auf dieses eine Mal, als er mitten in der Nacht von der Weinpräsentation in Picton gekommen war und sie allein vor dem Speisesaal gesessen hatte. Er hätte sich gern länger mit ihr unterhalten, aber sie war so plötzlich aufgesprungen und in ihre Hütte gegangen.

Er mochte sie, sie war genau sein Typ, war sympathisch und lustig, und es hatte ihn gefreut, dass ihr die Arbeit auf den Feldern nichts ausmachte, ja, sogar gefiel. Aber er hatte nicht in Betracht gezogen, dass da mehr sein könnte. Bis zu dieser Weihnachtsfeier. Er hätte gern mit ihr etwas getrunken oder über irgendetwas geredet, aber nein, es musste ja ein Tanz sein. Ausgerechnet! Er hasste Tanzen! Es war so blamabel gewesen, sie konnte es so gut, und er hatte sich noch nie so unbeweglich gefühlt. Er hatte sich gar nicht viel dabei gedacht, als er sie dann zu dieser schnarchigen Ballade aufgefordert hatte. Außer vielleicht, dass sie keinen ganz so schlechten Eindruck von ihm haben sollte.

Und dann hat es sich unfassbar gut angefühlt, dich zu berühren. Du warst mir so nah und so vertraut. Hast du das auch gemerkt?

Dieses Gefühl hatte ihn überrascht, geschockt und danach hatte er gar nicht gewusst, was er tun sollte.

Wenn Jenny nicht genau in diesem Moment gekommen wäre, wenn sein Vater nicht ausgerechnet dann hätte telefonieren wollen ... wer weiß, was dann passiert wäre? Aber als er zurückgekehrt war, hatte sie die Party ja schon verlassen. Und überhaupt: Es gab so vieles, das jetzt wichtiger war. Die Kundentermine, die Arbeiten an den Reben ... er hatte den Kopf überhaupt nicht frei für irgendetwas anderes. Und keine Zeit! Er musste sich doch jetzt voll und ganz auf ,Eight Poplars' konzentrieren.

Josh atmete tief durch und trat einen Schritt von ihr zurück. »Hör mal, Sarah, es ist so ... Du bist wirklich super, aber ich ... Die Arbeit, verstehst du?« Er schluckte und wagte es nicht, sie dabei anzusehen.

»Hey, alles gut. Ich hab ... ich war auch ... ich hab das auch nicht geplant. Das hier.« Sie lachte hilflos.

»Okay.« Er nickte langsam und ihre Blicke trafen sich nun doch. »Tut mir leid.«

»Mir auch.« Sie runzelte die Stirn. »Oh Gott, du bist aber nicht verheiratet oder hast eine Freundin, oder?!«

»Nein. Nein. Weder noch. Du etwa?«

»Nein.«

»Gut.« Er kaute nervös auf seinen Lippen. »Sollen wir dann jetzt zurückfahren?«

»Ja, klar.«

Erschrocken bemerkte er, dass er noch immer ihre Hände festhielt und ließ sie augenblicklich los.

Ich wollte dich nicht verletzen.

Sie schwiegen beide, während sie zum Auto gingen. Sobald der Wagen lief, drehte er das Radio auf, um die Stille zwischen ihnen zu übertönen. Er hatte kaum geparkt, als sie sich abschnallte. »Danke fürs Mitnehmen«, sagte sie kühl und öffnete die Tür.

»Natürlich, gern. Gute Nacht, Sarah.«

»Gute Nacht.«

Sie stieg aus, schlug die Tür zu, und er hatte das Gefühl, einen riesigen Fehler zu machen.

Kapitel 11

»Richtig.« Sarah brach die Doppeltriebe der Weinreben wütend heraus und warf sie auf den Boden.

»Und darf ich fragen, was der Grund für deine miese Laune ist?« Miriam war neben ihr mit der gleichen Arbeit beschäftigt.

»Nein. Doch. Erzähl ich dir nachher.«

Sarah wischte sich den Schweiß von der Stirn. Sie hatte gedacht, dass die Arbeit sie ablenken würde, aber das war nicht der Fall. Sie war immer noch so zornig wie am Abend zuvor. Die halbe Nacht lang hatte sie wachgelegen und versucht, Ordnung in ihr Gefühlschaos zu bringen. Josh! Dieser Idiot! Das war doch nicht zu fassen.

Es war doch so perfekt gewesen. Aber nein, sie hatte sich das alles nur eingebildet. Sie hatte wirklich gedacht, dass sie sich super verstünden auf Margarets Party. Es war so schön gewesen, mit ihm dort zu sitzen und zu reden, über Wein, Musik und über den Rest der Welt. Sie hatten erstaunlich viele gemeinsame Interessen entdeckt und den gleichen Humor. Er war so witzig, sie hatte an diesem Abend so viel gelacht wie lange nicht mehr und war sicher gewesen, dass es ihm genauso ging. Es hatte sich doch alles gut angefühlt! War ja klar, dass sie so blöd war, sich gleich in ihn zu verlieben. Aber verdammt! Es war doch auch seine Idee gewesen, zum Strand zu fahren. Er hatte schließlich ihre Hände festgehalten und er hatte sie geküsst. Er hatte das doch auch gewollt! Sie hatte sich ihm so nah gefühlt, genau wie bei diesem Tanz auf der Weihnachtsfeier. Und für einen kurzen Moment hatte sie gedacht, dieser Kuss sei der Anfang von etwas. Nie zuvor hatte sich ein Kuss so gewaltig angefühlt, so fremd und vertraut und dabei so existenziell, als würde sie Luft holen nach einem langen Tauchgang.

Aber nein – er hatte sie gleich danach abserviert, einfach so, aus dem Nichts! Dieses Gestammel von seiner Arbeit ... Was für eine blöde Ausrede das doch war. Als ob sie das nötig hätte. Da war es ihr ja sogar lieber, von Philippe angebaggert zu werden, der wusste wenigstens, was er wollte. Aber Josh?! Der Moment nach dem Kuss war so erniedrigend gewesen. Das würde ihr nie mehr passieren! Wütend rupfte sie weiter Blätter aus.

Kapitel 12

Das Blatt hatte er inzwischen in kleine Fetzen gerissen. Josh wechselte den Telefonhörer zum anderen Ohr und wischte die Papierstückchen in den Mülleimer.

»... Bier mitbringen.« Die Stimme am anderen Ende machte eine Pause. »Josh?!«

»Hm? Sorry. Ich war abgelenkt.«

»Ich sagte, du brauchst kein Bier mitzubringen.«

»Okay.«

»Alter. Hörst du mir überhaupt zu? Was ist los mit dir?«

»Was soll sein?«

Er wusste, dass er Aidan nichts vormachen konnte. Er war sein bester Freund, schon seit sie Kinder waren. Niemand kannte ihn so gut wie er. Trotzdem hatte er jetzt keine Lust, ihm irgendwas zu erklären. Erst recht nicht, was da gestern mit Sarah passiert war. »Ich hab nur viel Arbeit, das ist alles.«

»Wie immer. Na ja, wir freuen uns jedenfalls auf dich. Alle. Kate hat tonnenweise eingekauft. Das wird die beste Silvesterparty seit Jahren!«

»Ganz sicher«, seufzte er. »Also, ich muss hier weitermachen. Wir sehen uns übermorgen.«

Sie verabschiedeten sich und Josh versuchte, sich wieder auf die Büroarbeit zu konzentrieren. Er vereinbarte einige Termine, bearbeitete Bestellungen und schrieb ein paar Rechnungen. Als er fertig war, überlegte er kurz, auf den Feldern mitzuhelfen. Aber da war jetzt Sarah, und eine Begegnung mit ihr wollte er um jeden Preis vermeiden. Kurzentschlossen ging er in den Weinkeller und war froh, sich dort mit der Arbeit ablenken zu können.

Kapitel 13

Sarah grübelte. Sollte sie morgen wirklich zu der Silvesterparty in der Disko gehen? Ihr war überhaupt nicht nach Feiern zumute. Sie hätte nichts dagegen gehabt, den Tag wie jeden anderen verstreichen zu lassen. Ihre Laune war mies wie selten.

»Komm schon, das wird lustig! Lass uns nur nicht schon wieder in diese Kneipe gehen! Das ist langweilig.« Maria, eine der Spanierinnen, nickte ihr aufmunternd zu. Sie saßen auf der Terrasse der Dänen zusammen und konnten sich seit Stunden nicht recht einigen, wie sie feiern sollten.

»Lasst uns das morgen entscheiden.« Irma, die andere Spanierin, gähnte. »Ich muss jetzt jedenfalls ins Bett, sonst verschlafe ich den Jahreswechsel noch.« Die anderen stimmten ihr zu, und weil es ihnen nach der Arbeit ähnlich ging, löste sich ihr kleiner Kreis rasch auf.

»Gute Nacht!«, verabschiedete Sarah sich, dann spazierte sie allein in Richtung ihrer Hütte. Dankbar dachte sie daran, dass Miriam und Mathis unterwegs waren und sie selbst jetzt auf direktem Weg ins Bett gehen konnte.

»Sarah!«, hörte sie plötzlich jemanden von hinten rufen.

Sie drehte sich um, sah aber in der Dunkelheit niemanden. Gerade wollte sie weitergehen, als er plötzlich wie aus dem Nichts vor ihr auftauchte.

»Philippe! Mann, hast du mich jetzt erschreckt.« Sarah hatte keine Lust, sich mit ihm zu unterhalten und setzte ihren Weg fort. Er folgte ihr.

»Entschuldige, Chérie, das war nicht meine Absicht. Sollen wir zusammen noch etwas trinken?«

»Ich bin müde, Philippe. Ich geh jetzt nach Hause. «

»Ach, komm. Nur ein Glas.«

Sie schüttelte den Kopf. »Ehrlich nicht. Wir sehen uns morgen, okay?«

Philippe ging jetzt neben ihr. Es war nicht weit bis zu ihrer Hütte, aber Sarah kam der Weg dorthin nun unangenehm lang vor. Sie mochte es nicht, hier im Dunkeln allein mit ihm zu sein. Irgendetwas, sie konnte nicht genau sagen, was, lag in der Luft.

»Sarah, Sarah. Das ist so schade, weißt du? Mathis macht in jeder freien Minute mit Miriam rum, und du und ich ...«

»Philippe, lass gut sein. Ich möchte jetzt wirklich nur schlafen.«

»Mit mir?«

»Was? Nein!«

Er lachte. »War nur ein Scherz, verstehst du?«

»Aha, total witzig«, murmelte Sarah, verschränkte die Arme vor dem Bauch und lief ein wenig schneller. Er hielt Schritt.

»Was ist, bist du jetzt sauer? Oh Mann ... Ich dachte wirklich, du wärst ein bisschen cooler.«

Endlich erreichte sie ihre Hütte. Sie zog im Gehen den Schlüssel aus ihrer Hosentasche und öffnete die Tür.

»Gute Nacht, Philippe. Du gehst jetzt besser auch nach Hause.«

Mit einer schnellen Bewegung schlüpfte sie durch die Tür und verschloss sie von innen. Erleichtert atmete sie durch. Endlich war sie hier. Sie zog ihre Schuhe aus und wollte sich gerade ihr Top über den Kopf ziehen, als es an der Tür klopfte.

»Sarah! Bitte mach auf.« Philippe.

»Ich hab dir doch schon gesagt, dass ich müde bin. Gute Nacht«, entgegnete sie und horchte, ob er fortging.

»Lass mich rein«, bettelte er.

»Nein. Geh jetzt, Philippe.« Einen Moment lang war Ruhe, dann klopfte er wieder, diesmal fester. Sarah spürte, wie sich alle Muskeln in ihr anspannten.

»Sarah! Mach auf!« Alle Freundlichkeit in seiner Stimme war verschwunden. »Ich will doch nur was mit dir trinken!«, jammerte er. Sie antwortete nicht und knipste das Licht aus. Vielleicht würde er endlich abhauen, wenn sie sich schlafend stellte. Aber sie hörte seine schweren Schritte weiter auf der Veranda hin und her schlurfen. Er murmelte etwas, das sie nicht verstand. Dann hämmerten seine Fäuste plötzlich an die Tür. »Sarah! Mach jetzt auf, verdammt!« Und wieder: »Sarah!«

Sie stand am anderen Ende ihrer Hütte und sah, dass er am Schloss rüttelte. Angst kroch kalt durch ihren Körper, schnürte ihr die Luft zum Atmen ab.

»Mach schon auf, du verfickte Schlampe!« Wieder krachte etwas gegen die Tür, diesmal Tritte, grob und kräftig, und die Tür erzitterte unter der Wucht. Sarah zuckte zusammen. Panisch überlegte sie, ob es möglich war, durch das Fenster zu klettern und wegzulaufen. Aber wohin? Und was, wenn er sie einholen würde? Sie huschte ins Badezimmer, schloss sich dort ein und hielt sich die Ohren zu. Ihr Herz schlug ihr bis zum Hals. Philippe tobte weiter laut schimpfend vor ihrer Hütte, brüllte und lallte ihren Namen, hämmerte und trat gegen die Tür. Minutenlang saß Sarah so zitternd auf dem Boden, bis sie plötzlich eine zweite Stimme hörte. Sie wusste nicht, wer dort war und verstand nicht, was gesagt wurde. Aber sie hörte Philippe und einen anderen Mann streiten, laut und aggressiv. Direkt vor ihrer Tür krachte es. Minutenlang lauschte sie dem Krawall, dem Poltern und Getöse.

»Verschwinde! Und komm bloß nicht wieder!«, schrie der andere. Dann herrschte plötzlich Ruhe. Einen Moment später hörte sie, wie ein Auto davonraste.

»Hau ab!«, forderte die Stimme atemlos, und sie erkannte jetzt, wer es war.

Josh? Bitte hilf mir!

Er klopfte an die Tür. »Sarah? Alles okay bei dir?«, fragte er besorgt.

Mit weichen Knien verließ sie das Badezimmer und öffnete die Tür einen Spalt. Er stand vor ihr, seine Kleidung und Haare waren völlig zerzaust und er atmete heftig. »Alles okay?«

Sie nickte. »Ist er weg?«

»Ja.«

Sie wich zur Seite. »Komm rein.« Josh trat ein, und sie schloss sofort die Tür hinter ihm. Keuchend stammelte er: »Hat er dir etwas getan?«

»Nein.«

»Gott sei Dank.«

»Und du? Bist du verletzt?«

Josh rieb sich die Hand, aber schüttelte den Kopf.

»Nein. Was war denn überhaupt hier los?«

»Er … Ich war auf dem Weg nach Hause, da war er plötzlich hinter mir. Er wollte mit reinkommen, aber ich hab' ihn nicht gelassen. Und dann … ist er ausgeflippt.«

»Arschloch.«

Sarah nickte. »Ich war die ganze Zeit hier drin. Ich hatte solche Angst, dass die Tür nicht hält. Gott, ich hab mich sogar im Bad eingeschlossen.« Sie versuchte ein Lachen, aber es klang freudlos. Josh strich ihr beruhigend über den Arm. »Ich bin ja da. Und er ist weggefahren. Du musst keine Angst mehr haben.«

Sie knetete ihre Hände. »Okay. Wieso warst du überhaupt in der Nähe?«

»Ich hab noch gearbeitet … und dann hab ich plötzlich sein Brüllen gehört und bin hierher gerannt.« Er schnaubte. »Dieser Typ … Ekelhaft.« Er ging zum Fenster und schaute hinaus. »Ich glaube nicht, dass er sich noch mal hierher traut.«

»Danke, dass du das … ohne dich … Ich weiß nicht, was passiert wäre.« Sie schluckte. Dann schossen ihr die Tränen in die Augen. Zitternd versuchte sie, sie wegzuwischen, aber es gelang nicht, sie strömten unaufhaltsam über ihr Gesicht.

»Ach, Sarah, komm mal her …« Er umarmte sie und hielt sie fest, bis sie sich gefangen hatte.

»Entschuldige«, sie wischte sich über die Augen und löste sich von ihm, »normalerweise bin ich nicht so eine Heulsuse.«

Er schüttelte den Kopf. »Du musst dich nicht entschuldigen. Ich hatte auch Angst.«

Für den Bruchteil einer Sekunde trafen sich ihre Blicke. Sarah setzte sich auf ihr Bett, lehnte sich erschöpft an die Wand und atmete tief durch. Josh stellte sich wieder ans Fenster. »Wo ist eigentlich Miriam?«, erkundigte er sich.

»Mit Mathis unterwegs.«

»Kommt sie bald zurück? Auch wenn ich nicht glaube, dass Philippe zurückkehrt, möchte ich nicht, dass du heute Nacht allein hier bist.«

»Sie wird gleich kommen. Morgen ist ein Arbeitstag ...« Sie lächelte zaghaft.

»Gut.« Er schaute weiter in die Dunkelheit. Ein Auto kam an und parkte nicht weit entfernt. »Ist sie das? Oder etwa wieder Philippe?!« Sarah sprang auf und schaute neben Josh in die Nacht hinaus.

»Ich weiß nicht. Könnten wir das Licht ausmachen? Ich kann besser nach draußen sehen, wenn es hier drin nicht so hell ist.«

»Natürlich.« Sie löschte das Licht und beide erkannten jetzt, dass es einer der anderen Helfer war, der aus seinem Auto stieg. Sarah atmete erleichtert aus. Sie hätte sich entspannen können, aber in ihr tobte es weiter. Eine Weile standen sie nur da, Seite an Seite in der Dunkelheit und starrten schweigend in die Nacht hinaus. Draußen regte sich nichts mehr.

Ich kann nicht hier neben dir stehen und so tun, als wäre nichts.

Ihr Flüstern unterbrach die Stille. »Josh?«

»Hm?«

»Als wir getanzt haben ... Hab ich mir das nur eingebildet?«

Er schwieg. Sie sah aus den Augenwinkeln schemenhaft, dass er die Augen schloss und den Kopf schüttelte, ganz langsam.

Sarahs Flüstern wurde ein Wispern. »Und am Strand? War es da nicht auch so?«

Er öffnete die Augen und sah sie direkt an. »Ja.«

Sie wagte es kaum, die Worte auszusprechen, aber sie fanden ihren Weg von selbst. »Und spürst du das jetzt gerade auch?«

Er nickte. »Ja. Jetzt auch.« Und dann küsste er sie.

Kapitel 14

Seine Lippen lösten sich von ihr, und er grinste sie an. »Frohes neues Jahr, Sarah!«

Sie lächelte, küsste ihn zärtlich noch einmal und erwiderte »Das wünsche ich dir auch, Josh!« Sie standen im Garten von Aidan und Kate, um sie herum feierten die Gäste ausgelassen, und über ihnen malte ein Feuerwerk bunte Lichter in die Nacht.

Er hätte stundenlang dort mit ihr stehen können. Alles fühlte sich so richtig an, vertraut und fremd, aufregend und beruhigend zugleich – obwohl es nur vierundzwanzig Stunden her war, seit sie gemeinsam am Fenster von Sarahs Hütte gestanden hatten. Sie schaute in den Himmel und er zog sie nah an sich und hielt sie fest umarmt. Er atmete den Duft ihrer Haare, die seine Nase kitzelten. »Schön, dass du da bist«, murmelte er in ihr Ohr, und sie wollte ihm gerade antworten, als Aidan ihm von hinten auf den Rücken klopfte. »Josh, Sarah! Frohes Neues!« Er umarmte sie beide und Sarah lachte. »Dir auch!«

Kate ließ direkt neben ihnen einen Sektkorken knallen und kreischte ein quietschiges »Frohes neues Jahr euch allen« in die Nacht hinaus. »Sarah, hilfst du mir mit dem Sekt?«

»Klar, gerne.«

Aidan legte den Arm um Josh. »Mein Freund. Ich freue mich für dich. War höchste Zeit, dass du auch mal wieder an was anderes als an die Arbeit denkst.«

Josh grinste. »Danke. Ich freue mich auch für mich.«

»Und jetzt sag schon: Was ist das jetzt für ein Ding mit dir und Sarah?«

»Na ja, sie reist nächste Woche weiter ... «

»Alter.«

»Ich weiß.« Sie schauten beide zu Sarah hinüber, die mit Kate den Sekt in Gläser füllte. Aidan seufzte: »Und ich dachte schon, du hättest endlich mal so eine coole Freundin gefunden wie ich.«

Josh verzog schmollend den Mund, antwortete aber nicht darauf. »Na ja, ich trink trotzdem auf euch.« Aidan nahm einen Schluck aus der Sektflasche, klopfte Josh auf die Schulter und ließ ihn dann allein. Josh beobachtete Sarah und Kate, die albern kicherten, als sie etwas von dem Sekt verschütteten, und lachte mit, ohne zu wissen, warum. Sarah verteilte die Gläser, ging bis zum anderen Ende des Gartens, und er konnte nicht anders, als ihr mit seinen Augen zu folgen. Er sah ihr zu, wie sie mit den meisten Gästen ein paar Worte wechselte, obwohl sie hier niemanden kannte. Ohne zu zögern, hatte sie zugesagt, als er sie heute Morgen gefragt hatte, ob sie ihn zur Party seines besten Freundes begleiten würde. Den Fehler, nicht jeden Moment mit ihr zu nutzen, hatte er bereits gemacht, das würde ihm nicht wieder passieren. Als sie später kurz allein auf der Veranda standen, legte er den Arm um sie. »Alles okay bei dir?«

Sie strahlte ihn an. »Ja, es ist eine schöne Party. Du hast wirklich nette Freunde ... also, wirklich gute Freunde. Kate und Aidan mag ich gern.« Sie lachte. »Es macht Spaß, hier zu sein.«

Er schaute in die Runde. »Ich kenne die meisten schon seit einer Ewigkeit. Aidan und ich sind mit vielen hier in die Schule gegangen.«

»Ich weiß, das wurde mir erzählt. Ich habe eine ganze Menge über dich erfahren.« Sie zwinkerte ihm zu.

»So? Verdammt. Ich wollte so gern der geheimnisvolle Fremde bleiben. Wenigstens diese eine Woche lang.«

»Ach, so viel weiß ich nun auch wieder nicht.« Sie küsste ihn lächelnd.

»Willst du eigentlich wirklich in acht Tagen weiter?«

»Das war der Plan. Wir haben eine grobe Route vorbereitet und ... Ach, lass uns jetzt nicht davon reden, ja?«

»Okay.« Er ließ den Blick schweifen. »Sollen wir gleich gehen?«

Sie wirkte überrascht. »Bist du schon müde?«

»Nein. Ich dachte nur ... diese Typen hier sehe ich andauernd. Und dich ... Aber wenn du bleiben möchtest, dann ... «

»Nein«, unterbrach sie ihn, »komm, gehen wir.«

Kapitel 15

Sarah konnte sich kaum bewegen. Joshs Arm lag schwer auf ihrem Bauch. Sie schlug die Augen auf, neben ihr knautschte Josh sein Gesicht noch schlafend ins weiche Kissen. Er atmete tief und ruhig. Vorsichtig schob sie seinen Arm zur Seite und setzte sich im Bett auf. Die ersten Sonnenstrahlen des neuen Jahres fielen wie Scheinwerfer durch die Fenster und tauchten das Schlafzimmer in warmes, goldenes Licht.

Als sie gestern Nacht hier angekommen waren, war es dunkel im Raum gewesen. Oder? Sie wusste es nicht mehr genau. Dafür erinnerte sie sich noch gut an die Verlegenheit in seinem Blick, als Josh sie auf dem Weg nach Hause gefragt hatte, ob sie bei ihm übernachten würde. Ob er enttäuscht war, dass sie nicht mit ihm geschlafen hatte? Er war ein paar Jahre älter als sie und sicher erfahrener. Vielleicht hatte er mehr erwartet?

Aber sie hatten doch auch ohne Sex eine wunderschöne Nacht erlebt, oder? Und wäre es nicht billig gewesen, gleich in der ersten Nacht mit ihm zu schlafen? Eigentlich, überlegte sie, war es ja ihre zweite. Nach diesem Kuss am

Fenster war er bei ihr geblieben, und sie war so froh gewesen, ihn neben sich zu spüren. Er hatte sie die ganze Nacht im Arm gehalten, und sie hatte sich sicher und beschützt gefühlt. Und keine Angst mehr vor Philippe gehabt, der erst am nächsten Morgen aufgetaucht war, um eilig seine Sachen zu holen und endgültig abzuhauen.

Sarah grinste, als sie an die entgeisterten Gesichter von Miriam und Mathis dachte, die in dieser schicksalhaften Nacht im selben Moment die Hütte betreten hatten, als sie und Josh sich gerade küssten.

»Hey«, Joshs Stimme war noch rau. »Bist du morgens immer schon so gut gelaunt? «

»Natürlich. Warum auch nicht?« Sie lächelte ihn an.

»Guten Morgen.«

»Guten Morgen, Sarah.« Er setzte sich auf und küsste sie. Mit zusammengekniffenen Augen rubbelte er sich durch sein Gesicht und gähnte.

»Hast du gut geschlafen?«, fragte sie, und er sah sie überrascht an.

»Ja.« Er dachte kurz nach. »Wow, das hat mich lange niemand mehr gefragt. Du auch?«

»Ja.«

Josh nestelte neben seinem Bett und zog sein Handy heraus. »Gleich schon acht Uhr«, murmelte er.

»Du musst heute arbeiten, oder?«

»Ja, ich fürchte schon. Sorry ...«

»Nein, schon gut. Kann ich dir helfen?«

»Eigentlich nicht.« Er küsste sie. »Aber lieb, dass du fragst. Sehen wir uns dann heute Abend beim Essen?«

»Gerne.«

»Aber Helen hat heute frei, wir werden uns selbst was kochen müssen«, merkte er an.

Auf Sarahs Stirn bildeten sich Falten. »Stimmt ja, das hab ich ganz vergessen.« Sie zögerte. »Dann eben kochen. Aber Josh?«

»Hm?«

»Ich bin keine gute Köchin.« Sie schaute zerknirscht. »Um genau zu sein: Ich bin eine richtig miese Köchin. Außer, du möchtest Rührei. Das ist das Einzige, was ich kann, aber dafür ist es echt gut.«

Er biss sich auf die Lippen, verzog das Gesicht und gab zerknirscht zu: »Ich hasse Eier!«

Sie lachten beide, bis er erklärte: »Okay, ich koche gern, ich übernehme das heute Abend. Aber jetzt mache ich uns erst mal Tee.«

Er stand auf und sie musterte ihn, unverhohlen und von oben bis unten. Er trug nur seine Shorts, und sie hatte ihn noch nie so gesehen.

Deine Hüften sind echt sexy.

Er bemerkte ihren Blick, zog grinsend den Bauch ein und hielt die Luft an, während Sarah kichernd liegen blieb.

Kapitel 16

Josh atmete langsam aus. Das neue Jahr war erst ein paar Tage alt, aber von der Erholung der etwas ruhigeren Weihnachtstage war schon nichts mehr zu spüren. Er war froh, endlich Feierabend machen zu können, aber erschrak, als er auf die Uhr sah. Verdammt. War er tatsächlich schon wieder so lange hier unten im Weinkeller gewesen?

Er lief die Stufen nach oben und trat hinaus. Er warf einen Blick in den Speisesaal, aber dort war niemand mehr, die Helfer waren um diese Zeit längst in ihren Hütten. Helen hatte ihm einen Teller mit Abendessen hingestellt, und bei dessen Anblick knurrte Joshs Magen, als wolle er ihn davon abhalten, achtlos weiterzugehen. Josh nahm ein paar kalte Happen, ohne sich hinzusetzen, und schrieb nebenbei eine SMS an Sarah. Er hatte sie gestern Abend zum letzten Mal gesehen, und eigentlich hatten sie besprochen, sich zu treffen, sobald Josh mit der Arbeit fertig war. Sie antwortete nicht, sondern kam gleich selbst vorbei.

»Sorry, dass es so spät geworden ist«, rief er ihr zu, als er sie entdeckte. »So hatte ich mir den Abend nicht vorgestellt.«

»Hör auf, dich für deine Arbeit zu entschuldigen«, sagte sie und küsste ihn zur Begrüßung. »Wie war dein Termin in Nelson?«

»Gut. Sie haben gleich bestellt.« Er freute sich, dass sie sich für seinen Tag interessierte und sich sogar an den Ort des Kundentermins erinnerte. »Und bei dir? Alles okay?«

»Ja. Wir waren den ganzen Tag mit dem Chardonnay beschäftigt. Mir sind zwischendurch zwei Scheren kaputtgegangen.«

»Soso. Zieh ich dir dann vom Lohn ab.« Er grinste frech.

»Unter diesen Umständen muss ich jetzt leider sofort schlafen gehen, damit ich morgen früh auf dem Feld fit bin.« Sie drehte sich schmunzelnd von ihm weg, aber er zog sie zurück. »Hey, geh nicht weg.« Er küsste sie zärtlich. »Ich hab mich auf dich gefreut.«

»Ich mich auch auf dich«, sagte sie.

»Hast du Lust auf einen Ausflug?«

»Jetzt noch!?«

»Ja. Bevor es ganz dunkel ist.«

»Ich weiß nicht. Wo willst du denn um diese Zeit noch hin?«

»Es ist nicht weit. Ich würde es dir nur gern zeigen.«

Als sie wenig später die Anhöhe erreichten, parkte er den Wagen rückwärts ein. »Warte kurz, ja?« Er sprang heraus, schnappte sich vom Rücksitz eine Decke und breitete sie auf der Ladefläche seines Pick-ups aus. Es war nicht wirklich weich, aber für sein Empfinden ganz gemütlich. Dann stellte er Gläser bereit, entkorkte den Chardonnay und öffnete ihr galant die Tür. Sie staunte beim Anblick seines Arrangements und der Aussicht. Unter ihnen erstreckten sich die Weinfelder von »Eight Poplars«, seine Gebäude und die namensgebenden Pappeln. Weit hinten, einem silbernen Streifen gleich, glitzerte das Meer. »Schau an. Du bist ja richtig ... romantisch«, bemerkte sie beeindruckt.

»Tja, die Nummer hier«, mit einer weiten Armbewegung deutete er auf ihr Lager und die Umgebung, »ist altbewährt. Die klappt einfach bei allen Frauen.«

Ihr helles Lachen ließ ihn grinsen. »Schon klar, Josh. Cheers.«

Sie tranken einen Schluck, und er beobachtete aufmerksam, wie sie ihren Blick schweifen ließ. »Im Ernst, das ist wirklich eine schöne Aussicht von hier oben. Interessant, dass die Felder so um die Gebäude angelegt sind. Als wären sie eine Insel. Das ist mir noch gar nicht aufgefallen, dabei stehe ich den ganzen Tag da unten zwischen den Reben.«

»Das habe ich auch erst gesehen, als ich zum ersten Mal hier war. Ist aber schon länger her.«

»Bestimmt hast du hier oben immer heimlich mit Aidan geraucht und getrunken, stimmt's? Und mit deinen Freundinnen geknutscht.«

Sie kraulte mit ihren Fingerspitzen seinen Nacken, und er begann, ihr ein paar Anekdoten aus seiner Kindheit zu erzählen. Während er sprach, wanderten ihre Finger vom Nacken auf seine Schulter und aus dem Kraulen wurde eine leichte Massage. Sie setzte sich hinter ihn, schob ihre Hände unter sein T-Shirt und schien genau zu wissen, was sie tat. Sanfte Griffe, vorsichtiges Drücken ihrer Fäuste und kraftvolles Kneten wechselten sich ab. Er fühlte, wie sich seine Muskeln unter ihren Händen entspannten, schloss die Augen und sagte kein Wort mehr. Er genoss jede Sekunde. Ihre Berührungen wurden weicher, wurden ein Streicheln, und als er ihre Lippen und ihre Zunge auf seinem Hals fühlte, seufzte er. Er drehte sich zu ihr um.

Willst du das Gleiche wie ich?

Sie legte lächelnd ihre Hand in seinen Nacken, zog ihn zu sich und flüsterte in sein Ohr nur zwei Worte: »Nicht hier ...« Er biss sich auf die Lippen und nickte stumm, half ihr von der Ladefläche hinunter und sie fuhren zusammen los, zu schnell und kopflos, bis sie endlich sein Schlafzimmer erreichten.

Kapitel 17

Die Tür flog schwungvoll auf und Sarah erschreckte sich, weil sie sich gerade erst anzog. »Miriam! Kannst du nicht anklopfen?!«

Miriam zuckte die Schultern. »Entschuldigung. Ich dachte, du wärst bei Josh.«

»Nein, wir sehen uns erst nachher.«

»Aber gut, dich zu treffen. Hör mal, es gibt eine kleine äh ... Planänderung.« Miriam zappelte mit den Füßen und Sarah ahnte, dass hinter dieser Körpersprache etwas Unerfreuliches steckte. Miriam hatte wieder irgendetwas ausgeheckt. »So?« Sarah zog sich weiter an.

»Ja, also: Es ist ja so, dass Mathis mit Philippe gereist ist. Und der ...«

»Und der was?« Sarah zog das Top über ihren Kopf und fixierte Miriam argwöhnisch.

»... der ist ja jetzt weg.«

»Ja, der soll auch bitte nicht wiederkommen.« Etwas entspannter schlüpfte Sarah in ihre Hose.

»Wird er schon nicht, dieser Blödmann ist über alle Berge. Jedenfalls, er hat ja sein Auto mitgenommen. Und jetzt hat Mathis keins mehr, und er weiß gar nicht, wie er weiterreisen soll.« Miriam legte eine erwartungsvolle Pause ein, und Sarah überlegte, was ihr das jetzt sagen sollte.

»Ja … Und?!«

»Also, wir dachten uns, dass Mathis doch bei uns beiden mitfahren könnte.« Miriam rieb sich am Ohrläppchen und strahlte unschuldig.

»Mitfahren? Bei uns?«

Miriam nickte.

»Im Auto?!«

Miriam nickte wieder. »Genau. Was sagst du?«

Sarahs Nackenhaare stellten sich auf. Die Vorstellung, wie sich auf der Rückbank ihres winzigen Autos dieser hünenhafte Hippie räkeln würde, war ihr ein Graus. Sie wäre immerzu von seiner persönlichen Duftwolke umgeben, diesem unangenehmen Gemisch aus altem Schweiß, alternativem Deo und billigen Räucherstäbchen. Er und Miriam würden bis zu ihrem Abflug nach Deutschland wahrscheinlich immer und überall zusammenhängen, während sie selbst sich ständig wie das fünfte Rad am Wagen fühlen müsste.

»Das ist doch eine gute Idee, oder?« Miriam blinzelte sie treuherzig an. Sarah stöhnte. »Im Ernst, Miri?«

»Ich würde mich so freuen! Ich weiß, dass du ihn nicht so besonders magst, aber du musst ihn eigentlich nur mal besser kennenlernen. Er ist wirklich süß, weißt du?«

Sarah fehlten die Worte. »Süß« war das Letzte, was ihr zu Mathis einfiel, aber das behielt sie lieber für sich, um Miriam nicht zu beleidigen. »Lass mich drüber nachdenken, ja?«

»Klar. Wir müssten nur bald Bescheid wissen … Heute ist ja schon Freitag und wenn wir am Montag weiterfahren …«

»Ich sag dir nachher Bescheid.«

»Okay!« Damit hüpfte Miriam aus der Hütte und Sarah blieb ratlos zurück.

Kapitel 18

»Bye-Bye, Sonnenschein!«, rief Josh ihr nach, und Sarah drehte sich in der Tür noch einmal um.

»Sonnenschein?! Seit wann nennst du mich Sonnenschein?«

»Mir ist nur dein Name gerade nicht eingefallen.«

Sie warf prustend ein T-Shirt nach ihm und verließ seine Wohnung. »Bis später, Jason!«, verabschiedete sie sich, dann war sie weg. Er lag zufrieden im Bett und hatte wenig Lust, aufzustehen. Doch als es Sekunden später an der Tür klopfte, sprang er sofort auf und öffnete. Dort stand allerdings nicht wie erwartet Sarah.

»Dad!«, staunte er und wurde sich im gleichen Moment bewusst, dass er nackt war. Sein Vater schmunzelte und schaute demonstrativ an die Decke.

»Hallo, Josh. Es ist nicht so, dass ich dich nicht schon tausende Male nackt gesehen hätte, aber das ist mindestens zwanzig Jahre her. Vielleicht möchtest du dir erst etwas anziehen, bevor ich reinkomme?«

»Äh ... sehr gern. Moment. Was machst du überhaupt schon hier?« Josh stolperte rückwärts in seine Wohnung, klaubte eine Hose vom Boden und zog sie hastig an.

»Schon? Heute ist Sonntag. Der 7. Januar, um genau zu sein. Ich bin nicht früher zurück als geplant.«

»Ja, klar ... Wo ist mein T-Shirt?« Er entdeckte es im Bett, wo Sarah es hingeworfen hatte, und zog es über.

»Du hast dich ja gut amüsiert, wie mir scheint.« Sein Vater heftete seinen Blick auf Sarahs BH, der zu seinen Füßen lag. »Gehört dieses Teil der jungen Dame, die ich gerade noch draußen getroffen habe?«

Josh sammelte ihn ein und stopfte ihn unter ein Kissen.

»Äh, ja. Sie heißt Sarah.« Josh fühlte die Röte in seinem Gesicht und versuchte angestrengt, möglichst locker zu wirken.

»Sie kommt mir so bekannt vor. Kennst du sie schon länger?«

»Nein, noch nicht lange. Sie arbeitet hier.«

»Ah! Dachte ich mir doch, dass ich sie schon gesehen habe. Ist sie deine Freundin?«

»Nein! Sie ist ... eine Freundin. Eine besondere Freundin ... «, stammelte er.

So hatte er sich das gar nicht vorgestellt. Seit er Sarah gestern vorgeschlagen hatte, einfach nicht mit Miriam und Mathis weiterzureisen, sondern die vier Wochen bis zu ihrem Abflug nach Deutschland hier bei ihm zu bleiben, war ihm klar gewesen, dass sein Vater das mitbekommen würde. Aber er hatte es ihm anders mitteilen wollen.

»Sie wohnt übrigens hier bei mir, bis sie abreist.« Er sammelte ein paar Klamotten vom Boden auf und ergänzte beiläufig »In vier Wochen oder so.«

»Tatsächlich?«, fragte George überrascht. »Das freut mich zu hören. Lief denn die Firma in den letzten zwei Wochen ähnlich gut wie dein Liebesleben?«

Josh war völlig perplex. So zufrieden kannte er seinen Vater gar nicht mehr. Es tat gut, ihn so zu erleben.

»Was ist?« Sein Vater wartete auf eine Antwort.

»Nichts. Du scheinst einen tollen Urlaub gehabt zu haben, so gut gelaunt, wie du bist. Und ja, hier lief alles gut. Trinkst du einen Tee mit mir? Dann bringe ich dich auf den letzten Stand.«

Kapitel 19

»Also, was gibt es Neues? Ich bin total gespannt! Geht es dir gut?« Sarahs Mutter Ines hatte das Telefon sofort nach dem ersten Klingeln abgenommen.

»Ja, Mama, mir geht's gut. Aber es gibt ein paar Neuigkeiten.« Sarah drehte und wendete die Formulierungen in ihrem Kopf. Sie wollte ihrer Mutter die neuesten Entwicklungen so selbstverständlich wie möglich verkaufen.

»Ja?«, bemerkte sie ungeduldig. »Was ist denn los? Seid ihr pleite?«

»Was? Nein, alles gut. Es ist nur so, dass Miriam und ich nicht mehr zusammen weiterreisen.« Sarah schluckte.

»Oh nein! Wieso nicht? Habt ihr euch gestritten?«

»Nein, gar nicht. Aber erinnerst du dich an diesen Typen von Miriam, von dem ich dir erzählt habe?«

»Der französische Hippie?«

»Ja. Mathis. Er hat kein Auto und Miriam hat vorgeschlagen, dass er bei uns mitfährt. Aber da hatte ich keine Lust drauf.«

»Du magst ihn doch gar nicht, oder?«

»Nein. Deshalb haben wir beschlossen, dass sie und Matthis allein fahren. Ich bleibe hier, auf dem Weingut.

Miriam und ich treffen uns in vier Wochen am Flughafen wieder.«

Sarah hörte, wie ihre Mutter stutzte. »Moment mal, du musst jetzt auf dem Weingut arbeiten, weil Miriam sich nicht von ihrem Freund trennen kann?«

Sarah biss sich auf die Lippen. »Nein, ganz so ist es nicht, Mama. Ich bleibe schon freiwillig hier. Mir gefällt die Arbeit.«

»Ich weiß. Aber du hattest doch eine Route mit Miriam?«

»Ja, schon. Trotzdem. Es macht Spaß, draußen zu arbeiten. Und ich habe nette Leute kennengelernt, die hier leben.« Eine kurze Pause entstand.

»Verstehe. Daher weht der Wind also. Wer ist es denn? Dieser Josh?«

Sarah schnappte nach Luft. Woher wusste ihre Mutter das?

»Meine Liebe, ich bin deine Mutter. Und ich bin nicht blöd. Du hast in unseren letzten Telefonaten andauernd von ihm geredet«, beantwortete Ines die Frage, ohne dass Sarah sie ausgesprochen hatte.

»Ja, stimmt. Josh. Er ist wirklich nett und ... na ja, wir verstehen uns einfach gut. Er ist der Junior-Chef hier, weißt du?«

»Und jetzt ist Josh dein Freund?«

Sarah überlegte fieberhaft, wie sie ihre Antwort am besten formulieren sollte. Nach einem kurzen Zögern gab sie ein langgezogenes »Pfff...« von sich. Das war alles, was ihr spontan dazu einfiel.

»Was heißt das?«

»Ach, Mama, keine Ahnung. Ich bin doch nur noch vier Wochen hier. Wenn ich länger bliebe ...«

»Komm bloß nicht auf die Idee, noch länger in Neuseeland zu bleiben!«, fiel ihre Mutter ihr ins Wort.

»Nein. Mach ich nicht.«

»Hast du denn schon eine neue Mitbewohnerin?« Verdammt. Ihre Mutter hatte wirklich Talent darin, genau nach den Dingen zu fragen, die sie ihr nicht unbedingt erzählen wollte. Nicht sofort. »Nö, ich wohne jetzt bei Josh.«

»Ach so? Ihr wohnt also schon zusammen. Puh. Na, ihr seid ja schnell.«

»Das ergibt einfach mehr Sinn, verstehst du? Ich hatte keine Lust auf eine fremde Mitbewohnerin, aber die Hütten werden natürlich gebraucht, weil jetzt so viele Helfer hier arbeiten. Da kann ich nicht allein eine Zweierhütte belegen. Und außerdem bin ich meistens sowieso bei Josh. Ist ja auch nur für vier Wochen.«

»Also ist er doch dein Freund.«

»Oh, Mama ... Jetzt hör doch mal auf damit! Ich brauch aber mal bei etwas ganz anderem deine Hilfe. Kannst du mir kurz erklären, wie man Schnitzel macht?«

»Du willst kochen?! Herrje. Willst du deinen neuen Liebsten direkt wieder vergraulen?«

»Mama!«

Ihre Mutter lachte und begann, das Rezept zu erläutern. Sarah war erleichtert, dass ihr Ablenkungsmanöver so prima funktionierte. Sie sprachen noch ein paar Minuten über dies und das, aber als Miriam von hinten anmerkte, dass sie und Mathis jetzt losfahren würden, beendeten sie ihr Telefonat. Mathis ließ sich nicht davon abhalten, Sarah zum Abschied zu umarmen. Als er sie endlich losließ und sich Richtung Auto begab, atmete sie tief durch. Dann stand sie vor Miriam. »Pass gut auf dich auf, ja? Wenn

Mathis blöd zu dir ist, setz ihn am Straßenrand aus. Und melde dich von unterwegs, okay? Regelmäßig!«

»Ja, Mutti.« Miriam nahm sie in den Arm. »Aber Mathis wird nicht blöd zu mir sein.«

Sie drückten sich. »Und du bist sicher, dass du hierbleiben willst? Blöde Frage, ich weiß. Ich möchte nur sicher sein.«

»Ja. Ich ... möchte hier noch nicht weg.«

»Aber Sarah, versprich du mir, dass du am 3. in Christchurch am Flughafen bist. Wehe, du bleibst hier!«

Genervt verdrehte sie die Augen. »Versprochen. Was habt ihr heute eigentlich alle? Meine Mutter hat eben auch schon sowas gesagt. Natürlich fliege ich zurück.«

»Na ja, ihr beiden seid ganz schön verknallt, glaube ich. Also, wir telefonieren, okay?«

»Ja. Bis dann, Miri. Ich vermisse dich jetzt schon.«

»Ich dich auch.« Sie küssten und umarmten sich noch einmal, dann hupte Mathis zweimal und Miriam lief mit federnden Schritten zu ihm. Sarah blieb zurück und winkte ihnen, bis sie außer Sicht waren.

Kapitel 20

»… wie zu Hause? Was soll das heißen? Es gibt aber keine Eier, oder?«

»Nein. Du musst gar nicht so ängstlich gucken. Ich koche halt etwas typisch Deutsches für dich. Deckst du schon mal den Tisch?«

Zögernd holte Josh die Teller und das Besteck aus den Schränken. »Ich dachte, du kannst nicht kochen?«, fragte er zweifelnd über die Schulter in Richtung Küche, wo Sarah geschäftig mit Pfannen und Töpfen klapperte.

»Ich versuche es aber!« Irgendetwas zerschellte auf dem Boden, und er hörte sie auf Deutsch fluchen. »Alles okay? Wir können auch einfach etwas bestellen.«

»Nicht nötig. In fünf Minuten können wir essen.«

»Vielleicht hab ich auch gar nicht so großen Hunger.« Josh war sich nicht so sicher, was ihn da erwartete. Im gleichen Moment klopfte es an der Tür.

»Ich mach schon«, ließ er sie wissen und öffnete die Tür.

»Hi, Dad.«

»Hallo, Josh. Ich hoffe, ich störe nicht?« Er hob die Nase etwas. »Kochst du gerade?«

»Ich nicht. Sarah kocht.«

»Hallo, Mr. Whittaker!« Josh wandte sich um. Hinter ihm war Sarah aus der Küche gekommen und trat neben ihn. Strahlend streckte sie die Hand aus. »Sie kennen mich noch gar nicht, oder? Ich bin Sarah.«

Sie schüttelten sich die Hände und Josh sah erstaunt zu, wie amüsiert sein Vater sie betrachtete und von oben bis unten musterte. »Nein, in der Tat. Ich habe aber schon von dir gehört.« Sie schauten beide zu Josh.

»Ähm, möchtest du reinkommen, Dad?«

»Ich möchte wirklich nicht stören.«

Erleichtert wollte Josh vorschlagen, dass er sich später bei ihm melden würde, aber Sarah kam ihm zuvor. »Sie stören doch nicht, oder, Josh? Das Abendessen ist gleich fertig. Haben Sie Hunger? Essen Sie doch mit uns.«

George strahlte über das ganze Gesicht. »Es riecht sehr gut. Wenn ich darf ...«

»Ja, natürlich, komm rein.« Josh hielt die Tür weit auf und warf Sarah einen fragenden Blick zu, aber sie lächelte nur und verschwand wieder in der Küche. Noch bevor George das Wohnzimmer betrat, hatte sie ein drittes Gedeck aufgetragen.

»Das war also ein deutsches Gericht. Sehr lecker. Vielen Dank!«, lobte George, als sie mit dem Essen fertig waren.

»Ach, danke. Meine Mutter würde das nicht unbedingt so sehen. Eigentlich essen wir die Schnitzel nicht schwarz verbrannt. Und normalerweise fällt die Panade nicht vom Fleisch. Und die Kartoffeln dürfen auch gerne bissfest sein.« Sie sah unglücklich auf ihren Teller.

»Aber der Salat war gut.« Josh hoffte, sie damit aufzumuntern.

»Du meinst den, den ich fertig gekauft habe?«

Josh presste die Lippen zusammen. Dann prusteten alle drei los.

»Ich gebe es auf. Ich koche nie mehr.« Seufzend schob sie das Geschirr zusammen. »Lass mich das machen, du hast schon gekocht.« Josh nahm ihr die Teller aus den Händen und trug sie in die Küche, lauschte aber interessiert dem Gespräch bei Tisch.

»Das wäre sehr schade, Sarah«, bemerkte George.

»Ich selbst könnte kein Schnitzel zubereiten, und das hier fand ich schon recht gut.«

»Jetzt weiß ich, woher Josh seinen Charme hat. Vielen Dank, Mr. Whittaker.«

»Nenn' mich bitte George, das tun doch alle hier.«

»Gerne. Danke, George.«

»Du hast also das Kochen von deiner Mutter gelernt?«, fragte George.

»Sie hat sich jedenfalls bemüht, es mir beizubringen, ja.«

»Erzähl mir von ihr, von deinen Eltern.«

Josh traute in der Küche seinen Ohren kaum. Führte sein Vater da gerade so eine Art Vorstellungsgespräch? Er hatte Sarah schon beim Essen unangenehm viele Fragen gestellt. Eilig begab er sich zurück an den Tisch.

»Meine Eltern sind geschieden, schon viele Jahre. Ich bin bei meiner Mutter aufgewachsen«, erzählte Sarah. »Sie ist Journalistin bei einer Zeitung und viel unterwegs. Wir wohnen zusammen in Köln.«

»Und dein Vater?«

Sarah wich seinem Blick aus. »Er ist Fotograf in Hamburg. Das ist ein ganzes Stück von Köln entfernt. Wir haben nicht viel Kontakt.«

George nickte interessiert. »Sind sie schon lange getrennt?«

»Ja. Über zehn Jahre.«

»Oh, das war bestimmt nicht einfach für dich. Eine Scheidung ist immer furchtbar. Und wenn dann auch noch Kinder involviert sind, ist es erst recht schlimm. Ich hoffe, du musstest keinen Rosenkrieg miterleben.«

Sarah rutschte auf ihrem Stuhl hin und her, und Josh bemerkte, dass ihr Gesicht plötzlich ungewohnt harte Züge annahm. Er sah ihr an, dass sie dieses Thema nicht mochte.

»Dad, warst du schon mal in Deutschland?«, unterbrach er schnell und hoffte, damit dem Gespräch eine andere Richtung zu geben.

»Nein, leider nicht. Aber jetzt habe ich ja einen Grund, mal dorthin zu fahren!« Er lächelte Sarah an, dann trank er sein Glas aus. »Es hat mich sehr gefreut, dich endlich mal kennenzulernen, Sarah! Vielleicht essen wir ja noch einmal zusammen.«

»Das wäre schön, George.«

Er erhob sich von seinem Stuhl. »Meine Lieben, ich danke für das Essen. Ich lasse euch jetzt mal allein, ihr habt sicher noch Pläne heute Abend. Wir sehen uns, nicht wahr?«

Josh begleite ihn zur Tür. Als George ihm zum Abschied auf den Arm klopfte, wusste er nicht recht, ob dies eine Abschiedsgeste oder ein Zeichen der Anerkennung war.

Josh ging zurück in die Küche, umarmte Sarah von hinten und küsste sie in den Nacken. »Gut gemacht, Sonnenschein. Tut mir leid, dass du so überrascht wurdest. Ich habe heute selbst nicht mit ihm gerechnet. Wahrscheinlich war er einfach neugierig und wollte dich nur mal kennenlernen.«

»Er ist ein netter Mann.«

»Ich glaube, er mag dich auch. Hoffentlich hat er dich nicht zu sehr genervt mit seinen Fragen über die Trennung deiner Eltern.«

»Schon gut.«

»Du redest nicht gern darüber, stimmt's?«

»Nein.«

Ihre Blicke trafen sich und sie seufzte. »Vielleicht erzähle ich dir irgendwann mal davon. Aber nicht jetzt.« Dann küsste sie ihn und brachte ihn damit auf ganz andere Gedanken.

Kapitel 21

»Na, wo bist du denn mit deinem Kopf?« Ertappt merkte Sarah, dass Jenny neben ihr in der Schlange der Essensausgabe stand und darauf wartete, dass Sarah weiterging.

»Hey, Jenny. Nirgendwo, ich bin nur ein wenig müde.«

»Das wundert mich nicht.« Jenny lachte.

»Ja, es war viel Arbeit heute.« Sarah schaute sich im Speisesaal um, der voller lärmender Menschen war.

»Jede Menge neue Gesichter.«

»In der Tat. Jetzt sind es fünfunddreißig, so viele hatten wir noch nie. Ich bin froh, dass wir so viele Leute mit Erfahrung gefunden haben.«

»Für die Grünlese, ja, das ist wichtig.«

»Du hast das ja auch noch nie gemacht, oder?« Jenny nahm ihr Tablett. »Setzen wir uns zusammen?«

»Klar, da vorne?« Sarah steuerte einen Tisch in der Mitte an. Jenny folgte und setzte sich ihr gegenüber. »Es ist immer komisch, wenn man plötzlich kaum noch jemanden kennt. Wenn es sich zeitlich so überschneidet, dass gleichzeitig viele Helfer aufhören und neue anfangen.« Jenny seufzte. »Das ist jedes Mal so.«

Sarah stimmte ihr zu. »Verstehe ich. Aber ich habe ja heute schon mit vielen gearbeitet, so ganz fremd sind sie mir nicht mehr.«

»Ja, stimmt, du bist ja immer auf den Feldern unterwegs.« Irgendetwas in Jennys Stimme irritierte Sarah. Es war wie eine falsche Zutat in einem Gericht, irgendetwas, das nicht hineingehörte und den Geschmack verfälschte. Sie vermochte es nicht genau auszumachen, aber war Jennys Kommentar herablassend gemeint? Andererseits stimmte es ja, sie arbeitete auf den Feldern und Jenny im Büro, jedenfalls die meiste Zeit. Sie konnte die Helfer gar nicht kennen, außer als Namen auf gesichtslosen Personalabrechnungen. »Wie läuft es denn bei dir, Jenny?«, erkundigte sie sich beiläufig.

»Du meinst im Büro? Gut. Ich habe eben noch mit Josh gesprochen, wir haben viele Bestellungen bekommen.« Sie lächelte und schob ihr Essen auf ihre Gabel.

Josh hatte mit Jenny gesprochen? Aber er war doch den ganzen Tag unterwegs gewesen, bei ihr hatte er sich nicht gemeldet. Der Gedanke daran versetzte Sarah einen Stich. Dennoch lächelte sie Jenny freundlich an. »Das freut mich.«

»Ist sicher nicht schön für dich, dass er so viel unterwegs ist, oder, Sarah?«

»Das ist schon okay. So ist sein Job eben«, entgegnete sie betont lässig und hatte mit jeder Minute mehr das Gefühl, dass sie auf der Hut sein müsste.

»Genau. Und ich bin wirklich froh, dass du das auch so siehst. Endlich versteht das mal eine, das ist ja auch nicht oft der Fall.« Sie winkte über Sarahs Schulter zu den Festangestellten hinüber, wo Nigel in diesem Moment Platz nahm. »Hey, Nigel, ich komm gleich rüber, okay?« Nigel hob grüßend die Hand und nickte. »Ich muss doch erfahren, wie es in seiner Lieblingsserie weitergegangen ist …«, raunte Jenny vertraulich und kicherte falsch. Sarah tat amüsiert, während sich ihre Gedanken um Jennys Kommentar drehten. Endlich versteht das mal eine … Was sollte das denn bitte heißen? Ohne Appetit schob sie ihren Teller von sich.

»Natürlich verstehe ich das, Jenny. Ich mische mich doch nicht in seinen Job ein.«

Jenny kniff die Augen zusammen. »Das wäre ja auch unmöglich. Nimm's es mir nicht krumm, aber du kennst dich ja mit Weinanbau überhaupt nicht aus. Woher auch? Als ich vor ein paar Jahren hierher gekommen bin, hatte ich auch noch keine Ahnung.«

»Aber jetzt schon?«

»Na klar. Wenn man so lange auf einem Weingut arbeitet, lernt man das ganz automatisch. Ich bin jetzt schon einige Jahre hier und habe wahnsinnig viel gelernt. Auf den Feldern natürlich, das ist ja sozusagen das Basiswissen. Aber auch im Büro, im Verkauf und so weiter … Josh und George wären ohne mich wirklich aufgeschmissen. Aber du bist ja leider nur so kurz hier, das ist wirklich schade.«

»Stimmt«, Sarah stand auf. »Entschuldige mich, ich muss jetzt nach Hause.«

»Nach Hause? Ach so, du meinst in Joshs Wohnung!« Sie lachte. »Natürlich. Gute Nacht, Sarah! Und liebe Grüße an Josh!«

»Gute Nacht, Jenny.« Sarah verließ den Speisesaal und ging nachdenklich in Richtung Wohnung. Sie war wütend, ohne genau zu wissen, warum und auf wen. Jenny hatte im Grunde nichts Falsches gesagt, natürlich war Sarah nur eine ungelernte Helferin, und nein, Joshs Wohnung war auch nicht ihr Zuhause. Trotzdem war sie verletzt. Jenny hatte sie behandelt, als sei sie nicht wichtig, auch nicht für Josh. »Endlich versteht das mal eine ...«, Jennys Kommentar lief wie in einer Dauerschleife in Sarahs Kopf. Als sei Sarah nur eine kleine Affäre zwischendurch, eine von vielen. Aber war es nicht so? Ihre Zeit war doch begrenzt. Natürlich, ja, sie verstanden sich super, und das Gefühl der Nähe zwischen ihnen war in den letzten Tagen noch stärker geworden. Sie lachten über dieselben Dinge, ihr Sex war fantastisch, und sie hörten einander gerne zu. Sie hatten sich schon so vieles erzählt, aber nie sprachen sie darüber, welche Art von Beziehung sie hatten, jedenfalls nicht miteinander. Aber mussten sie das überhaupt so genau definieren? Sie hatten ohnehin nur noch zweieinhalb gemeinsame Wochen bis zu ihrem Abflug nach Deutschland. Bis dahin würden sie ihre Zeit miteinander einfach genießen, ohne große Versprechungen oder Verpflichtungen. Oder machte sie sich da nur etwas vor?

Kapitel 22

»Ausgeschlossen«, dachte Josh und zog die Linie etwas kräftiger nach. Andererseits ... war es wirklich so ausgeschlossen, was Jenny da gesagt hatte? Er lehnte sich über seinen Block und versuchte, sich so genau wie möglich an Jennys Worte zu erinnern, als sie gestern Abend die Rechnungen durchgegangen waren. Er hatte ihr beiläufig erzählt, dass er und Sarah später zusammen mit Aidan und Kate ins Kino gehen wollten.

Jennys besorgter Blick stand ihm noch genau vor Augen. Er hatte sie gefragt, was los ist, und sie hatte erst abgewunken und dann doch gesagt: »Ach, weißt du ... Sarah amüsiert sich auch ganz gut ohne dich. Sie hat viel Spaß, wenn du nicht in der Nähe bist, auch mit den neuen Helfern.« Er hatte dagestanden und sich und sie gefragt, warum sie ihm das erzählte.

»Weil ich dich mag, Josh. Ich kenne dich jetzt schon so lange und ich sehe doch, dass sie dir offenbar etwas bedeutet. Du nimmst dir Zeit für sie, lässt sie bei dir wohnen, ihr macht Pärchenabende mit Aidan und Kate ...«

Sie hatte ihn gespannt angeschaut, aber er hatte nicht geantwortet. Und dann dieser Satz von ihr, über den er nun schon den ganzen Tag nachdachte: »Ich möchte nur nicht, dass du am Ende enttäuscht wirst. Ich bin mir nämlich nicht sicher, ob du für sie nicht nur ein netter Kerl mit Geld und einer gemütlichen Wohnung bist. Das ist ja ein ganz bequemes Leben für sie, nicht wahr?«

Er hatte gefragt, was sie das anginge, und dabei ungewohnt harsch geklungen, aber das war Absicht. Warum mischte Jenny sich in seine Beziehung mit Sarah ein? Das war sein Privatleben. Er mochte Jenny sehr, er kannte sie schon so viele Jahre und sie war besonders in der Zeit, als seine Mutter gestorben war, eine große Stütze für die Firma geworden. Aber jetzt ging sie zu weit.

»Stimmt. Tut mir leid, Josh. Ich wollte nicht ... Du hast recht, es geht mich nichts an. Vergiss, was ich gesagt habe, ja? Nimmst du meine Entschuldigung an?« Natürlich hatte er ihre Entschuldigung angenommen. Aber vergessen konnte er ihre Worte schon den ganzen Tag nicht. Josh lehnte sich zurück und sah auf die Uhr.

Hoffentlich würde Sarah bald nach Hause kommen. Er betrachtete nachdenklich die Skizze, die er fertig gezeichnet hatte. Sarah schaute ihn von seinem Zeichenblock aus an. Sie lächelte, und er fragte sich, ob sie tatsächlich so war, so natürlich und unschuldig. Oder nur, wie er sie sehen wollte.

Kapitel 23

Sie wollte nur hier liegen und mit geschlossenen Augen ihrem Traum nachhängen. Ein Traum, an dessen Bilder sie sich schon jetzt kaum mehr erinnerte, aber dessen Gefühl noch in ihr wehte. Sie hätte es gern festgehalten, aber irgendetwas zerrte sie mit Macht ins Hier und Jetzt.

Als sich die Erkenntnis, dass es sich um das Piepsen ihres Handys handelte, bis in ihr Bewusstsein vorgewühlt hatte, öffnete sie die Augen. Das Handy lag direkt neben ihr auf dem Boden, und sie tastete danach, ohne sich aufzurichten. Auf dem Display kündigten sich drei SMS von Miriam an. Sarah zog die Stirn in Falten. Drei Nachrichten am frühen Morgen waren beunruhigend, zumindest, wenn sie von Miriam kamen. Aber entgegen Sarahs Befürchtungen schien es ihrer Freundin außerordentlich gut zu ergehen, sie war mit Mathis inzwischen am Mount Cook angekommen. Ihre SMS schrieb sie von einer Morgenwanderung. Ausführlich schilderte sie, wie malerisch die Sonne gerade über den Bergen aufging. Miriam wanderte? Morgens? Sarah lächelte kopfschüttelnd bei der Vorstellung, dass sie und Mathis in diesem Moment über Stock und

Stein stolperten und höchstwahrscheinlich nur abge-
latschte Flip-Flops an den Füßen trugen. Sie würden auf
jeden Fall ein amüsantes Bild abgeben. Aber es schien ihnen beiden zu gefallen, Miriam schwärmte regelrecht.

»Alles okay?«, murmelte Josh, der neben ihr lag.

»Ja, schlaf ruhig weiter.« Sie strich ihm liebevoll über
seinen Rücken. »Das war nur eine Nachricht von Miriam.«

»Jetzt?!«

»Ja, sie wandert mit Mathis gerade am Mount Cook.«

»Ist schön da«, brummte Josh und hatte seine Augen
bereits wieder geschlossen.

»Ja, das schreibt sie auch.«

Ein Anflug von Wehmut überkam sie plötzlich. Der
Mount Cook hatte auch auf ihrem Reiseplan gestanden,
aber sie würde ihn wohl nicht mehr sehen ... Dafür lag sie
hier, neben Josh, in seiner Wohnung. Ihr Blick wanderte
durch den Raum, der ihr inzwischen schon so vertraut
war. Das große Bett, von dem aus man direkt auf ein Fenster schaute. Die weiße Bettdecke, die sie sich jede Nacht
teilen mussten, weil Josh nur diese eine Decke besaß, was
Sarah unmöglich fand. Sein chaotischer Schreibtisch in
der Ecke, auf dem sich neben Papieren auch immer seine
dreckigen Klamotten sammelten. Die Bilder an der Wand,
die er selbst gezeichnet hatte, was sie ihm zuerst nicht
geglaubt hatte, weil sie so gut waren.

»Wärst du auch gerne dahin gefahren? Zum Mount
Cook?«

»Du bist ja wach«, stellte Sarah überrascht fest.

»Ich fürchte, ja.« Er gähnte. »Und? Wärst du gerne dahin
gefahren?«

Sarah zuckte mit den Schultern. »Wir hatten es zusammen vor, also Miri und ich. Aber jetzt bin ich ja hier.« Ob-

wohl sie es nicht wollte, fiel ihr ausgerechnet in diesem Moment Jenny wieder ein. Jenny und ihr blöder Kommentar. Sie hatte schon mit Miriam darüber gesprochen, die lapidar vorgeschlagen hatte, dass Sarah ihre zickigen Kommentare am besten einfach ignorierte. *Wie ist das? Liegt in zwei Wochen schon eine andere Frau hier neben dir? Eine Frau, die nicht deinetwegen auf irgendetwas verzichtet, sondern einfach die Zeit mit dir genießt?*

Sarah schloss die Augen und versuchte, diese Gedanken aus ihrem Kopf zu vertreiben, aber je mehr sie sich bemühte, desto größer wurde die Beklommenheit in ihr.

»Ich hoffe, du bereust es nicht schon?« Obwohl er noch immer in seiner Schlafposition lag und sein Gesicht halb ins Kissen gedrückt war, schien Joshs Blick jetzt hellwach. Sie überlegte, was sie darauf antworten sollte. Sie wollte keins von diesen Mädchen sein, die Beziehungsthemen wälzten und ihre Freunde damit nervten. Aber die Frage, über die sie nun schon seit vier Tagen, seit dem Gespräch mit Jenny, nachdachte, musste sie aussprechen, um sie aus dem Kopf zu bekommen. »Ich bereue es nicht, Josh ... Ich weiß nur nicht so genau, was das hier eigentlich genau ist?« Sie deutete auf das Bett, in dem sie lagen.

»Ein Bett«, erklärte er und grinste, aber sie lachte nicht. »Ich hab mich das auch schon gefragt«, sagte er schließlich ernster und setzte sich auf. Er holte Luft.

»Was ist es denn für dich?«, fragte er. Sie drehte den Stoff ihres T-Shirts zwischen ihren Fingern.

Ich bin verknallt in dich. Aber ich will nicht, dass du mich für eine lästige Klette hältst.

»Ich weiß es gar nicht so genau. Ich mag dich, Josh. Und wir haben doch eine ganz schöne Zeit, oder?«

»Das finde ich auch, ja. Ich bin froh, dass du hier bist.«
Er strich ihr liebevoll eine Strähne aus dem Gesicht. Dann
schwieg er einen langen Moment lang.

»Ich werde dich vermissen, wenn du weg bist.«
Ihr Herz übersprang einen Schlag. »Wirklich?«

»Ja. Es macht Spaß, mit dir zusammenzusein. Auch
wenn du nicht kochen kannst.« Er lächelte.

Sie seufzte. »Deine Frechheiten werden mir jedenfalls
nicht fehlen.«

»Und ich? Werde ich dir fehlen?«

Sie stellte sich vor, wie es sein würde, wenn sie wieder in
Köln wäre. In ihrer Heimatstadt, in der sie sich so wohl
fühlte, obwohl sie nichts von dem hatte, was sie an Neuseeland liebte. Keine unendliche Weite, keine wilde Natur
und erst recht keine Weinberge. Aber wo sie einen eigenen
Freundeskreis hatte und ein eigenes Zuhause. Wo es eine
ganze Auswahl an Cafés und Kneipen gab, und wo sie nicht
lange überlegen musste, wo sie hingehen sollte, wenn sie
etwas erleben wollte. Wo die Menschen ihr Herz auf der
Zunge trugen und sie sich überall verstanden fühlte.

In ein paar Wochen schon würde sie eine Studentin sein
und ein anderes Leben führen. Sie würde andere Menschen kennenlernen, einen neuen Alltag erleben – und er
wäre dann immer noch hier, genau auf der anderen Seite
der Erde, in seinem Weinberg. Sie würde ihn nie wiedersehen ... Dafür war Neuseeland zu weit weg und der Flug
zu teuer, da musste sie sich nichts vormachen. Aber es war
so eine irreale Vorstellung! Josh war ihr so vertraut. Sie
wusste, wie süß er schmeckte und wie wettergegerbt sich
seine Haut anfühlte. Sie kannte den herben Duft seines
Körpers und die kleine Narbe an seinem Bein, die er seit

seiner Kindheit hatte. Sie hatte in den letzten Wochen gelernt, dass er seinen Tee immer heiß und stark trank, dass er weißer Schokolade nie widerstand und Eier in jeder Form hasste. Sie wusste, dass er seine dreckige Wäsche nie in den Wäschekorb legte, geschweige denn sortierte, dass er im Schlaf manchmal schmatzte und dass es ihn anmachte, wenn ihre Zungenspitze sein Ohr berührte. Und in zwei Wochen wäre das vorbei, für immer. Sie stellte sich vor, dass sie ihn nie mehr küssen und seine Haut nicht mehr berühren würde. Nicht mehr spüren könnte, wenn er sie von hinten umarmte oder ihre Hände massierte, wenn sie abends nach der Arbeit schmerzten. Sie würden nie mehr miteinander schlafen. Sie würden nicht mehr im Halbschlaf um die Bettdecke kämpfen und sich keine Anekdoten aus ihren Leben mehr erzählen. Sie würden keine Tränen mehr lachen. Er würde ihr nie mehr etwas über Wein erklären. Sie würden sich nicht mehr nah sein. Sondern Fremde werden. Es war nur eine Frage der Zeit. Würde er ihr fehlen? »Ja. Das wirst du.«

Josh atmete tief durch. Beide hingen ihren Gedanken nach. »Tut mir leid, dass der Tag so anfängt«, sagte sie. Er schüttelte den Kopf. »Nein, das muss es nicht. Weißt du was? Lass uns die Zeit einfach nutzen, ja? Wir haben noch zwei Wochen bis du fährst, immerhin. Es wäre schade, die Zeit nicht zu genießen, oder?« Dann grinste er wieder. »Außerdem: Vielleicht finden wir uns bis dahin gegenseitig blöd. Dann fällt der Abschied umso leichter.«

Sie lächelte. »Gut möglich. Zwei Wochen sind lang. Bild dir bloß nicht ein, dass du perfekt bist.«

Kapitel 24

»Komm, Dad, gib ruhig zu, die Grünlese läuft doch wirklich hervorragend, oder?« Josh stand mit George im Weinkeller, wo sie gemeinsam die Tanks kontrollierten.

»Ja, es sieht ganz gut aus«, brummte George. »Bis jetzt jedenfalls.«

Josh lächelte zufrieden. »So wird es auch bleiben. Wir sind deutlich schneller als gedacht, und die Personalkosten halten sich auch im Rahmen. Und in ein paar Monaten werden wir einen phantastischen Wein haben.«

»Das wird sich herausstellen.«

Josh seufzte. »Ich weiß, dass du mit größerem Aufwand gerechnet hast. Aber du hast dich geirrt. Gib es ruhig zu.«

George schlurfte zum nächsten Tank. »Das hast du Jenny zu verdanken. Sie hat ein glückliches Händchen beim Personal.«

»Du meinst, weil sie Helfer mit Erfahrung gefunden hat? Ja, das stimmt.« Josh nickte.

»Wir sollten ihr das mal sagen. Sie hat schließlich zum ersten Mal die Helfer allein angeworben, und das hat sie sehr gut gemacht.«

»Ich werde es sie wissen lassen.« Er wischte sich die Hände ab. »Ich bin hier fertig. Trinken wir noch ein Glas zusammen?«

Als sie auf der Terrasse saßen und Josh ihre Gläser füllte, überlegte George: »Kommt Sarah gleich noch dazu?« »Nein, sie ist nicht da. Sie verabschiedet sich von Margaret. Sie reist ja nächste Woche zurück nach Deutschland.« Überrascht drehte George sich zu ihm um. »Nächste Woche schon? Das ging ja schnell.« Er dachte einen Moment nach. »Fährt sie denn wirklich?«

»Es sieht so aus.« Josh trank einen Schluck Wein.

»Schade. Ich hatte gehofft, dass sie länger bleibt. Sie ist so ein nettes Mädchen.«

»Das ist sie.« Er drehte das Glas zwischen seinen Fingern und spürte Georges prüfenden Blick.

»Und macht ihr zwei etwas Besonderes, zum Abschied?«

»Ich weiß nicht. Ich muss mich am Wochenende um das Büro kümmern, und ich ...«

»Ach, Josh, denk nicht immer nur an die Arbeit. Darum kann sich Jenny auch am Montag noch kümmern. Oder ich erledige das. Mach du dir mal ein schönes Wochenende mit Sarah. Du musst auch mal rauskommen.«

Überrascht schaute Josh seinen Vater an. »Ist das dein Ernst?«

»Natürlich. Man muss das Leben genießen.«

»Jetzt? Mitten in der Saison?«

»Ja. Als ich über Weihnachten wandern war, habe ich endlich wieder gemerkt, wie schön es ist, auch mal an etwas anderes zu denken als an Wein und das alles hier.«

Josh grinste. »Schau an. Du wirst auf deine alten Tage ja noch richtig weise.«

George verschränkte entschlossen die Arme vor dem Bauch. »Und wenn schon. Deine Mutter wäre jetzt auch meiner Meinung.«

»Da könntest du recht haben«, gab Josh zu.

»Da habe ich definitiv recht. Ehrlich, Josh, deine Mutter und ich haben immer gedacht, wir genießen das Leben, wenn wir nicht mehr arbeiten müssen. Du weißt, wie sehr wir uns da geirrt haben. Mach nicht den gleichen Fehler wie wir. Genieß das Leben und die Liebe, solange du kannst.«

Kapitel 25

Sarah war selbst überrascht, wie sehr ihr der Abschied zusetzte. Das dänische Pärchen, mit dem sie so viele Wochen zusammengearbeitet hatte, war gerade abgereist, und mit den herzlichen Umarmungen der beiden war ihr schmerzlich bewusst geworden, dass nächste Woche sie diejenige sein würde, die Abschied nehmen müsste. Ein Gedanke, den sie stets vermied, so gut es eben ging.

Schmutzig, müde und niedergeschlagen ging sie nach Hause. Der Tag war anstrengend gewesen, obwohl sie heute nur kurz auf dem Feld gearbeitet hatte. Als sie die Wohnungstür aufschloss, stieß die Tür gegen eine Kühlbox. Irritiert trat sie ein und rief: »Ich bin's!«

»Hey, da bist du ja endlich!« Josh steckte seinen Kopf aus dem Wohnzimmer und strahlte sie an.

»Hi. Was ist das hier?«, fragte sie beim Anblick der Sachen, die sich neben der Kühlbox türmten und drückte sich daran vorbei in den Flur.

»Campingausrüstung. Wir fahren zelten.« Die Vorfreude stand Josh ins Gesicht geschrieben. Sarah stutzte. So gerne sie campen ging – heute wäre ihr ein fauler Abend auf der Couch fast lieber gewesen. »Zelten?! Wann? Und wo?«

»Heute. Gleich. Im Abel Tasman. Da warst du noch nicht, oder?«

Sarah schüttelte den Kopf, und Josh nickte zufrieden.

»Es ist wunderschön da, weiße Strände, glasklares Meer. Wir können Kanu fahren! Kannst du überhaupt Kanu fahren? Egal, ich zeig' dir, wie es geht. Wenn wir uns beeilen, sind wir zum Abendessen dort.«

Sarah wusste nicht, was sie sagen sollte. Sprachlos machte sie ihren Mund auf und wieder zu.

»Es wird dir gefallen. Vertrau mir, Sonnenschein. Außerdem ... Es ist dein letztes Wochenende hier. Das sollten wir nutzen, findest du nicht?«

Er hatte recht. Seufzend lächelte Sarah. »Aber ich stinke! Lass mich wenigstens kurz duschen gehen. Und ein paar Sachen packen.«

»Na gut. Aber beeil dich! Ich lade schon mal ein.«

Zwei Staus und vier Stunden später erreichten sie endlich ihren Campingplatz. Die Fahrt hatte viel länger gedauert als gedacht, so dass sie ihr Zelt erst in der Dämmerung von der Ladefläche räumten. Sarah war erschöpft und die Aussicht, jetzt noch lange mit komplizierten Stangen und Planen beschäftigt zu sein, ermattete sie noch mehr. Erleichtert beobachtete sie, wie geübt Josh mit dem Aufbau begann. Er wusste genau, was er tat, und hatte das Zelt innerhalb von Minuten errichtet, wenn auch nicht ganz gerade. Sarah nickte anerkennend. »Schau mal an. Ich wusste gar nicht, dass du das so gut kannst.«

Zufrieden drückte Josh den letzten Hering mit dem Fuß in die Erde. »Ich hab doch erzählt, dass ich früher oft mit Aidan zelten war.«

Sarah kletterte in das Zeltinnere und schnupperte. »Stimmt, es riecht hier drin noch nach Aidan-Furz.« Beide lachten und machten sich daran, den Rest ihrer Sachen zu verstauen. Sie waren gerade fertig, als ein leises Tröpfeln einsetzte. Josh warf die Eingangsplane zur Seite und schaute hinaus. »Oh nein, verdammt. Es fängt an zu regnen.«

Sarah krabbelte zum Zeltfenster. Dunkle Wolken türmten sich über ihnen. »Was? Ausgerechnet jetzt?«

Josh sprang auf. »Ich bin gleich wieder da.« Als er ins Zelt zurückkehrte, war er völlig durchnässt. Tropfen perlten von seinen Haaren, seine Kleidung klebte an seinem Körper. Trotzdem strahlte er und hielt die Kühltruhe und eine Flasche Wein wie Trophäen in die Höhe. »Tadaa! Unser Abendessen!«

Sarah lachte und warf ihm ein Handtuch zu. »Du trocknest dich ab, ich ... äh ... decke keinen Tisch, sondern die Matratze.«

Sie picknickten im Schein der kleinen Lampe, die Josh über ihnen aufgehängt hatte. Er biss in ein Stück Baguette und fegte mit den Fingern die Krümel zur Seite. »Es ist nicht ganz das, was ich mir für heute Abend vorgestellt hatte, aber eigentlich ist es gar nicht so schlecht, oder?«

»Ganz und gar nicht.«

»Wer braucht schon einen Sternenhimmel, wenn er im dämmrigen Licht einer faltbaren Campinglampe sitzen kann, nicht wahr? Außerdem: Wer weiß, vielleicht ist es ja gleich wieder trocken.«

Wie aufs Stichwort verstärkte sich der Regen und wurde zu einem lauten Prasseln. Sarah kräuselte ihre Nase. »Klingt nicht so.« Sie unterdrückte ein Gähnen.

»Aber hey, mir macht das nichts aus. Es ist doch ganz gemütlich hier.«

Als sie wenig später unter ihrer Decke lagen und sich eng aneinander gekuschelt gegenseitig wärmten, flüsterte Josh leise:»Tut mir leid, dass es doch nicht so entspannt war heute. Aber morgen scheint bestimmt wieder die Sonne. Und dann machen wir uns einen ganz schönen Tag, versprochen.«

Sarah vergrub ihr Gesicht an seiner Schulter.»Ich muss jetzt was ganz Kitschiges sagen.«

»Ja?«

»Ich bin total kaputt, habe kalte Füße und überall Krümel auf der Matratze. Aber ich möchte nirgendwo anders sein als hier bei dir.«

Josh grinste.»Ich bin eben doch ein ganz schön perfekter Typ.«

Kapitel 26

»Ich gehe keinen Schritt weiter«, erklärte Sarah entschieden. »In meinem ganzen Leben bin ich noch nie so weit gelaufen.«

Josh lachte. »Ach, komm. Das war eine Anfängerstrecke.«

»Hallo? Wir sind fünf Stunden gewandert. Wenn ich das vorher gewusst hätte!« Stöhnend ließ sie sich auf den Beifahrersitz fallen.

»Ja, es hat vielleicht länger gedauert, aber wir haben ja auch viele Pausen gemacht.« Er lächelte sie aufmunternd an. Sarah grummelte nur etwas Unverständliches. Es war tatsächlich eine lange Wanderung gewesen, und er hätte fast zugegeben, dass er sich selbst ein wenig verschätzt hatte.

»Ich bin diese Tour vor ein paar Jahren schon mal mit Aidan gelaufen, aber damals haben wir höchstens drei Stunden gebraucht.«

Sie warf ihm einen pikierten Blick zu. »Mit Aidan, ja? Der ist ungefähr drei Köpfe größer als ich. Und du bist auch viel größer. Ihr habt wahrscheinlich zehntausend Schritte weniger gemacht als ich heute.«

Josh lachte und hörte amüsiert zu, wie sie weiter schimpfte. »Wenn ich so lange Beine hätte, würde ich auch locker durch den Urwald staksen. In zwei Stunden. Ha!« Sie zog ihre Schuhe und Strümpfe aus und legte ihre nackten, geröteten Füße auf das Armaturenbrett.

»Wahrscheinlich sind meine Beine jetzt noch zwei Zentimeter kürzer als heute Morgen. Wenn ich die Strecke noch mal laufe, muss ich meine Hosen demnächst in der Kinderabteilung kaufen. «

Er legte ihr schmunzelnd eine Hand auf ihre Knie.

»Ich mag sie auch in der Kurzversion. Hat es dir denn wenigstens ein bisschen Spaß gemacht?«

»Ja, natürlich«, brummte sie.

»Was hast du gesagt?«

»Ja«, sagte sie etwas lauter und konnte sich ein Lächeln nicht mehr verkneifen.

»Was, wie? Ich versteh dich nicht!«

»Schon gut! Es war toll! Und jetzt fahr endlich los, ich will mich nicht mehr bewegen müssen und meine Beine auf die Streckbank legen. Außerdem habe ich Hunger.« Er beugte sich zu ihr hinüber und küsste sie.

»Ich weiß, dass es anstrengend war. Aber du warst super.«

Er drehte den Zündschlüssel um und sie fuhren los. Während ihres Marsches hatten sie überlegt, dass sie später ein kleines Lagerfeuer am Zelt machen wollten, ganz romantisch. Immerhin war dies ihr letzter gemeinsamer Samstagabend. Sie freuten sich auf ein paar entspannte Stunden, die sie sich nach dem heutigen Aktivprogramm auch mehr als verdient hatten.

Gleich nach dem Frühstück waren sie aufgebrochen, mit dem Auto ein Stück gefahren und hatten sich dann ein

Kanu ausgeliehen. Sarah war noch nie zuvor Kanu gefahren, und er hatte ihr angemerkt, dass es sie Überwindung kostete, sich in das kleine wackelige Boot zu knien. Es hatte ein paar Minuten gedauert, bis sie den Dreh beim Paddeln heraushatte und sie beide tatsächlich vorwärtsgekommen waren. Zwei Stunden lang waren sie vor der Küste gefahren und hatten vom Wasser aus die Küstenlinie bewundert. Die fast weißen Sandstrände, die versteckt zwischen moosigen Tälern, wuchtigen Granitklippen und dichten Wäldern lagen. Er hatte gehofft, dass sie Delfine oder wenigstens Robben sehen würden, aber die Tiere schienen den Touristen aus dem Weg zu gehen. Obwohl sie so früh aufgebrochen waren, begegneten ihnen schon auf dem Wasser und später am Strand, wo sie sich eine Zeitlang sonnten, viele Menschen. Bei ihrer Wanderung am Nachmittag hatte er das Gefühl, kaum hundert Meter gehen zu können, ohne andere Leute zu sehen. Er bedauerte das ein wenig, weil er den Abel Tasman am schönsten fand, wenn man seine ursprüngliche Einsamkeit nachspüren konnte, aber das war an einem sonnigen Samstag während der Hochsaison wohl zu viel verlangt. Sarah schien dennoch hingerissen zu sein. Er hatte sie beobachtet, wie sie mit fast kindlicher Begeisterung immer wieder angehalten hatte, um die Aussicht zu bewundern oder um einen genauen Blick auf die Krebse, Grillen oder Käfer, die sie unterwegs entdeckte, zu werfen. Er hatte ihr erklärt, wie der Gesang der exotischen Schmuckvögel klang, ihr die Tuis mit ihren glänzenden Federn gezeigt und war froh gewesen, dass Aidan ihm diese Dinge vor Jahren einmal beigebracht hatte.

Die Fahrt bis zum Campingplatz würde kaum länger als eine halbe Stunde dauern. Sarah hatte das Fenster geöffnet und massierte ihre Füße mit schmerzverzerrtem Gesicht. Er warf gerade einen mitleidigen Blick auf sie, als sie plötzlich auf die Straße zeigte und »Pass auf« schrie. Er bremste intuitiv, erst dann entdeckte er ein kleines, dunkles Knäuel, das direkt vor ihrem Auto auf der Straße lag. »Was ist das?«, fragte sie, aber er brauchte keinen zweiten Blick, um es zu erkennen.

»Ein Possum.« Er wollte schon wieder Gas geben, als sie die Tür öffnete.

»Sarah, was machst du?«

»Es lebt vielleicht noch!«

Josh runzelte die Stirn. »Es ist ein Possum, Sarah. Die Viecher werden hier andauernd überfahren.«

»Ich weiß«, rief Sarah, während sie sich dem Tier langsam näherte. Seufzend sprang Josh aus dem Auto und folgte ihr. Das Possum lag schnell atmend mit weit aufgerissenen Augen vor ihnen. Blut rann aus seinem Fell. Sarah kniete sich daneben. »Oh Gott, es ist verletzt!« Entsetzen und Mitleid spiegelten sich in ihrem Gesicht. »Was machen wir denn jetzt, Josh?«

Er zog die Augenbrauen hoch. »Also ... Das sind jetzt nicht gerade beliebte Tiere hier, weißt du? Die meisten Neuseeländer hassen sie richtig. Es gibt wahnsinnig viele davon. Manche Leute halten sogar extra mit ihren Autos drauf, um eins zu erwischen.«

Sarah starrte ihn an: »Bitte? Das ist ja widerlich! Wie könnt ihr nur?!«

»Ich mache das nicht! Noch nie.« Josh hob abwehrend die Hände. Sarah richtete ihren Blick wieder auf das Possum, und Josh führte weiter aus: »Aber Possums fressen Kiwis, diese kleinen, süßen Laufvögel. Unser Nationaltier. Damit machen sie sich hier keine Freunde.«

»Es ist verletzt, Josh.« Ihre Blicke trafen sich, und im gleichen Moment hörte er sich zu seinem eigenen großen Erstaunen murmeln:»Dann bringen wir es zum Tierarzt?«

Sarah nickte und schenkte ihm ein dankbares Lächeln. »Ja.«

Kopfschüttelnd seufzte er:»Warte hier, ich hole ein Handtuch, dann wickeln wir es darin ein. Ich fasse es nicht, ich rette ein Possum!«

Für dich.

Kapitel 27

Das vergesse ich dir nie.

Sarah hielt das Possum auf dem Beifahrersitz fest im Arm. Immer wieder quiekte das Tier schmerzerfüllt, und Sarah sprach leise auf es ein. Neben ihr versuchte Josh einen Tierarzt zu erreichen, legte aber immer wieder kopfschüttelnd auf. Sie befürchtete schon, dass er aufgeben würde, aber er wählte entschlossen eine Nummer nach der nächsten. Dann endlich sprach er mit einem Arzt, der bereit war, um diese Uhrzeit ein Possum zu behandeln.

»Die Praxis ist vierzig Meilen entfernt. Es wird einen Moment dauern«, erklärte er schließlich.

»Danke, Josh.«

Er lächelte sie liebevoll an. »Natürlich.«

»Auch im Namen von Fritz.«

»Fritz?«

»So heißt es.«

»Verstehe. Ein deutsches Touristen-Possum also. Na dann, Fritz, schnall dich an. Los geht's!«

Als sie die Tierarzt-Praxis verließen, war es längst dunkel. Sarah befühlte den Verband, den der Tierarzt um ihre Hand gebunden hatte.

»Tut es sehr weh?«, fragte Josh besorgt.

Sie schüttelte den Kopf. »Nein, die Kompresse ist total übertrieben. Es war ja nur ein kleiner Biss, es hat mich kaum erwischt.«

»Undankbares Ding. Da kratzen wir es von der Straße, fahren damit über die halbe Südinsel und retten es vor dem sicheren Tod, und dann schnappt es zum Dank nach dir.«

»Das war meine eigene Schuld. Ich hätte Fritz vorsichtiger auf den Behandlungstisch setzen sollen. Er hatte Schmerzen und Angst.« Sie streckte sich. »Und ich habe Hunger. Du auch?«

Wenig später erwärmten sie sich eine Dose Ravioli auf dem Gaskocher, und Sarah erzählte von ihren Campingausflügen nach Holland, die sie regelmäßig mit ein paar Freunden unternahm. »Wir fahren meistens im Mai, da gibt es bei uns viele Feiertage, und das Wetter ist schon warm genug.«

Josh nickte. »Und dieses Jahr? Fährst du dann wieder?«

»Mal sehen. Meine Mutter wird am 1. Mai fünfzig und möchte eine Party in unserem Haus schmeißen.«

»Oh, cool. Erzähl mir von deiner Mum, wie ist sie so?«

Sarah lächelte beim Gedanken an sie. »Sie ist ... der stärkste Mensch, den ich kenne, glaube ich. Du weißt ja, sie hat mich allein erzogen, und dabei hat sie so ziemlich alles richtig gemacht. Meine Mutter ist bis heute für mich da, egal, was los ist. Obwohl es früher bestimmt nicht immer einfach für sie war.«

»Ihr steht euch sehr nah, oder?«

»Ja, ich kann ihr alles erzählen. Ich meine, klar haben wir auch mal Krach. Als sie gemerkt hat, dass ich mal gekifft habe, ist sie ausgeflippt.«

»Du hast gekifft?« Josh grinste.

»Ein Mal. War nicht so mein Ding. Aber das hab' ich meiner Mutter natürlich nicht gesagt. Sie denkt bis heute, dass sie mir das ausgeredet hat.«

»Also erzählst du ihr doch nicht alles?«

»Doch, schon.« Sie dachte nach. »Meine Mutter ist definitiv diejenige, die ich als erste um Hilfe bitten würde, egal bei was. Als meine Eltern sich getrennt haben, hat sie mir eingeschärft, dass wir ein Team sind und dass ich immer zu ihr kommen kann, egal, was los ist.«

»Das finde ich gut. Vertrauen ist wichtig.«

»Absolut.«

Einen Moment lang hingen beide ihren Gedanken nach, dann fragte Josh: »Erzählst du mir jetzt von deinem Vater?«

Sarah schaute ihm direkt in die Augen. Dann nickte sie langsam. »Tja, mein Vater hat uns verlassen.«

»Warum?«

»Die kurze Version ist: Er ist fremdgegangen.«

Josh hob die Augenbrauen. »Und die lange Version?«

Sarah verzog das Gesicht. Sie mochte es nicht, darüber zu sprechen, und hatte dieses Thema schon immer vermieden. Nicht einmal Miriam kannte die ganze Geschichte, die sie bis heute manchmal in ihren Träumen erschreckte. Aber hier, weit weg vom Ort des Geschehens, hatte sie das Gefühl, es erzählen zu können. Es Josh erzählen zu können.

Ich vertraue dir, Josh. Ich hoffe, du weißt, wie viel mir das bedeutet.

»Die lange Version ist, dass ich ihn dabei erwischt habe. Ich war acht Jahre alt und kam unerwartet früh aus der Schule. Er war damals schon Fotograf und hat viel von zu Hause aus gearbeitet. Tja, und an dem Tag habe ich ihn im Bett mit einem seiner Models erwischt.«

»Autsch.«

»Allerdings. Das musst du dir mal vorstellen, wie dreist das war. Er ist zu Hause fremdgegangen, im eigenen Bett!« Sie schüttelte sich bei der Erinnerung daran.

»Ich kam also da an die Schlafzimmertür, während er die fremde Frau vögelte. Sie haben gestöhnt und geschwitzt, sie haben mich gar nicht bemerkt. Es war so ... abstoßend! Ich weiß nicht, wie lange ich da stand. Ich habe gar nicht richtig verstanden, was dort passierte. Ich war schließlich ein kleines Mädchen, ich hatte keine Ahnung von Sex. Aber ich habe gespürt, dass da etwas Verbotenes passiert, etwas Schlimmes, direkt vor meinen Augen. Irgendwann hab ich gekotzt, und erst da haben sie mich entdeckt.«

»Puh«, entfuhr es Josh. Er legte ihr die Hand auf den Arm und sie lächelte schief. Dann erzählte sie weiter:

»Mein Vater hat dann erst mal versucht, das alles zu vertuschen. Er hat mir eingebläut, dass ich das niemandem verraten darf, niemandem, erst recht nicht meiner Mutter! Dass das unser Papa-Sarah-Geheimnis sei. Das hat mir erst recht Angst gemacht.« Sie lachte bitter. »Ich weiß noch, dass ich abends im Bett lag und es mir einfach hundeelend ging. Meine Mutter dachte, ich wäre krank, hat Fieber gemessen, mir eine Geschichte vorgelesen und so weiter. Aber ich hatte immerzu dieses Bild vor Augen, von meinem Vater und dieser Frau.«

Sie seufzte und schwieg gedankenverloren für einen

Moment, bevor sie fortfuhr.»Und dann hab ich es meiner Mama erzählt.«

»Wie hat sie reagiert?«

»Sie hat sich alles angehört und mich getröstet, weil ich so geweint habe. Sie hat ein paar Fragen gestellt, wie die Frau aussah und was Papa zu mir gesagt hat und so. Und dann ist sie bei mir geblieben, bis ich eingeschlafen war.«

»Und was ist dann passiert?«

»Am nächsten Morgen, das war ein Samstag, hat mein Vater mich ins Wohnzimmer gerufen und mir erklärt, dass sie sich trennen. Meine Mutter saß ganz bleich daneben und hat kaum ein Wort gesagt. Ich sehe das noch genau vor mir.« Sie holte tief Luft.»Mein Vater ist noch am selben Tag ausgezogen.«

»Am selben Tag?!«

»Ja. Er hat gleich Nägel mit Köpfen gemacht, hat ein paar Sachen gepackt und ist zu seiner neuen Freundin gezogen.«

»Die, mit der du ihn erwischt hast?«

»Genau. Petra.«

Josh überlegte.»Also, Moment: Du hast ihn wann ... freitags im Bett erwischt, und er ist samstags ausgezogen?«

Sarah nickte.»Ja. Bis Freitagmittag war ich eine ganz normale, fröhliche Achtjährige, die felsenfest davon überzeugt war, die beste Familie der Welt zu haben. Es war alles perfekt bei uns! Meine Eltern führten eine glückliche Ehe. Und am Samstagabend war plötzlich alles kaputt. Da saß ich mit meiner heulenden Mutter allein in unserem Haus und wusste nicht, wie mir geschieht.«

»Aber es gab vorher doch bestimmt auch schon Schwierigkeiten zwischen deinen Eltern. Du hast sie vielleicht einfach nicht bemerkt.«

Sie schaute ihn nachdenklich an, dann wandte sie den Blick ab und atmete tief ein. »Ich weiß es nicht. Aber manchmal frage ich mich, was passiert wäre, wenn ich ihr an diesem Abend nichts erzählt hätte.« Sie malte mit einem Zweig Spuren in die staubige Erde. »Vielleicht wäre alles anders gekommen. Vielleicht wären sie immer noch zusammen.«

Ungläubig legte er den Kopf schief. »Sarah, gibst du dir etwa die Schuld daran, dass sich deine Eltern getrennt haben?« Stumm zuckte sie mit den Schultern. Er fasste ihre Hände und hielt sie fest. »Das war doch nicht deine Schuld. Dein Vater hatte eine andere Frau! Das hatte überhaupt nichts mit dir zu tun!«

»Aber wenn ich nichts gesagt hätte, hätte meine Mutter vielleicht nie etwas davon erfahren.«

»Dann hätte sie es irgendwie anders herausgefunden.«

»Oder nicht.«

»Glaubst du das wirklich? Offenbar war es für deinen Vater ja nicht nur ein Ausrutscher, sondern eine ernst gemeinte Beziehung mit dieser anderen Frau. Richtig?«

Sarah presste die Lippen aufeinander und schwieg. Sie wischte sich über die Augen und sammelte sich wieder. Josh streichelte mit dem Daumen sanft über ihren Handrücken.

»Wie ist es denn weitergegangen?«, fragte er schließlich vorsichtig.

»Er ist dann mit Petra nach Hamburg gezogen. Er hat uns einfach in diesem Chaos zurückgelassen, das er angerichtet hatte. Wir haben ihn plötzlich nicht mehr interessiert. Von einem Tag auf den anderen war er aus unserem Leben verschwunden, ich habe ihn gar nicht mehr gesehen. Nicht mal telefonisch war er für uns erreichbar.

Er hat sofort die Scheidung eingereicht und alles über die Anwälte laufen lassen.«

»Das klingt ja schrecklich. Eiskalt.«

»Ja. Es war ein Schock, weißt du? Ich hab mich gefühlt wie ein kaputtes Spielzeug. Wie Müll.«

»Was für ein Arschloch. Entschuldigung. Wie kann man als Vater zulassen, dass ein Kind so empfindet? Wie kann man sein Kind einfach zurücklassen?«

»Petra. Petra wollte das so. Sie wollte ihn ganz für sich, ohne die Altlasten seiner Vergangenheit. Und er war so verknallt in sie, dass er alles für sie machte. Dazu gehörte eben auch, den Kontakt zu uns abzubrechen.«

»Unglaublich.«

»Ja, aber leider wahr. Ich hatte keinen Papa mehr, er war einfach weg. Meine Noten in der Schule sind schlecht geworden und wenn ich nicht so eine verständnisvolle Lehrerin gehabt hätte, wäre ich wahrscheinlich auch noch sitzengeblieben. Zu Hause war ich plötzlich dauernd allein, das kannte ich vorher gar nicht. Meine Mutter musste einfach viel mehr arbeiten, sie hat sich den Hintern aufgerissen, um uns irgendwie über die Runden zu bringen. Und wenn mein Opa ihr nicht finanziell geholfen hätte, wäre auch noch unser Haus weg gewesen. Es war eine schreckliche Zeit, Josh. Am schlimmsten war für mich, wie meine Mama gelitten hat. Sie hat immer versucht, mir das nicht zu zeigen, aber natürlich habe ich mitbekommen, wie schwierig die Situation auch für sie war. Sie hat mir so leidgetan, aber ich konnte gar nichts für sie tun. Ich war so hilflos! Alles wegen Petra.« Sie schluckte.

»Und seitdem hast du ihn nicht mehr gesehen?«

»Doch, vor zwei Jahren. Da hat Petra ihn nämlich verlassen. Am meisten gefreut hat mich, dass sie ihn mit einer anderen erwischt hat. Ich hätte so gerne ihr Gesicht gesehen.« Ein amüsiertes Lächeln spielte um Sarahs Lippen.

»Und dann? Kam er wieder bei euch angekrochen?«

»Er kam nach der Trennung von Petra tatsächlich bei uns vorbei. Das war ... überraschend. Er stand plötzlich einfach vor der Tür.«

»Hat deine Mutter ihn reingelassen?«

»Tja, sie war ganz schön überrumpelt und nicht gerade begeistert, ihn zu sehen. Aber ich glaube, sie wollte ihm wenigstens eine Chance geben, sich zu entschuldigen. Mir zuliebe. Das hat er dann auch getan, aber weißt du, für mich ist er trotzdem fremd. Man kann die Zeit nicht mehr zurückdrehen. Er fühlt sich nicht mehr an wie mein Vater.«

»Habt ihr denn jetzt wieder regelmäßigen Kontakt?«

»Wir telefonieren manchmal oder schreiben Mails.«

»Immerhin.«

»Ja.« Plötzlich lächelte sie. »Ohne ihn wäre ich übrigens gar nicht hier, in Neuseeland.«

Josh warf ihr einen fragenden Blick zu. »Wie meinst du das?«

»Er hat mir die Flugtickets geschenkt, zum Schulabschluss, zum Abitur. Allein hätte ich mir das niemals leisten können. Und Miriam auch nicht. Wahrscheinlich hatte er nach all den Jahren doch ein schlechtes Gewissen. Oder ihm ist einfach nichts anderes eingefallen.« Sie zuckte mit den Schultern. »Ist ja auch egal. Das war jedenfalls ausnahmsweise mal eine gute Idee von ihm.«

»Das finde ich auch«, Josh küsste liebevoll ihre Hand, »schön, dass du da bist.«

Erschöpft stützte sie ihren Kopf auf. »Ich hab das noch nie jemandem erzählt. Jedenfalls nicht so ausführlich.«

»Und wie geht es dir jetzt?«

»Besser.« Sie lächelte. »Danke, Josh. Du bist ein guter Zuhörer.«

Er betrachtete sie einen Moment. Dann stand er auf, ging um den Tisch herum und setzte sich neben sie. Er legte seine Hände auf ihre Schultern und schaute ihr direkt in die Augen. »Sarah, pass mal auf. Ich möchte, dass du eines weißt: Ich bin für dich da, okay? Ich weiß, du bist ab nächste Woche fast zwanzigtausend Kilometer weit weg, und es ist mehr als unwahrscheinlich, dass wir uns danach noch einmal sehen. Vielleicht ist diese Idee auch total blöd, aber: Wir können doch trotzdem Kontakt haben, oder? Telefonieren oder uns SMS schicken oder mailen.«

Sie nickte, und er fuhr fort. »Ich meine, das würde doch gehen, oder? Ich möchte einfach wissen, wie es dir geht und was du so machst.«

»Ich auch. Ich möchte auch wissen, wie es dir geht.«

»Ja? Dann lass uns das versuchen, bitte! Ich weiß nicht, wie du das siehst, aber ich hab das Gefühl, dass wir einen ganz guten Draht zueinander haben, oder?«

»Das finde ich auch.«

»Weißt du, ich lebe hier in diesem kleinen Kaff und sehe immer dieselben Leute. Versteh mich nicht falsch, ich liebe meinen Dad und Aidan und Kate und alle, es sind tolle Menschen! Aber hier passiert es nicht oft, dass man jemanden trifft, der sofort so ... dem man ...« Er suchte nach Worten.

»... dem man sich so nah fühlt«, komplettierte sie seinen Satz.

»Genau. Du weißt, was ich meine!«

»Natürlich. Mir passiert das auch nicht oft, auch wenn ich in einer Millionenstadt lebe.«

Mir ist so etwas noch nie passiert.

»Dann ist es abgemacht? Wir bleiben in Kontakt?«

»Sehr gerne, Josh.«

»Cool. Das freut mich!«

Das Licht ihrer Kerze flackerte schwach, aber sie erkannte in seinem Blick, wie ernst es ihm war. Sie küsste ihn und hatte das unbestimmte Gefühl, einen wichtigen Schritt gemacht zu haben.

Kapitel 28

Er konnte sich das Gefühl nicht erklären. Irgendetwas hatte sich geändert. Lag es daran, dass sie in den letzten Stunden so viel zusammen erlebt hatten? Daran, dass sie sich so viel erzählt und mehr denn je gespürt hatten, wie gut sie sich ergänzen? Oder steckte hinter diesem Gefühl etwa noch mehr? Aber falls ja: Was sollte daraus werden? Was sollte aus ihnen werden?

Die Gedanken kreisten in seinem Kopf, bis er endlich einschlief.

Kapitel 29

Seine leisen Atemzüge waren gleichmäßig. Sie wusste nicht, was sie mitten in der Nacht geweckt hatte. Vielleicht ein Geräusch, oder der schmerzhafte Muskelkater, der ihre Beine quälte.

Sie betrachtete ihn, so gut es in der Dunkelheit des Zeltes möglich war. Ihre Hände streichelten zart über seinen Körper und ihre Lippen liebkosten seine Haut. Sie konnte nicht anders, obwohl sie ihn nicht wecken wollte. Vorsichtig beugte sie sich über ihn und küsste seine Stirn, seine Nase und seine Augenlider. Josh schlief noch immer regungslos. Ihre Finger fuhren durch sein dunkles Haar, und plötzlich wusste sie, was sie fühlte. Es durchströmte sie ganz klar, jede Zelle ihres Körpers war jetzt polarisiert zwischen erstickender Traurigkeit und dem belebenden Glück, das sie empfand.

»Josh.« Sie musste es ihm sagen, aber sie wollte seinen Schlaf nicht stören. Sie wollte überhaupt nichts kaputtmachen. Also flüsterte sie nur, und es war kaum hörbar. »Ich liebe dich, Josh Whittaker.«

Kapitel 30

Ich liebe dich.

Er sah ihr zu, während sie ihren Rucksack packte. Dort, wo eben noch ihre Shirts, Hosen und Röcke gestapelt lagen, gähnte nun ein leeres Fach im Schrank.

»Hast du was gesagt?« Sie hielt inne.

Ich liebe dich, Sarah. Für mich ist das hier nicht nur eine kleine Affäre. Bitte hör auf, deine Sachen zu packen, und bleib einfach hier. Wir werden zusammen glücklich sein, egal, was passiert. Solange ich in deiner Nähe bin, wird alles gut sein.

Aber sollte er ihr das jetzt sagen? Würde das nicht alles noch schwieriger und schmerzhafter machen? Natürlich! Er würde es ihr nur schwermachen – sofern sie überhaupt so empfand wie er. Und wenn ja: Was würde es ändern? Sie musste nach Hause. Sie wollte studieren, sie war so stolz und glücklich, diesen Studienplatz bekommen zu haben. Ihre Augen hatten so geleuchtet, als sie ihm erzählt hatte, wie sie von der Zusage erfahren hatte. Diese Chance konnte, durfte er ihr nicht nehmen. Und er wusste, dass sie

Sehnsucht nach ihrer Mutter und ihren Freunden zu Hause hatte. Und überhaupt: Was hatte er ihr hier schon zu bieten? Ein Leben fern ihrer Heimat, das mit viel Arbeit und Entbehrungen verbunden war. Würde sie das wollen? Sie war erst neunzehn! Wie sollte sie wissen, worauf sie sich einlässt! Nachdenklich schwieg er, und sie hob fragend die Augenbrauen.

»Ich fahre dich«, sagte er.

»Zum Flughafen? Wirklich? Es ist eine furchtbar weite Strecke, Josh. Der Bus braucht fast sechs Stunden bis Christchurch.«

Er zuckte mit den Schultern. »Ich mache das gerne. Wir müssten gegen fünf Uhr losfahren.«

Sie seufzte traurig. »Einverstanden.«

Er nickte, sie kam zu ihm und küsste ihn. »Danke. Für alles.«

Müde betrachtete er ihren Rucksack. »Brauchst du noch lange?«

Kapitel 31

»Ich schätze, eine Stunde noch.« Josh schaute auf die Uhr. »Um zehn sind wir am Flughafen. Es wird knapp, aber du wirst es schaffen, denke ich.« Er trommelte nervös mit den Fingern auf dem Lenkrad. Der Stau hatte sich endlich aufgelöst, und sie fuhren wieder schneller.

»Okay.«

Sarah zog die Beine auf dem Beifahrersitz hoch und schaute aus dem Fenster. Das Meer funkelte in der Sonne, und sie hoffte, noch einen Wal zu entdecken. Jetzt, im Februar, war genau die richtige Zeit dafür, hatte Margaret gesagt. Sarahs Herz wurde schwer, als sie an ihre Freundin dachte. Sie hatte die Tränen in ihren Augen genau gesehen, als sie sich voneinander verabschiedet hatten. Beide waren sich der Tatsache bewusst gewesen, dass sie sich nicht mehr wiedersehen würden, obwohl sie ihre Adressen ausgetauscht hatten.

Sarah sah aus den Augenwinkeln, dass Josh sich die Augen rieb.

»Danke, dass du mich fährst, Josh.«

»Ich muss doch sichergehen, dass du auch wirklich zum

Flughafen fährst«, er schmunzelte. »Nicht, dass du unterwegs beim nächsten Weingut anheuerst.«

»Ach so, das ist der Grund. Und ich dachte schon, du müsstest auf dem Rückweg von irgendwo eine neue Helferin mitnehmen.«

Er lachte. »Oh Mann, erwischt.«

Sie lächelte und schaute wieder hinaus. Neben ihr seufzte Josh. »Das werde ich tatsächlich vermissen«, sagte er. »Man kann wirklich gut mit dir lachen.«

»Danke gleichfalls. Ich fand auch das Heulen ganz wunderbar.«

Er warf ihr einen liebevollen Blick zu und strich mit seiner Hand über ihre Wange.

»Ich auch.« Er fasste wieder ans Lenkrad und schaute zurück auf die Straße. »Ich fand alles wunderbar.«

Sarah schluckte, damit sich ihr Hals nicht ganz zuschnürte. Stumm nickte sie nur und starrte weiter hinaus, wo das Meer noch immer unaufhörlich glitzerte. Sie hoffte, dass er nicht sah, wie sie sich eine Träne aus dem Gesicht wischte.

Als sie den Flughafen endlich erreichten, war es bereits nach halb elf. Miriam hatte in der Zwischenzeit schon drei Mal angerufen und Sarah mit ihrer Nervosität angesteckt. Josh hatte kaum eingeparkt, als Sarah hektisch aus dem Auto sprang und zur Ladefläche lief, um ihren Rucksack zu holen. »Warte, ich helfe dir.«

Sarah fragte sich, ob es typisch für Josh oder einfach typisch neuseeländisch war, dass er die ganze Zeit so ruhig blieb. Er schulterte ihren Rucksack, nahm ihre Hand, während sie zum Terminal liefen und wusste beim Check-in sofort, in welcher Tasche sie ihren Pass und ihr Ticket verstaut hatte. »Scheiße. Nur noch zwanzig Minuten bis zum

Boarding«, keuchte Sarah, während sie zur Sicherheits-
kontrolle liefen. Sie hatte sich den Abschied von Josh
mehrfach versucht vorzustellen, aber so überstürzt war er
in ihrer Phantasie nie abgelaufen. Nicht so Hals über Kopf.
»Da sind wir.« Josh blieb stehen, neben ihnen drängten
weiter Menschen zur Kontrolle. »Ich fürchte, da darf ich
nicht hin.«
Sie sah sich nervös um. »Ja, nein, klar. Ich muss da jetzt
allein durch.«
Er presste die Lippen aufeinander und versuchte ein
schiefes Lächeln. »Okay. Dann war es das wohl ... bye-bye,
Sonnenschein.«
Sie wusste selbst nicht, ob sie lächelte oder weinte.
»Bye-Bye. Ich ... weiß nicht, was ich sagen soll.«
»Ich auch nicht. Es war eine tolle Zeit, nicht wahr?«
»Ja. Es war perfekt.«
Sie küssten sich, hielten sich fest, küssten sich wieder,
und dann ging sie. Die Warteschlange drängte sie unaufhörlich nach vorne und als sie sich umdrehte, sah sie Josh
dort stehen. Er hob die Hand, und sie sahen sich direkt an,
und in diesem Moment wusste sie, dass sie einen Fehler
machte.
Ich kann jetzt doch nicht weg von dir. Nicht so!
»Entschuldigen Sie«, sagte sie, nahm ihre Tasche und
versuchte, sich an den Wartenden vorbei zurückzudrän-
gen. »Entschuldigen Sie mich! Lassen Sie mich durch! Ich
habe etwas vergessen.« Sie rief es jetzt immer lauter, und
die Menschen machten ihr murrend und umständlich Platz.
»Was ist los, was hast du vergessen? Etwas Wichtiges?«,
fragte er beunruhigt, als sie auf ihn zulief.
»Ja! Ich hab vergessen, oder nein, ich hab es nicht vergessen, ich hab eigentlich dauernd dran gedacht, aber

mich nicht getraut, glaube ich, aber ich muss das jetzt machen, weil du jetzt wach bist«, plapperte sie aufgeregt und erkannte schon an seinem Blick, dass er nicht folgen konnte.

»Was!?«, fragte er verwirrt.

Sie atmete tief durch. »Ich liebe dich, Josh. Und es tut mir leid, dass ich dir das jetzt erst sage.«

Er antwortete nicht sofort. Er sah sie an und strich ihr eine Strähne aus dem Gesicht. »Sarah. Ich dich doch auch.« Er küsste sie. »Ich liebe dich, ich liebe dich, ich liebe dich.«

Kapitel 32

»Fuck!«, brüllte Josh im Auto auf dem Weg zurück.

»Fuck! Fuck! Fuck!«

In seinem Mund schmeckte er noch die Süße von Sarahs Abschiedskuss.

Kapitel 33

»Ach, verflucht, wie spät ist es hier nochmal, Mama?« Sarah hatte vergessen, ihre Uhr umzustellen.

»Es ist gleich drei Uhr, Sarah. Und in unserer Zeitzone flucht man nicht so, wenn ich bitten darf.« Ines schnippelte weiter Tomaten.

»Tut mir leid.« Sarah gähnte.

»Du bist müde, hm? Das wundert mich nicht, nach dem Flug und den ganzen Zwischenstopps. Wie lange warst du jetzt auf den Beinen?«

»Keine Ahnung. Heute ist Montag, richtig? Ich bin am Samstagvormittag losgeflogen, da war es hier Freitagnacht. Und in Neuseeland ist es jetzt drei Uhr morgens.« Sie räkelte sich auf der Küchenbank. »Ist es okay, wenn ich mich noch mal kurz hinlege, bevor wir essen?«

»Na klar. Die Bolognese wird besser, je länger sie zieht.«

Sie lag in ihrem Bett, das sich so vertraut, klein und leer anfühlte, wie alles in diesem Zimmer. Unweigerlich dachte sie an einen Schmetterling, der wieder in seine Puppenhülle gekrochen war, und zweifelte, ob das überhaupt möglich war. Sie nahm ihr Handy und tippte eine SMS, aber noch während sie auf eine Antwort wartete, schlief sie ein.

Kapitel 34

Am anderen Ende der Welt kündete das Piepsen seines Handys von einer eingegangen SMS, aber Josh hörte es nicht. Er drehte sich um und schlief weiter.

Kapitel 35

Fünf Jahre später

Müde faltete Sarah den Umzugskarton auseinander und legte ihn oben auf den Stapel. Endlich hatte sie alle Küchenutensilien verstaut, jetzt betrachtete sie zufrieden ihr Werk. Es sah genau so aus, wie sie es sich schon bei der Besichtigung der Wohnung ausgemalt hatte. Die hellen Schränke boten genug Stauraum, und auf der großen Arbeitsplatte herrschte perfekte Ordnung. Ihre neue Wanduhr zeigte 22:36 Uhr, und Sarah verzog das Gesicht. Sie hatte viel geschafft heute, und eigentlich sprach nichts dagegen, jetzt ins Bett zu gehen. Andererseits waren nur noch fünf Kartons übrig. Und dann wäre sie endlich fertig. Mit allem! Sie hatte keine große Lust mehr, weiter einzuräumen, aber der Gedanke, schon morgen eine fertig eingerichtete Wohnung zu haben, war zu verlockend.

Seufzend nahm sie sich die nächste Kiste vor, die mit »Schreibtischkram« beschriftet war. Nacheinander holte sie ein paar Ordner, eine Lampe und einen Locher hervor. Für die Ordner fand sie schnell einen Platz im Regal, den

Rest hielt sie unentschlossen im Arm. Wer brauchte schon zwei Locher? Und zwei Schreibtischlampen? Kurzerhand stellte sie beides in das oberste Regalfach und verschob eine endgültige Entscheidung dazu auf die nächsten Tage. Sie kehrte zu ihrer jetzt nur noch halb vollen Kiste zurück, nahm ihre Bewerbungsmappe für die Fachhochschule heraus und blätterte darin. Jetzt, mit fünf Jahren Abstand, fand sie ihre Skizzen, Collagen und Fotografien gar nicht mehr so gut wie damals, als sie entstanden waren. Ein Wunder, dass sie damit tatsächlich einen Studienplatz bekommen hatte. Kopfschüttelnd legte sie ihre Mappe in eine Schublade.

Als Letztes holte sie eine grüne Box aus der Kiste. Sie war liebevoll beklebt und mit zwei Buchstaben bemalt: NZ. Die Neuseelandkiste. Sarah setzte sich auf den Boden und nahm den Deckel ab. Sie war vollgestopft mit Tickets, Menükarten, Infobroschüren, ein paar Postkarten und randvoll mit Erinnerungen. Eine Weile saß sie da und betrachtete nacheinander jedes einzelne Teil. Was war das für eine einmalige Zeit gewesen! Sie erinnerte sich noch an so viele Details. Sie entdeckte eine Serviette von einer Cocktailbar in Wellington, wo sie mit Miriam ihre Zusage für den Studienplatz gefeiert hatte. Auf einem etwas ranzigen Zettel hatte sie eine Adresse gekritzelt und dazu »Bestes Eis der Welt!« vermerkt. Weit unten in der Box fand sie die Straßenkarte, mit der sie damals durch Neuseeland navigiert waren. Sarah breitete sie auf dem Boden aus, und obwohl sie inzwischen zerknittert, an manchen Stellen eingerissen und speckig war, hatte Sarah das Gefühl, sich mit dieser Karte sofort wieder zurechtzufinden.

Automatisch wanderte ihr Blick auf die Südinsel und fand dort erst Blenheim und dann Rarangi. Hier mittendrin, dachte sie und hatte sofort die Bilder im Kopf. Die Weinreben. Ihre Hütte. Piperbay. Josh.

Sie schaute noch einmal in die Box und fand ganz unten, wonach sie gesucht hatte. Vorsichtig nahm sie das Päckchen heraus, faltete das Seidenpapier auseinander und betrachtete das oberste Bild. Das Porträt. Ihr neunzehnjähriges Ich lächelte sie an, und in ihrem Blick lag etwas Sanftes, Liebevolles. In einer Ecke hatte Josh sein Kürzel darunter gesetzt. Sie wusste nicht mehr, wann er das Bild gezeichnet hatte, aber dass er es ihr zum Geburtstag geschickt hatte, zusammen mit den weiteren Zeichnungen. Eine nach der anderen nahm sie nun heraus. Die Skizze, die »Eight Poplars« mit seinen Gebäuden zeigte. Die Studie ihrer ineinander verschlungenen Hände. Sie beide im Alter von etwa achtzig Jahren, Josh mit einer Halbglatze und Sarah, mit einem Possum auf dem Schoß und mit riesigen Brüsten auf Taillenhöhe. Josh hatte das als Zukunftsversion gezeichnet und am unteren Blattrand netterweise angemerkt: »Wow, deine Brüste werden mit dem Alter immer größer! Ich kann's kaum erwarten!«

Frecher Kerl, dachte sie und musste grinsen. Ihr Lieblingsbild war aber immer noch die Zeichnung, die sie beide auf der Terrasse seiner Wohnung zeigte. Sie hatte ihren Kopf auf seine Schulter gelegt, beide lachten und sahen dabei so glücklich aus. Sarah kannte dieses Bild bis ins Detail, es hatte so lange in ihrem Zimmer gehangen, und sie hatte es so oft angesehen. Die kleinen Löcher an den Ecken zeugten von den Reißzwecken, mit denen sie es befestigt hatte.

Sie nahm ihr Handy und schickte die SMS, bevor sie es sich anders überlegen konnte.

Kapitel 36

Josh stand mitten auf dem Feld und schnitt die Reben zurück, als sein Handy vibrierte. Er zog umständlich die Arbeitshandschuhe aus, fischte das Handy aus der Hosentasche und traute einen Moment lang seinen Augen nicht. Eine Nachricht von Sarah. »Hallo, Fremder. Ich musste gerade an dich denken und hoffe, dir geht es gut. Liebe Grüße aus der Ferne.«

Er las die Worte zwei oder drei Mal, dann überlegte er nicht lange und antwortete.

»Wow. Schön, von dir zu hören. Hier ist alles bestens. Und bei dir?«

Er hatte das Handy noch nicht wieder in die Hose gesteckt, als er schon eine Antwort bekam. »Ja. Ich bin gerade nach Düsseldorf gezogen und packe Umzugskisten aus. Lauter Dinge aus Neuseeland! Was machst du gerade?«

Josh überlegte. Eigentlich hatte er jetzt keine Zeit, um SMS zu schreiben. Andererseits ... Er hatte so lange nichts von ihr gehört. Was sprach schon dagegen, sich jetzt ein paar Minuten Zeit zu nehmen? »Nigel, ich muss kurz was erledigen. Ich komme gleich wieder!«, erklärte er, ging zu seinem Auto und stieg ein. Er fühlte sich wie ein Dieb, ohne zu wissen, warum. Als er begann, eine Antwort zu tippen, überlegte er es sich plötzlich anders. Er rief sie an.

»Hallo, Josh?«

Ihre Stimme klang so nah, als würde sie neben ihm sitzen.

»Hi, Sarah.« Er lachte und war aufgeregter, als er wollte. »Ich mache gerade Pause.«

»Oh, ... ich ... äh ... schön, dich zu hören!«

Plötzlich schoss ihm ein Gedanke durch den Kopf. »Sag mal, störe ich dich gerade?«

»Nein, alles gut. Ich bin nur überrascht, dich zu hören.« Er hörte, dass sie lächelte.

»Es ist eine Weile her, ja.«

»Wie lange? Drei Jahre?«

»Seit unserem letzten Gespräch? Ungefähr, ja.« Er dachte daran, wie enttäuscht und verletzt sie damals gewesen war. Als er es ihr endlich erzählt hatte. Schnell schob er die Erinnerung daran zur Seite. »Du bist umgezogen? Warum? Wohin?«

»Nach Düsseldorf, nicht so weit weg von Köln. Ich arbeite hier, und mein Freund und ich sind jetzt zusammengezogen. Letzte Woche ... Und gleich bin ich endlich fertig damit, die Kisten auszupacken.«

Oh.

»Also hast du jetzt einen Freund? Das freut mich für dich! Das freut mich wirklich.«

Nicht.

»Ja, ähm ... er heißt Dennis. Wir sind seit einem Jahr zusammen.«

»Schön, sehr schön«, sagte er, weil ihm sonst nichts einfiel.

»Und du? Bist du noch ...?«

»Ja, ich bin immer noch mit Jenny zusammen.« Er rieb sich über die Stirn. »Wir, äh ... also, wir werden wahrscheinlich heiraten.«

Sie tat genau das, wovor er sich gefürchtet hatte: Sie schwieg einen Moment.

»Na, das ist ... eine Überraschung«, sagte sie schließlich. »Herzlichen Glückwunsch.«

»Danke.«

Eine unangenehme Gesprächspause entstand. Dann endlich hörte er wieder ihre Stimme.

»Josh, ich hab eben die Zeichnungen von dir gefunden. Ich sehe sie mir gerade an. Erinnerst du dich daran?« Sie klang ernst und nachdenklich.

Josh schluckte. »Natürlich.«

»Auch an deine Zukunftsversion, in der ich diese monströs großen Hängetitten habe?«

»Ja«, er grinste und spürte, wie sich seine Anspannung löste.

»Findest du, ich sollte dieses Bild in den Flur hängen? Oder ist das unpassend? Du hast darauf schließlich kaum noch Haare.«

Er lachte befreit auf, und sie stimmte mit ein.

»Häng es doch direkt über den Fußboden. Dann denkt jeder, deine Riesenbrüste hätten das ganze Bild nach unten gezogen und niemand beachtet mehr meine Haare.«

»Super Idee! Das mache ich.« Sie kicherten zusammen.

»Erzähl mir von dir, Sarah. Wie geht es dir?«

»Gut. Es geht mir gut, wirklich. Ich arbeite jetzt in einer ziemlich großen Werbeagentur, und es macht echt Spaß.«

»Was machst du da?«

»Ich bin Art Directorin. Unser Kunde stellt Bier her und

wir entwickeln Ideen für die Kampagne, fürs Fernsehen, Anzeigen und so weiter. Es ist viel Arbeit, aber ich mag es.«

»Das ist schön zu hören. Hast du da auch deinen Freund kennengelernt?«

Ich will das eigentlich gar nicht wissen.

»Dennis? Nein, wir haben uns auf einer Party bei Freunden getroffen. Er ist Unternehmensberater.« Sie seufzte.

»Und selbst? Was ist bei dir los?«

»Es läuft sehr gut. Wieder, muss man sagen, letztes Jahr hatten wir Pech. Der Chardonnay hatte einen Pilz, mit dem wir lange kämpfen mussten. Die Ernte war nur klein, das war ein bißchen schwierig. Aber dieses Jahr wird gut.«

»Macht ihr noch die Grünlese?«

Er lächelte. »Ja, allerdings. Selbst mein Dad ist inzwischen überzeugt.«

»Endlich ...«, sagte sie. »Aber wie geht es dir, Josh? Dir persönlich?«

Er atmete durch. »Auch gut. Danke. Im Moment haben wir so viel Arbeit, ich weiß manchmal nicht mehr, wo mir der Kopf steht.«

»Du musst aufpassen, dass du dich zwischendurch auch mal ausruhst.«

»Ich weiß.« Er überlegte kurz. »Aidan und ich waren vor ein paar Wochen campen, auf einem Platz in der Nähe von Picton. Du hättest unser Zelt sehen sollen! Aidan hat ja jetzt diesen Outdoor-Laden und verkauft diesen ganzen Krempel. Wir hatten das größte Zelt auf dem ganzen Platz und waren perfekt ausgestattet. Es hatte schon fast nichts mehr mit Campen zu tun.«

»Jammerst du gerade auf hohem Niveau?«

Er lachte. »Das hat Aidan auch gesagt. Aber für mich gehört es beim Zelten dazu, ein bisschen spartanisch ausgestattet zu sein. Aidan hatte sogar einen Klorollenhalter dabei. Stell dir das mal vor!«

Sarah prustete. »Sowas gibt es? Extra fürs Campen?«

»Ich hab es mit eigenen Augen gesehen.«

»Und Aidan verkauft diesen Quatsch?«

»Naja, er hat behauptet, er müsste ihn mal in der Praxis ausprobieren, um zu sehen, ob er ins Sortiment passt.«

Ich rede mit dir, als wären wir nie getrennt gewesen.

Sein Blick fiel nach draußen, wo Nigel mit irgendetwas hantierte und dabei neugierig zu ihm hinübersah. Automatisch setzte er sich aufrechter hin und bemühte sich, geschäftsmäßig zu wirken. »Sarah, ich fürchte, ich muss jetzt auflegen.«

»Okay, klar. Dann ... hab noch einen schönen Tag!«

»Du auch. Oder nein, bei dir ist es ja schon spät. Also schlaf gut.«

»Mach ich. Bis dann, Josh.«

»Bis dann.«

Er legte auf und wusste nicht, was er denken oder fühlen sollte. Es war so schön, mit ihr gesprochen zu haben – und sie hatte einen Freund. Aber was hatte er denn erwartet? Dass sie auf ewig allein bliebe? Natürlich nicht! Außerdem ... er würde ja selbst bald heiraten. Jenny war schon mitten in den Planungen für ihren großen Tag und kam ständig mit neuen Ideen. Es war doch alles gut, so wie es war. Oder? Sie hatten beide neue Partner gefunden und redeten endlich wieder normal miteinander.

So soll es doch sein. Nicht wahr, Sarah? Wir sind beide glücklich.

Dann tippte er doch noch eine Nachricht. »Es war schön, mit dir zu sprechen.«

Und schon bevor er ausstieg, antwortete sie. »Fand ich auch. Es fehlt mir so.«

Kapitel 37

»Oh, ich hab dich so vermisst«, jubelte sie und breitete ihre Arme aus.

Miriam strahlte. »Und ich dich erst!«

Sie umarmten sich herzlich. »Und jetzt zeig mir dein neues Zuhause, ich bin total gespannt!«

»Komm erst mal an und rein.«

Sarah schloss die Tür hinter Miriam und führte sie ins Wohnzimmer. »Tadaa: Was sagst du?«

Ihre Freundin ließ den Blick durch den Raum schweifen und machte dabei genau die großen Augen, die Sarah sich erhofft hatte. »Das ist super, Sarah. Was für ein Wohnzimmer! So hell! Und so riesig!«

Sarah lächelte. »Ja, es ist der größte Raum der ganzen Wohnung ...«

»Das glaube ich gern.« Sie zeigte auf die große Couch in der Ecke. »Ist die von Dennis, oder habt ihr die auch neu gekauft?«

»Die ist neu. Dennis wollte seine alte nicht mitnehmen und ich ehrlich gesagt auch nicht.« Miriam ließ sich auf die Couch fallen, befühlte den Stoff und nickte anerkennend.

»Edel. Und sehr modern.« Sie sprang auf. »Los, zeig mir den Rest!«

Nachdem sie außerdem das Schlafzimmer, das Arbeitszimmer, Küche und Bad bewundert hatte, zeigte sich Miriam sehr beeindruckt. »Wow, Sarah, das ist wirklich eine schöne Wohnung. Sie wirkt noch viel größer als auf den Bildern, die du mir geschickt hast.«

»Ja, oder? Eigentlich wollte ich ja immer in einem Altbau wohnen, mit hohen Decken und Stuck und so ...« Sie seufzte. »Aber Dennis hat mich überzeugt, und er hatte wirklich recht. Die Größe und die Lage sind einmalig.«

»Aber mal unter uns: Die Miete hier wird doch auch einmalig teuer sein, oder?«

»Ja, allerdings. Ich hätte auch noch länger gesucht, um etwas Günstigeres zu finden. Aber Dennis wollte diese Wohnung unbedingt. Und er bezahlt den größten Teil der Miete. Jetzt müssen wir uns nur noch einleben. Also, setzen wir uns auf den Balkon? Und dann möchte ich bitte ein Update, wie es dir so geht.«

»Das kannst du haben. Her mit dem Prosecco, dann erzähle ich dir alles über die neuesten Dramen aus der Klinik. Herz, Schmerz: alles dabei.« Sie setzte sich auf einen der beiden Klappstühle auf dem Balkon und grinste.

Sie hatten die erste Flasche in erstaunlicher Geschwindigkeit geleert, während Miriam von ihrem Alltag als Krankenschwester erzählte.

»Ich sag dir: Diese Leute machen mich wahnsinnig. Man kann doch Patienten nicht stundenlang warten lassen! Das kann mal passieren, aber doch nicht in geplanter Regelmäßigkeit! Wer kriegt den Ärger nämlich immer ab? Genau, ich!« Sie schnaubte. »Ich hab mich darüber schon so oft bei den Ärzten beschwert, aber auf mich hört ja niemand, ich bin ja nur die kleine Krankenschwester.«

Aufgebracht knallte sie ihr leeres Glas auf den Tisch. Sarah holte eilig eine zweite Flasche und schenkte ihr nach. »Aber dir gefällt deine Arbeit doch sonst gut, stimmt's? Oder bereust du etwa, dass du damals hingeschmissen hast?«

»Was? Dass ich die Uni geschmissen habe? Nee, das war schon die richtige Entscheidung, die Uni war einfach nichts für mich. Ich liebe meinen Job, ich mag meistens sogar meine Patienten«, sie grinste verträumt. »Ich hätte bei uns nur auch gerne so verständnisvolle, gut aussehende und charmante Ärzte, wie sie immer im Fernsehen sind. Auf meiner Station arbeiten nur verheiratete Vollpfosten.«

Sarah grinste. »Solange du noch schimpfen kannst, ist ja alles gut.«

Miriam trank einen Schluck. »Und jetzt erzähl mir von dir. Wie ist es, mit Dennis zusammenzuwohnen?«

Sarah zuckte die Schultern. »Keine Ahnung, er war ja bis jetzt nicht so viel zu Hause. Wir sind am ersten Juli hier eingezogen, das war glücklicherweise ein Samstag. Und am Montag musste er dann schon wieder zu seinem nächsten Projekt.«

»Verstehe. Also hast du die ganzen Kisten alleine ausgepackt?«

»Nein, er hat am Sonntag schon noch viel gemacht.«

»Immerhin.«

»Er kann ja auch nichts dafür, dass er so viel unterwegs ist. So ist das eben in seiner Branche. Ganz ehrlich, das ist schon okay so. Er beschwert sich wenigstens nicht, wenn ich abends lange in der Agentur bin.«

Miriam nickte. »Stimmt. Ich stelle mir das trotzdem blöd

vor, einen Freund zu haben, der immer nur von Freitagabend bis Montagmorgen da ist. Für mich wäre das nichts. Aber du warst ja schon immer der Typ für komplizierte Fernbeziehungen.«

Sarah trank schnell einen Schluck aus ihrem Glas. Dann holte sie Luft.»Wo du es gerade erwähnst ... Ich hab gestern mit Josh telefoniert.«

Miriam starrte sie entgeistert an.»Hast du ihn angerufen?«

»Nein, er mich. Na ja, ich hab ihm zuerst eine SMS geschrieben.«

»Und? Worüber habt ihr geredet?«

»Ich hab' ihm von Dennis erzählt.« Sie machte eine kurze Pause.»Er ist immer noch mit Jenny zusammen. Sie werden wahrscheinlich heiraten.«

Miriam runzelte die Stirn.»Im Ernst? Er heiratet diese blöde Kuh auch noch? Puh. Hätte ich ja nicht gedacht.«

Sarah seufzte.»Tja, ich auch nicht.«

»Was heißt denn ‚wahrscheinlich'? Heiraten sie oder nicht?«

Sarah kratzte mit ihrem Fingernagel das Etikett der Flasche ab und vermied es, ihre Freundin anzusehen.»Keine Ahnung. Ich will das gar nicht so genau wissen, glaube ich.«

»Na ja, im Grunde kann es dir ja auch egal sein. Du hast jetzt schließlich Dennis.«

»Genau.«

»Und du und Dennis, ihr liebt euch.«

»Ja, eben.«

Miriam warf ihr einen prüfenden Blick zu.»Soviel zur offiziellen Version. Und jetzt sag mir, was du wirklich denkst.«

Sarah hob ihren Blick und sah ihre Freundin an. War es so offensichtlich? Oder kannte Miri sie einfach zu gut?

»Ach, ich weiß es doch auch nicht.« Sie atmete tief durch. »Es war so schön, mit Josh zu sprechen. Es war so vertraut und lustig und ...«, sie suchte nach den richtigen Worten, »... ein bisschen wie früher.«

Miriam nickte. »Okay.«

»Ich weiß, was du denkst.«

»Im Moment denke ich, dass es okay ist, mit seinem Ex-Freund zu telefonieren und ihn lustig und vertraut zu finden. Solange es dabei bleibt.«

Sarah nickte. »Natürlich ... Er heiratet schließlich.« Sie verdrehte die Augen: »Jenny!«

Ungewohnt ernst fuhr Miriam fort. »Und selbst wenn er nicht heiraten würde, Sarah. Er lebt immer noch knapp zwanzigtausend Kilometer von dir entfernt.«

»Ja, trotzdem. Manchmal denke ich ...« Sie ließ den Satz unvollendet.

»Manchmal denkst du, es hätte doch klappen können mit euch?«

»Ja.«

Miriam seufzte. »Also, wenn ich dich daran erinnern darf: Du hast mehr als ein Jahr lang darunter gelitten, dass du ihn immer nur übers Telefon sprechen konntest. Und dann noch nicht einmal zu jeder Zeit, weil es ja auch noch eine Zeitverschiebung gibt. Du warst so oft traurig, weil er nicht hier war, Sarah. Das war schlimm zu sehen!«

Sie verzog das Gesicht. »Ich weiß. Ich hab das nicht vergessen. Aber die Zeit mit Josh war trotzdem einmalig. Er war der süßeste und liebste Freund, den ich je hatte. Bei ihm hatte ich immer das Gefühl, dass er mich genau so liebt, wie ich bin. Wir haben uns einfach blind verstanden. Die ganze Zeit über.«

»Stimmt. Und bitte versteh mich nicht falsch, Sarah. Ich

hab euch damals zusammen erlebt, und ihr wart wirklich ein supersüßes Pärchen. Ich hatte tatsächlich Angst, dass du nicht zum Flughafen kommst und ganz in Neuseeland bleibst.«

Kopfschüttelnd lächelte Sarah. »Nein, das stand damals nicht zur Debatte.«

»Aber diese Entfernung ist auch für perfekte Paare eine Herausforderung. Nicht mal Mathis und ich haben es länger als zwei Jahre geschafft, und wir wohnten nur zwei Zugstunden voneinander entfernt. Wer schafft es unter solchen Voraussetzungen schon dauerhaft, eine Beziehung aufrechtzuerhalten?«

Sarah erinnerte sich genau an den Abend im Juli vor vier Jahren, als sie und Josh dieses alles entscheidende Telefonat geführt hatten.

Seit fünfzehn Monaten hatten sie sich zu diesem Zeitpunkt nicht gesehen, und mit jedem Tag war es schwerer zu ertragen. Es fehlte ihr immer mehr, mit Josh zusammen zu sein – nicht nur mit seiner Stimme. Sie wäre so gern mit ihm gemeinsam auf Partys und ins Kino gegangen, hätte es so schön gefunden, mit ihm auf der Couch zu faulenzen oder spontan einen Ausflug ans Meer zu unternehmen. Und ja: Sie vermisste es unendlich, Josh zu berühren, mit ihm zu schlafen, ihn zu schmecken und seinen Duft zu riechen. Sie hatte Sehnsucht nach dem Gefühl, von ihm umarmt zu werden und sich nachts an ihn zu kuscheln. Und sie wusste, dass es Josh genauso erging, sie hatten so oft darüber gesprochen. Der Gedanke, sich erst im Februar, in acht langen Monaten, wiederzusehen und dann nur für drei kurze Wochen, wurde für beide immer unerträglicher.

Josh hatte schließlich vorgeschlagen, dass Sarah zu ihm ziehen sollte. Er hatte sie nicht gedrängt, aber es war klar, dass er es sich sehr wünschte. Wochenlang hatte sie darüber nachgedacht, aber Miriam, ihre Mutter, einfach jeder hatte ihr davon abgeraten, jetzt alles für ihn aufzugeben. Und hatten sie nicht recht? Sie war doch mitten im Studium! Konnte er nicht warten, bis sie wenigstens damit fertig war? Es war dieses Telefonat im Juli gewesen, in dem sie ihm ihre endgültige Entscheidung mitgeteilt hatte. Er hatte lange geschwiegen und dann so ungewohnt traurig geklungen.

»Sarah, ich verstehe dich sogar. Aber ich liebe dich auch. Und ich halte das nicht mehr aus. Wie soll das denn weitergehen?«, hatte er gefragt. »Du kommst im Februar für drei Wochen, und dann reist du wieder ab? Und dann sehen wir uns wieder ein oder zwei Jahre nicht? Ich kann das nicht, Sarah. Das macht mich kaputt.«

»Mich auch«, hatte sie geantwortet, und dann hatten beide geweint, weil es vorbei war.

»Oh nein, du bist so nachdenklich«, stellte Miriam stirnrunzelnd fest.

»Ja. Nein. Ach, was weiß ich. Ich hab mich so oft gefragt, ob es die richtige Entscheidung war, in Köln zu bleiben. Und nicht zu ihm zu ziehen.«

Miriam seufzte. »Ehrlich, Sarah, ich weiß, dass ihr euch wirklich geliebt habt. Aber mitten im Studium alles aufzugeben, war doch keine Option. Was hättest du da unten gemacht? Auf dem Weingut gearbeitet?«

Sarah zuckte die Schultern. »Warum nicht, ich mochte die Arbeit. Oder ich hätte weiter studiert. In Nelson oder so ...«

Sie schwiegen einen Moment. Dann fuhr Miriam fort: »Es ist müßig, jetzt darüber nachzudenken. Du hast dich damals dagegen entschieden, das kannst du jetzt nicht mehr rückgängig machen. Und wenn du mich fragst, war das auch die richtige Wahl.«

»Aber ich hätte den Kontakt nicht ganz abbrechen sollen. Das war ein Fehler.«

Sarah dachte mit Grauen daran. Nachdem sie sich getrennt hatten, war es beiden zu schwergefallen, weiter Kontakt zu haben. Sarah hatte versucht, sich auf ihr Studium zu konzentrieren, und Miriam hatte sie von einer Party zur nächsten geschleppt, um sie abzulenken. Erst an Weihnachten hatten sie und Josh zum ersten Mal wieder kurz miteinander telefoniert und sich in den Monaten danach beide bemüht, ein normales Miteinander zu finden. Anfangs war es so schwer gewesen, seine Stimme zu hören, jedes Mal hatte es sie aus der Bahn geworfen, aber mit der Zeit war es einfacher geworden. Ihre Telefonate wurden wieder länger, voller Leichtigkeit. Sie hatten sich Geschichten aus ihrem Leben und ihrem Alltag erzählt, sich gegenseitig Kinofilme empfohlen und von Partys berichtet. Und sie hatten ihre Sorgen miteinander geteilt: Als Josh fürchtete, dass das Wetter seine Weinernte zerstören würde und Sarah unter ihrer Prüfungsangst litt, hatten sie einander zugehört und sich gegenseitig ermutigt. Beide wussten, dass der andere trotz der Entfernung einfach da war – bis Josh ihr nach ein paar Monaten drucksend gestanden hatte, dass er eine neue Freundin hatte.

Sie hatte versucht, ruhig und cool zu bleiben. Es war doch absehbar gewesen. Natürlich würde er nicht ewig Single bleiben. Trotzdem hatte es ihr einen Stich versetzt. Tagelang hatte sie sich bemüht, sich mit diesem Gedanken anzufreunden, hatte ihn sich mit einer anderen Frau vorgestellt und im Stillen gehofft, dass er bei einem ihrer nächsten Gespräche erzählen würde, dass die Neue doch zickig, langweilig oder einfach nur blöd sei. Aber weil er seine Freundin nie erwähnte, hatte Sarah nach ein paar Wochen vorsichtig nachgefragt.

Er hatte so merkwürdig durchgeatmet. Und ihr dann gesagt, dass seine neue Freundin nicht irgendeine Fremde war, sondern Jenny. Ausgerechnet Jenny. Sie war fassungslos gewesen. Sie hatte vor sich gesehen, wie er Jenny küsste, wie er mit Jenny in dem Bett schlief, in dem sie selbst geschlafen hatte. Es war so albern gewesen, sie waren schließlich getrennt, und Josh war ihr keine Rechenschaft schuldig. Trotzdem fühlte sie sich hintergangen. Sie hatte geweint, ihn beschimpft, und er hatte sich sogar entschuldigt – aber sie ertrug die Vorstellung, dass Jenny nun seine Freundin war, nicht.

Sie hatte gar nicht vorgehabt, den Kontakt komplett abzubrechen, es war ein schleichender Prozess gewesen. Erst hatte sie seine Anrufe und Mails ignoriert – und als er sich immer seltener und schließlich gar nicht mehr meldete, war sie erst zu stolz, um auf ihn zuzugehen, und dann zu feige. So hatte sie jede Erinnerung an ihn fein säuberlich in eine Kiste gepackt und weit weggeräumt. In die Kiste, die sie gestern Abend wieder geöffnet hatte.

»Und nun?«, unterbrach Miriam ihre Gedanken.

»Ach, ich weiß es doch auch nicht, Miri. Dennis ist lieb und süß und so. Er macht wirklich alles für mich.«

»Aber?«

»Aber im Vergleich zu Josh … Irgendetwas ist einfach anders.«

»Kein Wunder. Er ist ja auch nicht Josh«, stellte Miriam trocken fest.

»Natürlich nicht.« Sarah dachte nach. »Ich bin ungerecht, oder?«

Miriam verzog das Gesicht. »Ein bisschen vielleicht.«

»Ich vermisse Josh einfach so. Ich hab' das so deutlich gespürt, als wir gestern miteinander telefoniert haben.«

»Aber er wohnt am anderen Ende der Welt. Und er wird eine andere heiraten. Hör auf, dir etwas vorzumachen. Das führt zu nichts, das macht dich nur blind für das, was du hast. Nämlich eine eigentlich glückliche Beziehung mit einem Mann, der dich liebt. Mach dir das doch nicht selbst kaputt für einen Kerl, der schlicht unerreichbar ist.«

Sarah seufzte schwer. »Ach, Mann, Miri. Seit wann bist du eigentlich eine Beziehungsexpertin?«

Miriam grinste. »Man lernt eben viel, wenn man im Fernsehen immer Arztserien guckt. Und jetzt lass uns Spaß haben, okay?«

Kapitel 38

»Ich bin nicht schlecht gelaunt!«, blaffte George. »Ich kann es nur nicht leiden, wenn Fehler gemacht werden. Und dann so ein dämlicher Anfängerfehler! Wo bist du mit deinen Gedanken?!«

Josh brummte. »Es tut mir leid, Dad. Ich hab es ja nicht mit Absicht gemacht.« Er saß an seinem Schreibtisch und begann von Neuem, die Rechnungen zu schreiben.

»Das will ich hoffen.«

»Reg dich wieder ab. Ich hab die meisten Kunden schon angerufen und ihnen mitgeteilt, dass es eine korrigierte Rechnung geben wird. Wenn du mich das jetzt machen lassen würdest ...« Josh hoffte, damit ihr Gespräch zu beenden.

»Ja, mach.« George schnaubte. »Trotzdem ist sowas peinlich. Falsche Rechnung ausstellen ... Mir ist das noch nie passiert.« Wütend vor sich hin murmelnd stapfte er aus dem Büro.

Josh lehnte sich zurück. Natürlich hatte sein Vater recht, es war ein unangenehmer Fehler, und ja, er war vermeidbar gewesen. Er war zu unkonzentriert. Vielleicht hatte er zwischendurch ein wenig zu lange darüber nachgedacht, dass er mit Sarah gesprochen hatte. Aber das war doch normal! Schließlich hatten sie jahrelang keinen Kontakt miteinander gehabt, da war es doch nur verständlich, dass ihn dieses Gespräch mit ihr beschäftigte. Plötzlich hatte er das dringende Bedürfnis, mit jemandem darüber zu reden. Kurzerhand schrieb er Aidan eine SMS und verabredete sich mit ihm auf ein Bier.

Er war kaum mit den neuen Rechnungen fertig, als Jenny strahlend hinter ihm ins Büro trat. »Hallo, mein Schatz!« Sie strich ihm liebevoll über die Schulter.

»Brauchst du hier noch lange?«

Josh drehte sich zu ihr um, und sie wedelte mit einigen Papieren vor seinem Gesicht. »Hallo, Jenny. Weiß nicht, warum fragst du?«

»Wir müssen dringend noch einmal die Gästeliste durchgehen. Die Millers haben eben abgesagt, die sind im Urlaub oder so, und jetzt müssen wir überlegen, wen wir stattdessen einladen.«

»Können wir das morgen machen? Ich bin gleich mit Aidan verabredet.«

Jenny zog die Augenbrauen zusammen. »Es dauert nicht lange. Also, wir haben jetzt drei Plätze frei. Wir könnten die Roberts einladen und noch einen Single dazu. Vielleicht Maud? Oder lieber die Hattersons? Die sind zu dritt ... Aber ihre Tochter ist eine echte Nervensäge, da weiß ich gar nicht, wen wir daneben platzieren sollten. Oder hast du eine Idee? Vielleicht einen von den Kunden? Also, nicht irgendeiner, es müsste schon ein guter Kunde sein, bei so einem privaten Anlass.«

»Jenny, ich hab' keine Ahnung. Aber ich überlasse diese Entscheidung gerne dir.«

Unzufrieden warf Jenny einen Blick auf ihr Blatt. »Oder wir laden doch die Finlays ein.«

Josh seufzte. »Wie du meinst.«

»Musst du denn jetzt unbedingt Aidan treffen? Ich wollte mit dir auch noch mal die Sitzverteilung durchgehen.«

»Dafür haben wir doch wirklich noch Zeit, Jenny. Wir wissen ja noch nicht einmal, wer definitiv kommt.«

»Das stimmt natürlich.« Sie strahlte ihn an. »Ich plane nur so gerne. Man heiratet schließlich nur ein Mal, und da soll alles perfekt sein.«

»Das wird es bestimmt.« Er lächelte. »Ich muss gleich los. Mach dir einen schönen Abend. Und warte nicht auf mich, es kann etwas später werden heute.«

»Warum?«

»Äh ... Ich weiß es nicht. Vielleicht wird es auch nicht so spät. Du musst jedenfalls nicht warten«, stammelte er. »Geh ruhig ohne mich ins Bett. Du hast doch so schlecht geschlafen letzte Nacht.«

Sie nickte. »Das stimmt. Dann viel Spaß.«

Sie küsste ihn zum Abschied, und er zog sich seine Jacke an.

Er war viel zu früh in ihrer Stammkneipe und wusste, dass Aidan wie immer zu spät kommen würde. Er hätte sich an die Theke setzen und sich mit dem Barkeeper unterhalten können, aber er suchte sich einen Platz in der hintersten Ecke. Als er sein Handy herausholte und Sarahs Nummer wählte, war es nicht so spontan und unüberlegt, wie er es selbst gern geglaubt hätte.

Sie telefonierten fast eine halbe Stunde und er hatte das Gefühl, durch die Zeit zu reisen. Es war wie damals, als sie erst seit ein paar Wochen aus Neuseeland abgereist war: Sie erzählten sich aus ihrem Leben und hörten einander zu.

Sie hatten sich gerade erst voneinander verabschiedet, als Aidan sich auf die Bank gegenüber von Josh fallen ließ.

»Hey, Josh.« Sie begrüßten sich per Handschlag. »Alles klar bei dir? Du grinst wie ein Honigkuchenpferd.«

»Hey. Tja, du wirst nicht glauben, mit wem ich gerade gesprochen habe.« Und dann erzählte Josh ihm alles. Angefangen bei der ersten überraschenden SMS von Sarah, die er gestern Mittag erhalten hatte, bis hin zu ihrem gerade stattgefundenen Telefonat. Es sprudelte nur so aus Josh heraus, und er merkte selbst, wie aufgeregt er klang. Unruhig rutschte er auf der Bank herum, während er sein Gefühlschaos schilderte, in das er so unerwartet gerutscht war.

Aidan hörte sich alles an, ohne nachzufragen oder zu kommentieren.

»Weißt du, Aidan, bis gestern Morgen war ich der festen Überzeugung, dass ich Jenny heirate. Und jetzt sitze ich hier – und weiß gar nichts mehr. Das ist doch verrückt!«

»Ach, ich glaube, so ein Verhalten ist normal, drei Monate vor der Hochzeit. Kalte Füße und so.«

Josh suchte seinen Blick. »Meinst du?«

»Ja.«

»Ich hoffe, du hast recht.«

»Ich auch.« Er grinste schief. »Ich hab schließlich schon einen Anzug für eure Hochzeit gekauft.«

Josh konnte darüber nicht lachen. Schweigend trank er sein Bier, bis Aidan besorgt fragte: »Liebst du Jenny?«

Josh seufzte schwer. »Ich dachte es, ja.«

»Aber?«

Josh dachte einen Moment nach. »Aber mit Sarah war es einfach so … anders. Viel leichter. Nicht so anstrengend, wie es mit Jenny manchmal ist. Bei Sarah musste ich nie viel erklären, sie hat mich einfach so genommen, wie ich bin. Wir hatten nie Streit.«

»Überrascht dich das? Sie war doch eigentlich nur eine Affäre, oder?«

»Na ja, eine Affäre nicht, aber wir haben damals beide nicht damit gerechnet, dass es etwas so Großes werden könnte.«

»Ist ja auch egal. Sie war jedenfalls nur ein paar Wochen hier. Und danach habt ihr immer nur am Telefon Kontakt gehabt. Oder per Mail. Da hat man nicht so viel Gelegenheit, um sich zu streiten.«

»Ja, ich weiß. Trotzdem. Zwischen uns gab es immer so eine starke Verbindung.« Er drehte nervös seine Flasche Bier zwischen den Händen. »Und seit gestern hab ich das Gefühl, dass es sie immer noch gibt. Diese Verbindung.«

Aidan zuckte die Schultern. »Ist doch was Schönes, wenn man so jemanden hat. Ich meine, ja, ihr wart ein tolles Paar, ich hab euch ja selbst zusammen erlebt. Ihr habt ... zusammen geleuchtet, irgendwie. Aber jetzt seid ihr eben kein Paar mehr, ihr habt beide neue Partner und ganz nebenbei liegen zwischen euch ein paar Kontinente und unterschiedliche Zeitzonen. Was spricht denn dagegen, zwischendurch mal zu telefonieren oder zu mailen? Als Freunde.«

Vielleicht, dachte Josh, spricht dagegen, dass ich nach wie vor aufgeregt und nervös bin, wenn ich an sie denke? Dass es mich immer noch fast zerreißt, wenn ich Sarahs Stimme höre? Und dass ich kotzen könnte bei der Vorstellung, dass sie jetzt einen anderen hat?

Josh rieb sich die Stirn. »Ich weiß nicht.«

»Ich auch nicht. Mach dir mal nicht so einen Kopf.«

Kapitel 39

»... am nächsten Tag hatten Steve und ich schreckliche Kopfschmerzen, aber so oft sind wir ja auch nicht mehr bei einer Hochzeit eingeladen. Ich habe dir übrigens ein Foto beigelegt.«

Sarah starrte das Foto an. Jenny als strahlende Braut im weißen Kleid. Und daneben, als lächelnder Bräutigam: Josh. Er sah verändert aus. Reifer und männlicher, und Sarah überlegte sich einen Moment lang, ob das nur an seinem dunklen Anzug lag oder an ihm selbst. Minutenlang studierte sie das Bild, entdeckte die Spitze in Jennys Kleid und die Blumen im Hintergrund. Dann wurde ihr übel. Sie stopfte Margarets Brief und das Foto wieder in den Umschlag und öffnete das Fenster, um atmen zu können. Eisige Novemberluft strömte herein, aber Sarah spürte sie nicht. Einen Moment später wurde hinter ihr die Tür des Schlafzimmers geöffnet.

»Sarah? Was ist los mit dir, Liebes?« Dennis sah besorgt aus.

»Es geht schon wieder. Mir war nur kurz schlecht«, sagte sie und hoffte, dass er den Briefumschlag auf dem Bett übersehen würde.

»Du siehst aus wie ein Gespenst, so blass bist du.« Dennis stand jetzt neben ihr und betrachtete sie forschend. »Hast du etwa Fieber?« Er legte ihr die Hand auf die Stirn.

»Nein, es ist nur der Kreislauf, sonst nichts«, log sie. »Wir hatten so viel Arbeit heute und ich hab nicht viel gegessen.«

»Es ist eiskalt hier drin. Komm, leg dich ins Wohnzimmer, ja? Ich kümmere mich um dich.« Er schloss das Fenster und wollte sie zur Couch führen, aber sie befreite sich aus seinen Armen.

»Ich zieh mich nur kurz um, ja?«, presste sie heraus.

»Natürlich. Ich bereite schon mal alles vor. Möchtest du einen Tee?«

Sarah schüttelte den Kopf. »Nein, danke.«

Als sie wieder allein war, versteckte sie Margarets Nachricht, ohne zu wissen, warum. Dennis hatte noch nie ihre Post gelesen, weshalb sollte er es diesmal tun? Und überhaupt: In dem Brief stand doch nur, dass Josh und Jenny geheiratet hatten. Eine Nachricht, die er wahrscheinlich wenig interessant fände. Natürlich wusste er, dass Josh ihr Ex-Freund war. Sie hatte ihm am Anfang ihrer Beziehung von ihm erzählt, aber bewusst auf allzu blumige Beschreibungen verzichtet. Für ihn war Josh nur irgendein Typ, mit dem Sarah zwischendurch mal Kontakt hatte, der aber weit weg war und keinerlei Gefahr für ihn selbst darstellte. Sie hatte ihn in dem Glauben gelassen.

Sie zog sich ihren Schlafanzug an und hätte sich am liebsten sofort ins Bett gelegt. Aber es war Freitagabend, und Dennis war eben erst nach Hause gekommen. Sie hatten sich die ganze Woche nicht gesehen, und normalerweise nutzten sie den Freitagabend, um sich bei Wein und Käse ihre Erlebnisse der vergangenen Woche zu erzählen.

Stattdessen hatte er ihr ein richtiges Krankenlager bereitet, mit Kissen und einer warmen Decke, Wasser und ein wenig Obst, das er liebevoll auf einem Teller angerichtet hatte. Sie legte sich hin, und er deckte sie fürsorglich zu.

»Ruh dich aus. Kann ich dir noch etwas bringen?«

Sie schüttelte stumm den Kopf. Er streichelte ihr über das Haar – und in diesem Moment fing sie an zu weinen. Womit hatte sie das verdient? Josh hatte Jenny geheiratet, und Dennis war so süß zu ihr, so aufmerksam. Und sie selbst war so gemein!

Sie freute sich über jede Nachricht von Josh, und die kurzen Telefonate, die sie seit ein paar Wochen manchmal mit ihm führte, waren jedes Mal wie ein Geschenk. Sie wusste, dass er diese Gespräche immer heimlich führte, damit Jenny nichts davon mitbekam, aber das war ihr egal. Sie sprachen über alles, aber fast nie über Jenny oder Dennis. Ohne es auszusprechen war beiden klar, dass sie im Moment nur auf diese Art eine halbwegs freundschaftliche Beziehung miteinander haben könnten. Seit drei Monaten war er zurück in ihrem Leben, und nein, sie wollte nicht darauf verzichten. Nie mehr.

Aber warum war ihr der Gedanke, mit Dennis womöglich den Rest ihres Lebens zu verbringen, so fremd? Sie spürte so deutlich, dass er sie von ganzem Herzen liebte! Immer wieder sagte er ihr, dass sie seine Traumfrau sei, er überschüttete sie mit Komplimenten, brachte von Geschäftsreisen oft kleine Geschenke mit und schickte ihr manchmal einfach so Blumen ins Büro. Und auch wenn es nicht dasselbe Gefühl war, das sie für Josh empfunden hatte – oder noch empfand? – war das, was sie mit Dennis hatte, nicht auch Liebe? Musste sich die Liebe zu einem anderen Menschen denn immer gleich anfühlen? Ihre Beziehung mit Dennis war sicher nicht so vorbestimmt, wie sie ihre Zeit mit Josh empfunden hatte. Im Gegenteil, sie hatte sich lange gegen seine Avancen gewehrt. Sie hatte ihn nicht einmal sympathisch gefunden, als man sie auf einer Party einander vorgestellt hatte. Er war so glatt, so selbstbewusst und in allem so siegessicher, dass es sie richtig genervt hatte, sich mit ihm zu unterhalten. Irgendwie war er an ihre Telefonnummer gekommen und in den folgenden Wochen nicht müde geworden, sie immer wieder einzuladen. Sie hatte jedes Mal abgelehnt, aber er ließ nicht locker.

»Dann triff dich halt ein Mal mit ihm, und sei eine blöde Zicke. Vielleicht lässt er dich danach in Ruhe«, war Miriams zweifelhafter Tipp gewesen.

Sie waren Essen gegangen, natürlich im teuersten Restaurant der Stadt. Schon während der Vorspeise hatte sie drei Gläser Champagner getrunken, um dieses einzige Date mit ihm amüsant zu finden.

Er hatte von seinen beruflichen Erfolgen erzählt und seine hochtrabenden Karrierepläne dargelegt. Beim Hauptgang fragte er sie nach ihren Lebenszielen aus, und sie hatte mit ernstem Gesicht und etwas schwerer Zunge bis ins kleinste Detail phantasiert, dass sie davon träumte, ein veganes Katzencafé zu eröffnen. Er hatte sie überrascht angesehen und dann erzählt, dass seine Schwester Isabelle Katzen sehr liebe. Sarah hatte sich auf die Lippen gebissen, um nicht laut loszuprusten.

Beim Dessert hatte er dann preisgegeben, dass Isabelle seit ihrer Geburt geistig behindert war – und wie sehr dieser Umstand sein Leben beeinflusst hatte. Die Sorge ihrer Eltern hatte stets in erster Linie Isabelle gegolten. Es waren ihre kleinen Fortschritte, die groß gefeiert wurden, während von ihm stets erwartet wurde, dass er keine Probleme bereitete. Dass er immer funktionieren musste, schließlich war er das gesunde Kind. Es war das erste Mal, dass Dennis' heile Fassade an Perfektion verloren hatte, das erste Mal, dass Sarah in ihm nicht den schnöseligen Angeber sah, sondern einen Menschen, der tatsächlich sein Leben lang um Aufmerksamkeit kämpfen musste. Seine Schilderung hatte sie tief berührt, und so hatte sie beim Abschied beschämt zugegeben, dass sie sich die Geschichte mit dem Katzencafé nur ausgedacht hatte. Er hatte so enttäuscht gewirkt, dass sie ein ganz schlechtes Gewissen bekommen hatte. So schlecht, dass sie einem zweiten Date zugestimmt hatte. Eine Woche später, an einem Freitag, dem 13., hatte er sie bei einem Picknick geküsst, und sie hatte es zugelassen.

Und jetzt lag sie hier und heulte. Warum eigentlich? Sie hatte doch gewusst, dass Josh und Jenny heiraten würden. Sogar das Datum hatte sie vorher gekannt und diesen Tag, den 22. Oktober, damit verbracht, ihre Mutter in Köln zu besuchen, um nicht trübselig zu werden. Aber das Foto von den beiden: Es war nicht nur ein Bild vom Anfang der Ehe von Josh und Jenny, es war ein Beweis für das endgültige Ende von Josh und Sarah. Tief in ihrem Inneren hatte sie darauf gehofft, dass auch er noch diese Nähe zwischen ihnen fühlte. Vielleicht tat er das sogar. Aber selbst wenn: Offenbar fühlte er sich Jenny näher.

Dennis zog ihr die Decke noch etwas mehr über die Schultern und sie sah ihn an. Seine blonden Haare saßen wie immer perfekt und seine manikürten Hände zeugten überdeutlich davon, dass er noch nie mit ihnen gearbeitet hatte. Er hatte seine Krawatte abgenommen und die obersten Knöpfe seines Hemdes geöffnet. In seinen blauen

Augen lag gleichermaßen Müdigkeit und Sorge. Wie konnte sie ihm das antun?

»Es tut mir leid, Dennis.« Sie nahm sein Gesicht in ihre Hände und küsste ihn. »Es tut mir so leid.«

»Was? Dass du dich nicht gut fühlst? Ach, Quatsch«, sagte er lächelnd. »Dafür kannst du doch nichts. Ruh dich aus, ich kümmere mich um dich, okay?«

Sie nickte und wischte sich die Tränen weg. »Ich liebe dich, Dennis.«

»Ich liebe dich auch. Ist dir noch schlecht?«

»Nein.«

»Das ist schön. Sollen wir einen Film schauen?«, schlug er vor.

»Ja«, sie nickte. »Gerne.«

Er nahm die Fernbedienung in die Hand und lächelte. »Du darfst aussuchen. Bestimmt eine romantische Komödie, hab ich recht?«

»Auf keinen Fall!«, sagte sie und klang fast aufbrausend.

Er warf ihr einen überraschten Blick zu. »Nicht?«

»Nein. Such du einen Film aus. Du hast immer einen guten Geschmack.«

Kapitel 40

»Der ,Eight Poplars Sauvignon blanc' besticht mit Eleganz und Individualität. Er überzeugt durch klare, explosive Aromen von reifer Passionsfrucht und saftiger Limette, gepaart mit Noten von feinen Kräutern und frisch geschnittenem Gras. Am Gaumen ist der Wein wunderbar intensiv, mit viel Gewicht und Textur. Bemerkenswert ist das lange, mineralische Finish mit feiner Säure. Ein vielversprechender Jahrgang, der Lust auf mehr macht«, las Josh vor und in seiner Stimme klang feierlicher Stolz mit. »95 von 100 Punkten!« Er ließ die Zeitschrift sinken und sah in die strahlenden Gesichter von George, Jenny und allen Festangestellten des Weinguts. Alle klatschten begeistert. Josh applaudierte mit.

»Das haben wir zusammen geschafft! Ich bin sehr stolz auf diesen Wein und mindestens genauso stolz auf euch!«, verkündete er.

George legte ihm anerkennend den Arm um die Schultern. »Du weißt, dass wir dir das zu verdanken haben. Du hast ,Eight Poplars' tatsächlich in eine ganz neue Richtung gelenkt, darauf kannst in erster Linie du allein stolz sein.«

»Danke, Dad. Es bedeutet mir viel, dass du das sagst.«

»Ich meine es so. Ich weiß, dass wir unsere Schwierigkeiten hatten, aber wenn ich gewusst hätte, was in dir steckt, hätte ich dir von Anfang an mehr vertraut.«

Sie lachten sich zufrieden an.

»Ich glaube, das ist nur der Anfang, Dad. Dieser Wein ...«, er tippte auf das Foto in der Zeitschrift, »... wird uns Türen öffnen. ‚Eight Poplars‘ hat die besten Jahre erst noch vor sich. Ich habe so viele Ideen, ich kann es kaum erwarten, sie auszuprobieren.«

»Und ich werde dich gern dabei unterstützen. Sollen wir uns gleich mal zusammensetzen? Wir sollten auch noch einmal die Details der Weinmesse durchgehen.«

»Sicher, gerne.«

Sie machten sich schon auf den Weg zum Büro, als Josh am Arm festgehalten wurde.

»Josh! Lass mich dir gratulieren!« Jenny umarmte ihn und küsste ihn. »Ich bin so stolz auf dich!«

»Danke, Jenny.« Er lächelte.

»Ich habe wirklich einen tollen Mann!«

Ihre Augen leuchteten. Dann flüsterte sie in sein Ohr: »Und ich habe ganz phantastische Neuigkeiten für dich!«

Überrascht sah er sie an. »Was für Neuigkeiten?«

Ein geheimnisvolles Lächeln umspielte ihre Lippen. »Das verrate ich dir heute Abend. Komm so früh wie möglich nach Hause, ja?«

Er wusste nicht, was sie meinen könnte. »Okay. Ich muss nur erst noch ein paar Sachen mit Dad besprechen.«

»Na gut. Aber beeil dich!« Sie küsste ihn zum Abschied und zwinkerte ihm zu.

Er hatte sich bemüht, das Gespräch mit seinem Vater kurz zu halten, dennoch waren drei ganze Stunden vergangen. Es dämmerte bereits, als er die Wohnungstür hinter sich schloss.

Er hatte erwartet, dass Jenny wie üblich eine spitze Bemerkung über sein spätes Kommen fallen lassen würde, aber zu seiner Überraschung saß sie ganz entspannt auf der Couch und strahlte ihn an. »Hallo, Traummann!«, flötete sie.

»Hey.« Irritiert bemerkte Josh die zahlreichen Kerzen, die sie überall im Wohnzimmer angezündet hatte.

»Setz dich!« Sie klopfte mit der Hand auf den Platz neben sich und er ließ sich auf die Couch sinken.

»Was ist los?« Trotz des sanften Kerzenlichts erkannte er, dass sie vor Aufregung rote Flecken im Gesicht hatte.

Sie sagte nichts, sondern holte ein Päckchen heraus. Es war winzig, kaum größer als eine Schmuckschatulle und mit einer riesigen Schleife verpackt.

»Für dich.« Er hörte das nervöse Wanken in ihrer Stimme. Ihre Finger waren feucht, als sie ihm das Päckchen in die Hand legte. »Mach auf!«

Er zog vorsichtig die Schleife auf und nahm den Deckel ab. Darin lag, gebettet auf weißem Stoff – ein Schnuller. Josh sah vom Schnuller zu Jenny. Erwartungsvoll hielt sie die Luft an. Josh schluckte. War das hier ein schlechter Film? Mit ihm als Hauptdarsteller? Das konnte doch gerade nicht wirklich passieren, oder? Wo war das Drehbuch, in dem sein Text stand?

»Jenny, ich,... äh ... heißt das ...?«, stammelte er.

»Ich bin schwanger!«, jubelte Jenny und umarmte ihn. Als sie sich von ihm löste, wischte sie sich eine Träne aus den Augenwinkeln. »Was sagst du, Daddy?« Sie lachte glücklich.

Die Trockenheit in seinem Mund kribbelte. Er setzte mehrfach an, etwas zu sagen, aber ihm fehlten die Worte.

Unsicher beobachtete er, dass Jennys Augen immer schmaler wurden.

»Ich bin überrascht, Jenny«, sagte er.

»Das war ich auch! Ist das nicht verrückt?«

»Aber ... aber du nimmst doch die Pille!?« Er starrte sie an, und sie seufzte.

»Ja, das habe ich auch. Aber weißt du, meine Frauenärztin hat mir erklärt, dass die Pille eben nicht zu hundert Prozent sicher ist. Es kommt immer wieder zu Schwangerschaften.« Sie lächelte schulterzuckend. »So wie bei uns.«

»Du warst schon bei deiner Ärztin?«

»Ja, heute Morgen. Ich war gar nicht shoppen. Sorry, dass ich dich anflunkern musste.«

Er stand auf und ging mit weichen Knien im Raum auf und ab. Ihr Blick folgte ihm. »Du freust dich doch auch, oder, Josh?«

Einige Meter von ihr entfernt blieb er stehen. »Ich ... Oh Gott, ich weiß gerade gar nicht, wie ich damit umgehen soll. Ich habe damit überhaupt nicht gerechnet. Wir haben nie über Kinder gesprochen.«

»Doch. Ich habe dir gesagt, dass ich Kinder möchte.«

»Du hast das mal erwähnt. Erwähnt! Vor einer Ewigkeit.«

Er steckte die Hände in die Taschen. »Für mich war das überhaupt kein Thema, jedenfalls jetzt noch nicht. Ich habe mich darauf verlassen, dass mit der Pille nichts passiert. Ich habe im Moment ganz andere Dinge im Kopf. Es geht gerade erst los mit dem Weingut und ... Herrgott!« Er schaute zu Jenny, deren strahlendes Lächeln erstarrte.

»Aber ein Baby ist doch etwas so Schönes!«, sagte sie leise. Ihr Kinn zitterte, und er sah, wie sich ihre Augen mit Tränen füllten.

»Jetzt wein doch nicht, Jenny, bitte. Lass uns doch erstmal in Ruhe darüber reden.«

»Du bist so ein Egoist, Josh! Ich dachte, du freust dich genauso wie ich!« Sie presste ein Kissen vor ihren Bauch und schluchzte.

Langsam versuchte er, sich zu sammeln. Er betrachtete Jenny, deren blonde Haare ihr Gesicht verhüllten, die flackernden Kerzen, die Schachtel mit dem winzigen Schnuller. Er wurde Vater. Das konnte doch nicht sein. Er wurde Vater. Er wiederholte diesen Gedanken wieder und wieder, um ihn fassbar zu machen, aber es gelang ihm nicht. Hilflos setzte er sich neben Jenny und legte ihr die Hand auf den Rücken.

»Tut mir leid, Jenny. Gib mir einfach Zeit, mich daran zu gewöhnen.«

Sie wischte sich die Tränen aus dem Gesicht. »Ich weiß, dass du damit nicht gerechnet hast. Aber wir sind doch verheiratet. Und das Kind wird es hier so gut haben.«

»Sicher.« Sein Nicken war mechanisch. »Du hast recht.«

Kapitel 41

»Also, bitte. Den zweiten Jahrestag feiert man doch nicht irgendwo!« Dennis grummelte.

»Ach, Dennis, jetzt sei nicht beleidigt. Es war doch nur eine Idee von mir. Ich ziehe mich ja schon um.«

Sarah war genervt. Es war Freitagabend und in der Agentur war die Hölle los gewesen. Sie arbeitete seit Wochen mit ihrem Team, um einen neuen, großen und wichtigen Kunden zu gewinnen. Schon seit Montag hatten sie alle bis spät in die Nacht gearbeitet, und es hatte Spaß gemacht. Sarah mochte ihre Kollegen, die gute Stimmung, die unter ihnen herrschte, und sie war stolz auf die Arbeit, die sie zusammen leisteten. Heute war die große Präsentation gewesen, und als ihr Chef anschließend bei ihr angerufen hatte, waren sie gemeinsam in Jubel ausgebrochen. Es sah ganz danach aus, als hätte sich ihre Mühe gelohnt, als hätten sie den Neukunden tatsächlich überzeugt. Der Rest des Teams war daraufhin in eine naheliegende Bar gegangen, um den Erfolg gemeinsam zu begießen. Sarah war nur auf ein Bier geblieben, bis Dennis ungeduldig nachgefragt hatte, wann sie denn endlich käme, sie hätten schließlich reserviert.

Heute war der 13. April – ihr zweiter Jahrestag – und Dennis hatte sich in den Kopf gesetzt, dies in genau dem Restaurant zu feiern, in dem sie ihr erstes Date hatten. Sarah fand das lästig. Sie hatte keine Lust, heute essen zu gehen, sie fand die Vorstellung, später faul auf der Couch zu liegen und möglichst seichte Fernsehkost zu schauen, viel ansprechender. Außerdem wusste sie, dass sie sich für dieses teure Restaurant in Schale werfen müsste, um nicht unangenehm aufzufallen. Seufzend stand sie vor ihrem Kleiderschrank und zog ihre Sneaker, ihre Jeans und ihr Oberteil aus, um in ein kurzes Kleid und High Heels zu schlüpfen. Sie betrachtete sich im Spiegel und schminkte sich wie üblich, aber mehr als passabel fand sie das Ergebnis nicht. Selbst unter ihrem Make-up zeichneten sich die Augenringe ab, und ihrer Hautfarbe sah man sofort an, dass sie nicht viel Zeit an der frischen Luft verbrachte. Ihr Lidstrich war nicht perfekt und ihre Wimperntusche ein wenig klumpig, aber sie hoffte, dass sie im schummrigen Licht des Restaurants ohnehin niemand so genau ansehen würde.

Zwei Stunden später wünschte sie sich, sie hätte sich besser geschminkt. Das Essen war erwartungsgemäß phantastisch gewesen – Dennis hatte das Menü ausgesucht – und jetzt bestellte er noch einen Espresso für sie beide.

»Für mich lieber ein Wasser, bitte«, korrigierte Sarah und der Kellner warf Dennis einen fragenden Blick zu. Als dieser trotzdem nickte, fragte sie gereizt: »Hab ich was verpasst? Darf ich hier nicht selbst bestellen?«

»Nicht doch. Das hast du falsch verstanden«, lächelte Dennis mild.

Sarah gähnte. »Kann sein. Ich bin müde. Lass uns gleich zahlen und dann nach Hause, ja? Mir steckt die Woche noch in den Knochen, und ich möchte jetzt am liebsten auf der Couch faulenzen.«

»Oh, ich dachte, wir bleiben noch ein wenig hier sitzen und feiern uns ...«

»Ach bitte, Dennis. Wir können es uns doch zu Hause gemütlich machen.«

Bevor Dennis antworten konnte, servierte der Kellner lächelnd den Espresso. In die Mitte des Tisches stellte er ein Silbertablett mit winzigen Plätzchen, einen Zucker-streuer und eine blaue Schatulle. Sarah kniff die Augen zusammen.

»Was ist das denn? Ein verspäteter Gruß aus der Küche?«, fragte sie und wollte schon danach greifen, aber Dennis kam ihr zuvor. Er nahm die Schatulle, stand auf und schritt um den Tisch herum. Dann kniete er sich vor sie. Sarah riss die Augen auf. Er würde doch nicht etwa ... Oder doch? Hier? Jetzt? Oh Gott!

Er öffnete die Schatulle, und während Sarah den funkelnden Brillantring darin anstarrte, hob er die Stimme: »Sarah, heute vor zwei Jahren begann die schönste Zeit meines Lebens. Seit diesem Tag bist du die Frau an meiner Seite.« Sarah hörte ein Raunen, und als sie sich umsah, bemerkte sie, dass sämtliche Kellner einen Halbkreis um sie bildeten und mit Wunderkerzen wedelten. Alle anderen Gäste des Restaurants schauten zu ihnen hinüber. Sie waren der Mittelpunkt des Geschehens. Augenblicklich verkrampfte sie.

»Ich habe lange darum gekämpft, dass du mich erhörst und ich muss sagen, der Kampf hat sich gelohnt.« Dennis grinste. Er wirkte überhaupt nicht nervös, er lächelte nur. Siegessicher.

»Du bist wie Espresso«, fuhr er fort und jetzt verstand

Sarah, warum der Kellner so irritiert gewesen war. Die Bedienung wusste es vor mir, dachte sie und bemühte sich dann, konzentriert zu lauschen, welchen Vergleich Dennis da zog.

»Espresso ist die Essenz des Kaffees, und du bist die Essenz meines Lebens. Du bist etwas Besonderes, du bist klein und stark und du bist diejenige, die mich nachts wach hält.« Wieder raunten einige, andere kicherten, und Sarah wäre am liebsten im Boden versunken. »Sarah, ich bin nicht kaffeesüchtig, aber ich bin süchtig nach dir. Deshalb frage ich dich heute, jetzt und hier: Willst du meine Frau werden?«

Atemlose Spannung lag nun im ganzen Raum. Alle Augen waren auf Sarah gerichtet und sie fühlte sich im sanften Schein der Kerzen wie im grellen Scheinwerferlicht einer Bühne. Sie schluckte, aber sie bekam kein Wort raus. Heiraten? Dennis? Sie fühlte sich überrumpelt, denn sie hatten noch nie darüber gesprochen. Dennis schien sich so sicher zu sein, aber sie selbst hatte noch nicht einmal darüber nachgedacht. Sie war doch erst sechsundzwanzig! Hochzeiten waren etwas für ihre erwachsenen Freunde, oder?

Natürlich, sie waren jetzt zwei Jahre zusammen, und ja, Dennis war ein toller Mann. Sie wusste, dass sie sich auf ihn verlassen konnte, er war verständnisvoll, und er zeigte ihr seine Liebe stets ganz offen. Sie mochte es, dass er so großzügig war, und fand es spannend, wenn er von seinem Job erzählte. Dass er in seinem Beruf so erfolgreich war, erfüllte sie mit Stolz, und wenn er zu Hause mal Schwäche zeigte, rührte sie das. Sie wusste, dass er ein klassischer Frauentyp war, gutaussehend, schlau und charmant und obwohl er auf Partys oft von Frauen umschwärmt wurde, hatte er immer nur Augen für Sarah. Je länger sie sich kannten, desto öfter verstand er ihren Humor. Er war kein herausragender Liebhaber, aber sie hatten die gleichen Vorlieben im Bett, und es war schön, mit ihm zu schlafen. Sogar ihre Mutter mochte Dennis, und seine Familie hatte Sarah mit offenen Armen empfangen. Die letzten beiden Jahre hatten sich doch gut angefühlt – worauf wartete sie dann noch?

»Willst du?«, wiederholte Dennis und sein Lächeln zuckte kurz.

Erst nickte sie, dann stieß sie ein kratziges »Ja« heraus.

Die anderen Gäste – auf Sarah wirkten sie wie ein Publikum – klatschten begeistert. Dennis strahlte über das ganze Gesicht, küsste sie und steckte ihr den Ring aus der Schatulle an den Finger. Sie betrachtete das Schmuckstück, einen klassischen Brillantring, der perfekt auf ihren schmalen Finger passte, dann schaute sie zu Dennis, dem bereits irgendjemand die Hand schüttelte. Der Restaurantleiter gratulierte ihr, und eine Champagnerflasche wurde geöffnet. Dennis legte den Arm um sie, reichte ihr ein Glas und stieß mit ihr an.

»Prost, Liebling!«

Kapitel 42

»Ja, cheers.« Josh prostete Aidan und Kate zu. Sie standen in der Küche der beiden und Aidan war damit beschäftigt, einen Auflauf in den Ofen zu schieben, während Kate den Salat zubereitete.

»Ist denn alles in Ordnung bei Jenny, oder müssen wir uns Sorgen machen?«, fragte Kate.

Kopfschüttelnd beschwichtigte Josh sie. »Nein, kein Grund zur Sorge. Sie fühlt sich einfach krank.«

»Schade. Es wäre nett gewesen, mal einen Abend zu viert zu haben«, bedauerte Kate. »Was natürlich nicht heißen soll, dass du nicht auch allein sehr willkommen bei uns bist. Wie auch immer, grüß sie von uns, ja?«

Josh lächelte. »Danke, das mache ich.«

Sie aßen zusammen, und Kate erzählte ein paar unterhaltsame Anekdoten von ihrer Arbeit. Sie war in einem Reisebüro angestellt, und obwohl dort gar nicht besonders viel zu tun war, schaffte sie es immer, ihre Erlebnisse mit den Kunden humorvoll und charmant zu schildern. Zwischendurch grölte Aidan vor Lachen, und Josh beobachtete, wie liebevoll und zärtlich die beiden miteinander umgingen.

»Wie lange seid ihr jetzt eigentlich schon zusammen?«, fragte er sie nach dem Essen.

Die beiden sahen sich an. »Zehn Jahre«, antworteten sie dann wie aus einem Mund.

»Wow. Echt schon? Zehn Jahre?«

Aidan nickte stolz. »Ja, Kate ist mein Mädchen! Sie kann einfach so prima kochen!« Er klopfte sich zufrieden auf seinen Bauch.

Kate verdrehte lachend die Augen. »Genau, das ist meine Hauptkompetenz. Und ich liebe es, dass du so fein den Tisch abräumen kannst.«

»Schon verstanden.« Aidan stand auf und sammelte die Teller und das Besteck ein, und Josh half ihm, alles in die Küche zu tragen.

»Ich nehme an, ihr könnt auf meine Anwesenheit verzichten, während ihr Rugby schaut?«, bemerkte Kate aus dem Wohnzimmer. »Oder soll ich lieber unqualifizierte Randkommentare machen? Und blöde Laienfragen stellen?«

»Ich liebe diese Frau«, flüsterte Aidan zu Josh und rief dann laut: »Lass uns bloß in Ruhe! Du musst doch bestimmt noch irgendwas putzen.«

Kate lachte nur. »Ja, meinen Vibrator.«

Josh kicherte amüsiert, während es Aidan einen Moment lang die Sprache verschlug. »Verdammt, ich muss schlagfertiger werden!«, fluchte er. »Sie kriegt mich immer!«

Josh genoss die Unbeschwertheit zwischen den beiden, sie strahlten so viel Liebe und Leichtigkeit aus. Er fragte sich, wie er und Jenny wohl auf Aidan wirkten, wenn er bei ihnen zu Besuch war. Er dachte daran, dass Jenny jetzt zu Hause war und Fernsehen guckte. Eigentlich war es ihr doch gar nicht so schlecht gegangen, oder? Er vermutete, dass sie einfach keine Lust hatte, mitzukommen. Rugby interessierte sie nicht, und mit Kate war sie bis heute nicht richtig warm geworden.

Aidan saß in seinem Lieblingssessel vor dem Fernseher und wippte zufrieden mit den Beinen, als Josh sich in die Couch fallen ließ.

»Aidan, ich muss dir was erzählen.«

Sein Freund zappte durch die Sender. »Ich höre.«

»Ich, äh ...« Josh drehte unruhig seine Bierflasche in der Hand. Aidan wandte sich ihm zu herum. »Hm?«

»Jenny ist schwanger«, platzte es aus ihm heraus. »Bam! Wer hätte das gedacht, hm?« Sein Lachen klang gezwungen.

Aidan runzelte die Stirn. »Wow.«

»Tja, ich war genauso ... überrascht.«

»Herzlichen Glückwunsch. Ich wusste gar nicht, dass ihr daran arbeitet.«

Josh antwortete nicht. Zögernd hakte Aidan nach: »War das geplant?!«

Josh schüttelte den Kopf, er lächelte schief. »Nein. Ganz und gar nicht.« Er starrte auf den Boden und fühlte Aidans Blick.

»Oh. Verstehe. Und wie geht es dir damit, Vater zu werden? Du wirkst nicht gerade überschäumend vor Glück.«

Josh seufzte. »Ich glaube, ich muss mich noch an den Gedanken gewöhnen.«

»Seit wann weißt du es denn?«

»Ein paar Tage. Sorry, dass ich es dir jetzt erst erzähle, ich hab es noch überhaupt niemandem gesagt. Ich weiß nicht. Ich hab es selbst noch nicht ganz begriffen. Ich fühle mich immer noch so überrumpelt.«

»Überrumpelt? Wie meinst du das?«

»Jenny hat die Pille genommen.« Er drehte die Flasche in seiner Hand schneller. »Sagt sie jedenfalls.«

Aidan schaute ihn mit großen Augen an. »Sagt sie jedenfalls? Puh. Meinst du etwa ...?«

»Ich weiß es nicht.« Er zappelte angespannt auf der Couch. »Aber ganz ehrlich? Sie war so total glücklich!« Kopfschüttelnd erinnerte er sich an die Szene vor ein paar Tagen. »Sie hat mir einen Schnuller geschenkt! Das war alles so ... geplant, verstehst du? Sie war überhaupt nicht überrascht oder ängstlich oder irgendetwas in der Art. Ich war völlig schockiert – und sie? Sie war so zufrieden. Reagiert so denn jemand, der gerade völlig unerwartet – und ungewollt – schwanger wird?!«

Aidan pfiff scharf durch die Zähne. »Du meinst, sie hat dich ... «, er traute sich kaum, das Wort auszusprechen, »reingelegt? Die Pille abgesetzt? Heimlich?«

Josh nickte stumm.

»Das ist ein heftiger Vorwurf, Josh.«

»Ich weiß. Ich ekle mich vor mir selbst, wenn ich das auch nur denke.«

»Traust du ihr das denn zu?«

Er rieb sich die Schläfen. »Ich weiß es nicht. Irgendwie schon. Jenny kann sehr zielstrebig sein, wenn sie etwas will.«

»Und du wolltest kein Kind?«

»Jedenfalls jetzt noch nicht. In ein paar Jahren, okay. Nur jetzt eben nicht. Im Moment steht für mich die Arbeit im Vordergrund. Und das wusste sie ganz genau.«

Aidan stellte seine Füße wieder auf den Boden. »Und nun? Wie geht es jetzt weiter? Bekommt ihr das Baby?«

»Natürlich, ja.« Josh sah ihn an. »Es war nicht geplant, aber mein Gott, es ist unser Kind. Irgendwie bekommen wir das schon hin.« Er schwieg einen Moment. »Ich könnte mich nicht gegen ein Kind entscheiden. Niemals. Ich hatte einfach noch nicht damit gerechnet.«

Kapitel 43

»Ich hab das auch nicht erwartet. Ich meine, ja, wir sind seit zwei Jahren zusammen, aber heiraten hatte ich gar nicht auf dem Zettel. Jedenfalls jetzt noch nicht. Ich glaube, Dennis war sich nicht sicher, ob ich ja sage, deshalb hat er mich in dieses Restaurant geschleppt.«

»Wie meinst du das?«, fragte Josh am anderen Ende der Leitung.

»Naja, wer lehnt schon einen Heiratsantrag ab, wenn dabei fünfzig Leute zugucken?«

»Hättest du ihn denn abgelehnt, wenn ihr allein gewesen wärt?«

Sie schnitt eine Grimasse. »Keine Ahnung.«

Was denkst du darüber? Soll ich Dennis wirklich heiraten? Noch ist es nicht zu spät. Wenn ich wüsste, dass du genauso fühlst wie ich, dann würde ich ... Du musst es nur sagen. Jetzt.

Sie hörte, wie Josh tief Luft holte. Dann sagte er:

»Mir fällt gerade ein: Ich hab dir noch gar nicht gratuliert, Sarah. Herzlichen Glückwunsch zur Verlobung!«

Du hältst mich nicht davon ab?

»Ich hoffe, du wirst mit Dennis sehr glücklich. Ich freue mich für dich.«

Tust du das? Wirklich? Oder spürst du nicht auch...?
Aber nein. Wir sind nur Freunde, richtig?

»Danke.«

»Tja, irgendwie ergibt sich alles, nicht wahr?«, riss Josh sie aus ihren Gedanken. »Ich habe auch Neuigkeiten.«

»Ja? Erzähl, was gibt es?«

»Na ja, so wie es aussieht, werde ich Vater.«

Oh nein. Nein. Was? Du wirst Vater? Ich weiß, ich müsste mich jetzt für dich freuen, aber das kann ich nicht.

»Tatsächlich? Das ist ja eine ...«, sie suchte nach dem richtigen Wort, »Überraschung. Herzlichen Glückwunsch auch dir! Und Jenny natürlich.«

»Ja, danke.«

Sie spürte den Stich, der sich tief in ihr Herz bohrte. Mit trockenem Mund sprach sie weiter. »Und, wie fühlt sich das an, bald Papa zu sein?«

»Ehrlich gesagt noch etwas ungewohnt.«

»Du wirst bestimmt ein richtig guter Papa.«

»Meinst du?«

»Ja. Und das sage ich nicht jedem.«

»Danke. Ich hoffe es.« Er seufzte. »Und du wirst bestimmt eine richtig hübsche Braut.«

Einen Moment lang sagte keiner von beiden ein Wort. Dann fragte Josh: »Bist du glücklich, Sarah?«

»Ich glaube, ja. Du auch?«

»Irgendwie schon, ja.«

Als sie aufgelegt hatten, rieb sie sich müde über die Stirn. Es war merkwürdig, aber erst jetzt, da sie mit Josh über Dennis' Heiratsantrag gesprochen hatte, fühlte es sich real an. Sie würde heiraten. Wie absurd sich doch alles entwickelt hatte! Sie hatte Josh so geliebt, so vermisst und sich eine lange Zeit nicht vorstellen können, den Rest ihres Lebens ohne ihn zu verbringen – und jetzt waren sie bald beide verheiratet, mit anderen Partnern, und Josh wurde sogar Vater. Nichts von dem, was sie sich erträumt hatte, war wahr geworden. Trotzdem wollte sie mehr denn je daran glauben, dass alles gut war.

Kapitel 44

»Irgendetwas stimmte eben nicht.« Josh streichelte Jenny, die neben ihm im Bett lag, sanft über die Schulter.

Sie nickte stumm. Ihre Augen waren immer noch ganz rot von den vielen Tränen, die sie seit heute Mittag vergossen hatte.

»Kann ich irgendwas für dich tun?«, erkundigte er sich.

»Bring mir mein Baby zurück«, flüsterte sie so leise, dass er sich vorbeugen musste, um sie zu verstehen.

»Das kann ich nicht.«

»Ich fühle mich so leer, Josh. Ich wollte dieses Kind unbedingt.«

»Ich weiß.«

»Und jetzt ist es einfach weg.« Sie legte ihre Hand auf den Bauch. »Da ist nichts mehr!«

Seufzend nahm er ihre Hand. »Weißt du noch, was die Ärztin gesagt hat? Das Baby ist jetzt ein Stern. Das ist doch eine schöne Vorstellung, oder?«

»Ich will keinen Stern. Ich will mein Baby zurück.«

Er holte tief Luft. »Wichtig ist, dass du dich jetzt erholst. Dein Körper braucht Ruhe. Möchtest du schlafen? Ich glaube, das würde dir gut tun.«

Sie nickte, schloss die Augen und drehte sich weg von ihm. Er blieb noch eine Weile neben ihr sitzen und ging erst, als ihre ruhigen Atemzüge verrieten, dass sie eingeschlafen war.

Nachdem Josh geklopft hatte, öffnete sein Vater sofort die Tür. »Wie geht es ihr?«, fragte er.

»Nicht gut.« Josh schüttelte traurig den Kopf. »Es war ein Schock für sie.«

»Für euch beide.«

»Ja, schon. Aber Jenny hatte sich schon viel mehr an den Gedanken gewöhnt.«

George wies auf sein Sofa. »Setz dich. Willst du was trinken?«

»Nein.«

»Erzählst du mir trotzdem, was passiert ist?«

Ratlos überlegte Josh einen Moment. »Sie hat sich in den letzten Tagen schon nicht gut gefühlt. Sie hatte Kopfschmerzen, zwischendurch immer wieder Bauchschmerzen. Das war schon komisch, aber sie hat so ein Buch, in dem steht, dass ein Ziehen im Bauch in diesem Stadium der Schwangerschaft ganz normal ist. Aber heute Nacht kam dann eine Blutung dazu ... Und das war eben nicht normal, ganz und gar nicht. Ich hab sie heute morgen zu ihrer Frauenärztin gefahren, und die hat dann gesehen, dass da kein Herzschlag mehr zu sehen ist.«

George seufzte. »Das tut mir sehr leid, Josh. Wenn ich irgendwas für dich tun kann ...«

»Danke, Dad. Aber weißt du: Das klingt jetzt bestimmt ganz kalt und schrecklich, aber ich hatte mich noch gar nicht an den Gedanken gewöhnt, Vater zu werden, verstehst du? Wir haben es ja gar nicht geplant, Jenny nimmt eigentlich die Pille. Und ich wusste es erst seit zwei Wochen ... Mich trifft das gerade gar nicht so, wie es vielleicht sollte.«

»Ich bin froh, dass es dich nicht aus der Bahn wirft. Du musst jetzt stark sein, Jenny braucht dich.«

»Ich weiß.«

»Weiß man denn, woran es lag?«

»Nein. Vielleicht war das Kind nicht gesund. Sie war ja erst in der achten Woche.«

George nickte bedauernd. »Wer weiß, wofür es gut war. Jenny wird sich schon wieder fangen.«

»Ich hoffe es.«

»Ihr könnt es ja wieder versuchen.«

Josh runzelte die Stirn. »Mal sehen. Dieses Kind war ja ungeplant. Und um ehrlich zu sein: Wenn ich entscheiden könnte, würde ich lieber noch eine Weile mit der Familienplanung warten.«

»Und Jenny?«

»Keine Ahnung. Es ist auch zu früh, darüber zu sprechen.«

»Natürlich.«

Josh rieb sich durch das Gesicht. »Wie ist es denn hier gelaufen?«

»Alles okay. Wir haben den Pinot gris jetzt komplett reingeholt und sortiert. Die Verarbeitung läuft schon, ich geh gleich wieder runter. Ich bin nur kurz hergekommen, weil ich wissen wollte, was mit Jenny ist.«

Josh nickte. »Und der Chardonnay?«

»Da sind wir nicht weiter als gestern«, sagte er und fügte stirnrunzelnd hinzu: »Und die Wettervorhersage sieht immer noch nicht gut aus.«

»Regen?«

»Ja, inzwischen fünfundneunzig Prozent am Montag.«

»Verdammt. Bis dahin müssen wir fertig sein, die Trauben sind schon zu weit. Ich spreche gleich mit Nigel, wie wir die Helfer aufteilen.«

»Fertig? Bis Montag? Das ist kaum zu schaffen.«

»Wir haben doch keine andere Wahl, Dad.«

Kapitel 45

Vier Jahre später

»Ach Mama, ärgere dich nicht so.« Sarah legte ihrer Mutter beruhigend eine Hand auf den Arm. Ines schnaubte.

»Doch. Eigentlich wäre ich jetzt in Berlin und würde die Interviews im Bundeskanzleramt machen. Aber das hat Stockowski sich natürlich wieder selbst unter den Nagel gerissen, war ja klar.« Ines klappte wütend ihr Notizbuch zu und steckte es in ihre Tasche. Sie war groß und in auffälligem Rot gehalten. Plötzlich hellte sich ihr Gesicht auf. »Guck mal, die Tasche, die du mir zum Geburtstag geschenkt hast. Ich benutze sie dauernd, sie ist wirklich super.«

»Freut mich, dass sie dir gefällt. Und was Stockowski angeht: Immerhin hat er dich zum Landtag geschickt, und du kommst ganz nebenbei in den Genuss, mit deiner Lieblingstochter einen lauen Sommerabend im Biergarten zu genießen. Ich finde, es gibt Schlimmeres.«

Ines verzog das Gesicht. »Ja, ich freu mich ja, hier zu sein und dich zu sehen, aber ...«

»Ich möchte kein Aber hören!«, unterbrach Sarah im Befehlston.

»Schon gut. Du hast ja recht.«

»Eben. Lass dir von Stockowski nicht die Laune verderben. Schau dich lieber um, wie schön es hier ist.«

Sie saßen in einem Biergarten unter einer riesigen alten Kastanie, und die untergehende Sonne verwandelte den vorbeifließenden Rhein in ein rosagold glitzerndes Band. Schiffe fuhren flussabwärts, und um sie herum lachten und plauderten so viele Menschen, dass kein einziger Platz mehr frei war. Sarah schloss die Augen und genoss die letzten warmen Sonnenstrahlen auf ihrem Gesicht. Was für ein schöner Abend das doch war! »Du kommst aber gleich noch mit zu mir, oder?« Sie blinzelte ihre Mutter an.

»Ich wollte dir doch die Bücher noch geben.«

»Welche Bücher?«

»Herrje, Mama, das hab ich dir doch erzählt. Die Bücher von diesem Autor, mir fällt der Name jetzt nicht ein. Ich hab sie alle gelesen, sie werden dir gefallen.«

»Ach so, ja, stimmt.« Sie schaute auf die Uhr. »Aber nur kurz. Ich muss schließlich noch bis Köln fahren.«

Eine halbe Stunde später liefen sie das Treppenhaus zu Sarahs Wohnung hinauf. Ines stöhnte. »Wer hatte eigentlich die Idee, in den fünften Stock zu ziehen? Ohne Aufzug!«

Sarah hüpfte die Treppen mühelos nach oben und lachte. »Das hält fit.«

Oben angekommen, fand sie ein Päckchen vor ihrer Haustür. Kommentarlos klemmte sie es unter den Arm, schloss die Wohnungstür auf und legte es in die Küche.

»Was ist das?«, fragte Ines neugierig.

»Wahrscheinlich Espressobohnen«, murrte Sarah. Als sie Ines' fragenden Blick bemerkte, ergänzte sie:»Von Dennis. Zum Hochzeitstag.«

Ines schlug sich die Hand auf die Stirn.»Oh nein! Ich hab es vergessen!« Sie umarmte ihre Tochter.»Alles Liebe zum Hochzeitstag!«

Sarah lächelte schmal.»Danke.«

»Aber wieso Espressobohnen? Ich dachte immer, du magst keinen Espresso.«

»Ist ja auch so. Aber Dennis findet es trotzdem romantisch, mich damit an seinen Heiratsantrag zu erinnern. Du weißt schon ... ich bin der Espresso seines Lebens und so«, nuschelte sie spöttisch.

Sie legte ihre Tasche ab, zog ihre Schuhe aus und verschwand ins Schlafzimmer. Als sie kurz darauf zurückkehrte, hatte sie einen Stapel Taschenbücher dabei.

»Hier«, sie nahm eines der Bücher in die Hand,»das ist das beste. Lies das zuerst, ja?«

Ines nickte.»Mach ich. Und jetzt sag mir, was bei dir und Dennis los ist.«

Sarah stopfte die Bücher in einen Stoffbeutel, ohne ihre Mutter anzusehen.»Nichts. Alles gut.«

»Ehrlich?«

Sarah zuckte mit den Schultern.»Hm, ja.« Sie ahnte, dass ihre Mutter sich mit so einer Antwort nicht zufriedengeben würde. Prompt hakte Ines nach.»Bist du enttäuscht, weil er heute nicht hier ist? An eurem Hochzeitstag?«

Sie bemühte sich um einen neutralen Ton.»Darum geht es nicht, mir sind solche Tage auch nicht sonderlich wichtig.«

»Was ist es dann? Ich sehe dir doch an, dass etwas nicht stimmt.«

Sarah überlegte, wie sie es am besten ausdrücken könnte, ohne ihre Mutter unnötig aufzuregen. »Ach, manchmal dreht sich seine Welt einfach ein wenig zu sehr um ihn. Und nur um ihn. Es gibt Tage, da habe ich das Gefühl, dass er mich gar nicht kennt.«

»Was meinst du damit?«

»Ich weiß auch nicht.«

»Das glaube ich dir nicht.«

In Sarah sträubte sich alles dagegen, über dieses Thema zu reden. Sie hatte bis jetzt niemandem erzählt, wie sich ihre Ehe manchmal anfühlte – und es nun in Worte zu fassen, machte es womöglich realer, als sie wollte.

»Mama, ich hab jetzt keine Lust, darüber zu reden.«

»Das klingt aber nicht gut. Muss ich mir Sorgen um euch machen?«

»Nein.«

»Und du weißt, dass ich immer für dich da bin, nicht wahr? Wenn du bereit bist, dein Herz auszuschütten, melde dich.«

»Das mache ich.«

»Versprich es mir.«

»Versprochen.«

Ines seufzte. »Reden hilft, Sarah. Ich hätte damals gern jemanden gehabt, mit dem ich über die Trennung von deinem Vater hätte reden können.«

Sarah riss die Augen auf. »Wir trennen uns doch nicht, Mama. Es kracht halt zwischendurch mal, das ist doch in jeder Ehe so, oder?«

»Keine Ahnung. In meiner Ehe hat es nicht so besonders viel gekracht. Nur dein Vater hat es krachen lassen.«

»Mama ...«

»Ja, schon gut.« Sie griff nach ihrer roten Tasche. »Dann fahre ich jetzt mal. Wir telefonieren, okay?«

209

»Auf jeden Fall.«

Während sie ihrer Mutter hinterherwinkte, fiel ihr ein, dass sie das Päckchen gar nicht geöffnet hatte – und heute überhaupt nicht mit Dennis gesprochen hatte. Sie ging in die Küche und schnitt die Klebestreifen des Pakets auf. Einen kurzen Moment lang fühlte sie doch so etwas wie Spannung – bis sie das erwartete Espressopaket entdeckte. Dazu eine Nachricht von Dennis mit lieben Grüßen zum dritten Hochzeitstag.

Enttäuscht legte sie den Kaffee wieder in die Paketschachtel. Ihre Augen wanderten auf den Poststempel und auf den ersten Blick fiel ihr gar nichts Besonderes auf. Das Paket war gestern in Düsseldorf abgestempelt worden. In Düsseldorf? Aber Dennis war doch die ganze Woche in Augsburg. Was bedeutete das?

Sie brauchte einen Moment, um sich zu sammeln, dann wählte sie seine Nummer.

»Hallo, Schatz! Ich dachte schon, du meldest dich heute gar nicht mehr«, flötete Dennis fröhlich ins Telefon.

»Hallo, Dennis«, erwiderte sie frostig. »Wo bist du?«

»Ich bin in meinem Hotelzimmer.«

»In welcher Stadt?«

»In Augsburg?! Hast du das schon vergessen? Das hab ich dir doch erzählt, wir sind hier bei diesem Mittelständler …«, er redete weiter, aber sie hörte kaum zu und fiel ihm mitten im Satz ins Wort.

»Ich wundere mich nur gerade: Ich habe dein Päckchen bekommen, und es wurde gestern in Düsseldorf abgestempelt. Wie geht das, wenn du doch die ganze Woche in Augsburg bist?«

Ihr Herz schlug ihr bis zum Hals. Bildete sie sich das ein, oder zögerte er tatsächlich mit einer Antwort? Dachte er sich jetzt gerade eine Ausrede aus? Belog er sie?

»Sarah, ja, das ist mir jetzt ein bisschen peinlich.« Er lachte nervös. »Ich hab es dieses Jahr einfach nicht geschafft, das Päckchen selbst abzuschicken. Ich habe aber die Karte selbst geschrieben. Nur den Rest hat unser Teamassi erledigt. Ich kam einfach nicht dazu.« Er seufzte. »Tut mir leid. Ehrlich.« Sarah atmete tief durch. »Schon gut.« Immerhin. Er log sie offenbar nicht an. Dafür waren sie inzwischen soweit, dass die Geschenke zum Hochzeitstag vom Teamassistenten gekauft und verschickt wurden. Wie persönlich!

»Und danke für deine Karte, Sarah. Ich hab sie eben gelesen und mich sehr gefreut.«

»Karte? Es war eher ein Brief, Dennis.«

»Ja, Karte, Brief ... ist doch alles das Gleiche.«

»Wie du meinst.«

»Und ich finde deinen Vorschlag, dass wir mal wieder ein richtiges Pärchenwochenende machen, auch schön. Müssen wir mal sehen, wann das klappt.«

»Ja.« Sarah bemühte sich, ihre schlechte Stimmung gegenüber Dennis zu verdrängen. Heute war ihr Hochzeitstag. Und bald würden sie sich ein wunderschönes, gemeinsames Wochenende gönnen. Nur sie beide, ohne Kollegen und erst recht ohne Teamassistenten.

»Ich würde gerne nochmal zu diesem Gut fahren, wo wir geheiratet haben, zum Mittagessen vielleicht. Oder wir machen einen Wellnesstag mit Massagen? Worauf hättest du denn Lust, Dennis?«

»Das können wir dann ja noch besprechen, Schatz. Ich muss jetzt leider auch auflegen, ich hab hier noch ein paar Analysen vor mir, die ich bis morgen durchsehen muss.«

»Oh, okay, dann ...«

»Ja, wir telefonieren dann morgen, einverstanden? Und drück mir die Daumen, morgen ist ein wichtiger Tag!«

»Natürlich. Bis morgen, Dennis. Ich liebe dich.«

»Ich dich auch, Schatz. Bis morgen.«

Sie legten auf und Sarah überlegte, wann sie so geworden waren. Was war nur mit ihnen passiert? Warum hatte sie ihrer Mutter nicht erzählt, was los war? Wie misstrauisch sie neuerdings war. Wie einsam sie sich in dieser Ehe immer häufiger fühlte. Dennis schien so unerreichbar wie der Mond.

Als ihr Handy den Eingang einer SMS meldete, hoffte sie, dass es eine Nachricht von Dennis wäre. Ein kleines Zeichen von ihm, vielleicht noch ein »Gute Nacht, schlaf schön!«-Gruß, wie er ihn früher nach ihren Telefonaten geschickt hatte.

Aber die Nachricht war nicht von Dennis, sie war von Josh. Er schickte ihr einen Link zu einem Artikel über die »Eight Poplars Winery«, fragte, wie ihre letzte Präsentation gelaufen war und wie es ihr ginge.

»Gott. Wie lange hat Dennis mich das nicht mehr ernsthaft gefragt«, sagte sie halblaut und nur zu sich selbst, allein in ihrem Wohnzimmer.

Kapitel 46

»Was für großartige Neuigkeiten, Josh. Ich hab den Artikel zwei Mal lesen müssen, so sehr freue ich mich für dich. Du musst platzen vor Stolz! Was sagt George dazu? Hoffentlich feierst du wie verrückt, du hast es dir so verdient. Fühl dich fest umarmt, ich denke an dich! Kuss, Sarah.«

Josh stand im Büro und lächelte, als er ihre Antwort auf seine SMS las. Es war schön, diesen Erfolg mit ihr zu teilen. Sie war immer so überschwänglich, und er sah sie förmlich vor sich, wie sie den Artikel erfreut las. Er war in einer der renommiertesten Fachzeitschriften erschienen, ein ausführlicher Bericht über die »Eight Poplars Winery«. Josh hatte sich lange mit dem Redakteur unterhalten, die Entwicklung der letzten Jahre erläutert und schon bei der Weinprobe geahnt, dass die Rezension positiv ausfallen würde. Trotzdem hatte es ihn überrascht, als er die lobende Kritik über seine Arbeit und die Weine gelesen hatte. Dieser Artikel war ein Ritterschlag. Vielleicht sogar ein Meilenstein für die Zukunft.

Er wollte sein Handy schon wegstecken, als eine weitere Nachricht von Sarah ankam. »Noch was: Ich wusste gar nicht, dass du jetzt Bart trägst. Steht dir aber.«

Reflexartig strich Josh sich über seinen Vollbart, den er sich seit ein paar Monaten nur aus Faulheit stehen ließ.

Der Redakteur hatte darauf bestanden, Josh mit hochgekrempelten Ärmeln zwischen den Weinstöcken zu fotografieren, und schon während der Aufnahmen fand er das Motiv gestelzt. Ausgerechnet dieses Foto hatte Sarah jetzt in dem Artikel gesehen. Gedankenverloren rümpfte er die Nase und überlegte, ob er Sarah nicht einfach anrufen sollte, es wäre schön, ihre Stimme zu hören. Er rechnete nach, wie spät es jetzt in Deutschland sein mochte, aber genau in diesem Moment traf George ein.

»Josh, gut, dass ich dich hier treffe. Warum bist du so rot im Gesicht?«

Ertappt wandte Josh sich ab und tat so, als müsste er das Druckerpapier auffüllen. »Bin ich doch gar nicht. Was gibt es denn?«

»Dein Artikel schlägt sich schon in den Verkaufszahlen nieder. Eben kam die Anfrage, ob wir den Sauvignon blanc nach Sydney liefern könnten.« Er grinste zufrieden.

»Im Ernst?«

»Wenn ich es doch sage.«

»Großartig!« Josh strahlte. »Sollte machbar sein.«

»Und wo wir gerade bei Lieferungen sind: Könntest du nachher noch ein paar Kisten zu Margaret und Steve bringen? Ich glaube, in Wirklichkeit brauchen sie Hilfe bei irgendeiner Reparatur, aber Margaret war es wohl zu peinlich, es direkt zu sagen.«

Josh seufzte. »Natürlich. Sonst noch was? Heute ist nämlich eigentlich mein Jungsabend mit Aidan.«

Kapitel 47

»Ich hab nichts dagegen, wenn du dich mit Freunden triffst, Dennis. Aber du weißt genau, dass wir andere Pläne hatten!«

»Komm schon, Sarah, sei nicht so. Richard ist befördert worden und möchte das gern mit uns feiern. Er ist mein Lieblingskollege, ich kann das schlecht absagen.«

»Nein. Dafür sagst du lieber unser Wochenende ab.«

»Ich sage es nicht ab, ich möchte es nur um eine Woche verschieben.«

Sarah kochte vor Wut. Seit langem hatte sie sich auf diese Auszeit gefreut, das ersehnte Pärchenwochenende. Die Tage, von denen sie hoffte, dass sie etwas von der alten Romantik zwischen ihr und ihrem Mann wiederbrächten.

»Dennis, ich habe schon alles dafür vorbereitet. Das Zimmer und der Tisch sind reserviert, wir haben einen Massagetermin, und ich habe sogar den Champagner schon kalt gestellt!« Ihre Stimme bebte vor Wut.

»Aber heute ist doch erst Donnerstag. Das kannst du doch ohne Probleme umbuchen. Oder ich bitte einfach unseren Assistenten darum, das zu erledigen, das ist einfacher. Und der Champagner kann ja auch eine Woche länger im Kühlschrank liegen, nicht wahr?«

Sie schwieg.

»Sarah? Sprichst du noch mit mir?«

»Weiß du was, Dennis, bleib doch am besten gleich in Stuttgart. Dann kannst du am Samstag deinen Jungsabend haben, richtig feiern und am Sonntag schön ausschlafen. Ist doch besser, als für den einen Tag nach Hause zu kommen.«

»Ich wusste, dass du mich verstehen würdest. Und ich verspreche dir, dass wir nächsten Samstag unseren Pärchentag machen, okay? Dann machen wir es uns richtig schön! Mit allem, was dazugehört.«

»Wunderbar. Dann telefonieren wir morgen. Bis dann.«

Sie legte auf und wählte sofort die Nummer ihrer Mutter.

Nachdem Ines sich alles angehört hatte, pfiff sie leise.

»Puh. Ich hab mir schon gedacht, dass es bei euch ein bisschen kriselt, aber dass es so schlimm aussieht, wusste ich nicht.«

Sarah rieb sich die Stirn. »Tja, jetzt weißt du Bescheid. Mein Mann interessiert sich nur für sich. Für sich, seine Arbeit, seine Kollegen. Er fragt mich fast nie, wie es in der Agentur läuft, ich muss es immer von mir aus erzählen.«

Sie stöhnte. »Er fragt mich ja nicht mal, wie es mir geht. Und jetzt registriert er nicht einmal, dass ich so sauer bin, dass ich ihn nicht mehr sehen will. Oder er will es nicht merken. Ich habe wirklich große Hoffnungen in dieses Wochenende gesetzt, weißt du? Es wäre so schön gewesen, mal wieder ungestört Zeit miteinander zu verbringen.«

»Weiß er, wie wichtig dir das Wochenende war?«

»Natürlich, ich habe ihm ein paar Mal gesagt, wie sehr ich mich darauf freue. Und wie wertvoll es für uns ist. Aber er findet es ja wichtiger, seine Zeit mit seinen Kollegen zu verbringen. Den Leuten, die er sowieso die ganze Woche über sieht.«

Ihre Mutter seufzte. »Ich dachte immer, dass Dennis dich anbetet.«

»Das tut er auch. Damit ich ihm seine Sünden verzeihe.« Es war ihr rausgerutscht, und Sarah hörte förmlich, wie ihre Mutter ihre Stirn runzelte. »Was heißt das? Welche Sünden?«

Sie konnte es nicht aussprechen, diesem Gedanken nicht noch mehr Raum geben. Aber ihre Mutter bohrte weiter: »Geht er etwa fremd?«

»Ganz ehrlich? Ich weiß es nicht, Mama. Ich habe keine Beweise, und er schwört mir immer, dass er treu ist. Aber manchmal ...«

»Hm?«

»Manchmal denke ich mir ... Weißt du, er ist jede Woche unterwegs. Er sieht gut aus, ist schlau, erfolgreich ... und er hat hübsche Kolleginnen, die ihn anhimmeln. Alle. Er schläft ständig im Hotel, und ich würde es doch gar nicht mitbekommen, wenn er fremdgehen würde, oder?«

»Oh, Sarah, das darf doch nicht wahr sein.«

Sarah atmete tief durch. »Wie gesagt, ich weiß nicht, ob er wirklich fremdgeht. Ich hab nur so ein komisches Bauchgefühl. Besonders, was dieses Wochenende angeht. Irgendwas stimmt da nicht.«

»Weißt du mehr, als du mir sagen willst?«

»Nein. Ich weiß nur, dass unsere Ehe gerade ... nicht besonders glücklich ist.«

»Das höre ich.«

Sarah spürte, wie sie verkrampfte. Sie wusste nicht, was sie darauf antworten sollte. Tränen stiegen in ihr auf.

»Nicht weinen, Sarah.«

»Ja.«

»Wir beide sind doch ein super Team! Wir haben schon so viel zusammen geschafft, wir finden auch diesmal eine Lösung, hörst du?«

Sarah schniefte nur.

»Wie wäre es, wenn ich dich morgen besuchen komme? Ich bin tagsüber sowieso in Krefeld, dann komme ich auf dem Rückweg einfach bei dir vorbei, und wir machen uns einen schönen Abend. Dann reden wir über alles. Soll ich bei dir schlafen?«

»Ach, Mama, das wäre lieb.«

»Kein Problem. Und dann machen wir uns ein richtig schönes Wochenende und überlegen zusammen, ob und wie es bei euch weitergehen könnte. Was meinst du?«

»Danke, Mama.« Sie spürte, wie guttuend es war, mit ihrer Mutter über ihre Schwierigkeiten mit Dennis zu reden. Und wie sehr die Aussicht auf die Zeit mit ihr sie erleichterte. »Ich hab nachmittags noch ein Meeting, aber wenn ich Glück habe, sind wir um 18 Uhr durch.«

»Das passt mir ganz gut. Ich hole dich ab. Und wenn dein Meeting länger dauert, warte ich einfach in deinem Büro auf dich, okay?«

»Sehr gerne. Ich freue mich auf dich.«

»Ich freue mich auch. Bis morgen, Sarah.«

Kapitel 48

»Ich bin da!«, rief er, während die Tür ins Schloss fiel und er seine Schuhe abstreifte. Als niemand antwortete, fragte er noch etwas lauter »Hallo? Jenny, bist du zu Hause?«

»Hier«, antwortete sie, und er folgte ihrer Stimme ins Wohnzimmer. Sie saß auf der Couch und hatte eine wärmende Wolldecke fast bis ans Kinn gezogen.

»Ist alles okay?«, fragte er verwundert.

»Ja.« Sie nickte, aber er hatte nicht das Gefühl, dass wirklich alles in Ordnung wäre. Er kannte sie lange genug, um in ihrem Gesichtsausdruck die versteckte Unzufriedenheit zu erkennen. Aber warum sagte sie nicht einfach, was los war? Als hätte sie seine Gedanken gelesen, sagte sie plötzlich: »Nein, Josh. Eigentlich ist nicht alles gut.«

Er ließ sich neben sie auf die Couch fallen. »Was ist denn?«

Sie seufzte schwer. »Ich hab nachgedacht, Josh. Du weißt, dass wir in letzter Zeit..., dass ich in letzter Zeit ein bißchen schwierig war.«

Er nickte. »Ja.« Schwierig. *Unglaublich zickig trifft es besser*, dachte er.

»Ich habe lange überlegt, was mit mir los ist, warum ich so unzufrieden geworden bin.«

Gespannt betrachtete er seine Frau, und sie fuhr konzentriert fort: »Also, ich glaube, ich habe jetzt erkannt, was der Grund dafür ist. Ich denke, das alles hier füllt mich nicht aus. Ich ...«, sie sah ihm jetzt in die Augen, »ich möchte ein Kind.«

Puh. Er hatte es geahnt. Er hatte sogar schon versucht, selbst darüber nachzudenken, aber letztendlich hatte er den Gedanken immer weit von sich geschoben. Ein Kind schien so wenig zu passen. Schweigend hörte er ihr weiter zu.

»Ich bin jetzt vierunddreißig, Josh. Meine Uhr tickt sozusagen. Und du weißt, als ich damals ...«, sie stockte einen Moment, »... als ich die Fehlgeburt hatte, war das der schlimmste Tag meines Lebens.«

Liebevoll strich er über ihre Schulter, und sie redete weiter. »Das ist jetzt vier Jahre her. Ich bin immer geduldig geblieben, weil ich wusste, dass du kein Kind wolltest. Ich hätte es lieber gleich noch einmal versucht, aber ich habe darauf verzichtet. Für dich. Obwohl es mir schwerfiel.«

»Wir waren uns doch einig, Jenny. Wir mussten erst einmal das Geschäft zum Laufen bringen. Ein Kind braucht doch auch finanzielle Sicherheit.«

»Schon klar.« Sie schlug die Augen nieder und fügte leise hinzu. »Und du musstest ja unbedingt Kondome benutzen.«

»Weil bei dir die Pille versagt hat. Das hast du mir jedenfalls damals gesagt.« Josh spürte, wie das Misstrauen aus dieser Zeit wieder in ihm erwachte. Unbewusst rieb er seine Fingerkuppen aneinander. Er wollte dieses Gespräch jetzt nicht führen. Am liebsten wäre er aufgestanden und gegangen, aber er blieb, wo er war. Entschlossen sprach Jenny weiter: »Jedenfalls: ich bin mehr als bereit für ein

Kind. Und ich möchte wissen, ob du inzwischen auch bereit bist.«

Er schluckte. »Phhh. Ich weiß es nicht, Jenny.«

Sie nickte, als hätte sie seine Reaktion erwartet.

»Warum nicht? Was spricht dagegen? Wir sind verheiratet, das Geschäft läuft inzwischen sehr gut ... sogar Aidan und Kate bekommen ein Kind.«

In den letzten Jahren hatte er es sich einfach nicht vorstellen können, neben all der Arbeit auf dem Weingut auch noch die Verantwortung für ein Kind zu übernehmen. Er hatte doch nie Zeit und mehr als einmal hatte er gedacht, dass ihm alles zu viel wurde. Keinesfalls hätte damals ein Kind zu ihm gepasst. Er wäre ein schrecklicher Vater gewesen, immer gestresst und unter Druck. Natürlich, es war besser geworden. Inzwischen waren sie gut aufgestellt, seine Arbeitszeiten hatten ein halbwegs normales Pensum erreicht, und finanziell standen sie deutlich besser da als noch am Anfang ihrer Ehe. Aus rein rationalen Gründen sprach nichts gegen ein Kind. Aber sein Bauchgefühl umso lauter. Durfte er das ignorieren? Am liebsten hätte er Jenny gesagt, dass er einfach nicht sicher war, ob sie diejenige war, mit der er ein Kind wollte. Irgendetwas schwelte doch zwischen ihnen. Es war nicht so, dass sie sich oft stritten. Sie hatten keine lauten Auseinandersetzungen miteinander, aber auch keine große Leidenschaft füreinander. Sie hatten überhaupt wenig gemeinsam. Ihre Beziehung war so anders als die von Aidan und Kate, die füreinander gemacht zu sein schienen und die auch nach vielen Jahren noch frisch verliebt waren. Oder wie die Ehe seiner Eltern, die so unterschiedlich waren, aber sich gerade deshalb so wunderbar ergänzt hatten. Oder wie die

Nähe zu Sarah. Erschrocken verdrängte er den Gedanken an sie sofort wieder.

»Bist du denn mit mir glücklich, Jenny? Mit unserer Ehe?«, fragte er.

Entrüstet sah sie ihn an. »Natürlich bin ich das!«

»Aber bist du wirklich glücklich? Ist das Leben hier mit mir wirklich das, was du willst?«

»Wie gesagt, ich weiß, dass ich in den letzten Monaten schwierig war und meine schlechte Laune oft an dir ausgelassen habe. Ich glaube, das liegt daran, dass mir etwas fehlt. Und zwar ein Kind.«

Josh rieb sich die Augen. »Bist du sicher, dass es nur das ist?«

»Ja.«

Er stand auf und atmete tief durch. »Lass mich darüber nachdenken, okay? Nur ein paar Tage.«

Kapitel 49

»Gehen wir noch mal das Timing durch.« Marko Harkort, der Marketingleiter des Schokoriegels, schlug die Kalenderübersicht des Meeting-Booklets auf, und alle taten es ihm gleich. Sarah warf einen verstohlenen Blick auf die Uhr. Es war kurz vor 18 Uhr und sie ahnte, dass die Timing-Diskussion mit ihrem Kunden länger dauern würde. Und sie hatte nicht einmal etwas dazu zu sagen, das machte ihre Anwesenheit erst recht überflüssig. Aber sie konnte jetzt auch nicht gehen, sie würde warten müssen, bis das Meeting offiziell beendet war. Sie wechselte einen heimlichen Blick mit ihrer Kollegin, die ihr gegenüber saß und genervt die Augen verdrehte. Sarah nickte leicht. Das ganze Meeting zog sich schier unendlich, sie hatten viel zu lange über unwichtige Details gesprochen und Fragen diskutiert, die schon vor Tagen hätten gelöst sein können. Sie wollte jetzt Feierabend machen und das Wochenende mit ihrer Mutter beginnen. Vielleicht würde sie in den nächsten beiden Tagen endlich Klarheit darüber bekommen, ob und wie es mit Dennis und ihrer Ehe weitergehen könnte. Von draußen hörte man den üblichen Verkehrslärm, der sich mit dem Gespräch im Meeting zu einem monotonen Hintergrundrauschen vermengte.

Sarah blätterte gedankenverloren durch den Kalender und dachte an Dennis. Was er jetzt wohl machte? Arbeitete er noch? Oder feierte er schon die Beförderung? Oder tat er etwas ganz anderes? War er gerade mit ...

Das Kreischen von Reifen und ein dumpfes Krachen rissen Sarah aus ihren Gedanken und ließen die Konversation im Raum für den Bruchteil einer Sekunde verstummen.

»Upps. Da braucht wohl jemand einen Abschlepper«, kommentierte Marko Harkort, und am Tisch wurde höflich gelächelt und genickt. Von draußen drang der Schrei einer Frau zu ihnen vor. Grell und kreischend verkündete er Entsetzen.

»War wohl ein teures Auto«, spottete der Marketingleiter, während er in die Runde grinste »Dem Schreien nach zu urteilen, mindestens ein Mercedes.«

Irgendjemand lachte, und Marko Harkort ergänzte: »Oder ein Porsche. Oder, oh Schreck! Ein Lamborghini, haha! Da wäre mir auch zum Schreien zumute.«

Sarah seufzte hörbar. Dieser Typ war ja noch schlimmer, als sie bis jetzt gedacht hatte. »Könnten wir weitermachen?«, bat sie.

Er warf ihr einen strengen Blick zu. »Frau Lambrecht, haben Sie es eilig?«

»Ich möchte lediglich effizient sein, Herr Harkort. Sie bezahlen ja schließlich jede Stunde, die wir hier mit ihnen am Tisch sitzen.«

Schmal lächelnd stimmte er zu: »Sehr richtig, fahren wir fort.«

Ihre Kollegin schenkte ihr ein amüsiertes Lächeln. Draußen dröhnten jetzt Martinshörner durch die Straßen, die lauter wurden und immer näher kamen. Sarah stand auf, um die gekippten Fenster zu schließen. Der Unfall war direkt auf der Kreuzung vor der Agentur passiert. Eine Menschenmenge hatte sich gebildet und umkreiste mit ein wenig Abstand einen weißen Transporter, der schräg auf der Straße stand. Sarah erkannte, dass der Wagen vorne eingedrückt war, aber es sah gar nicht sonderlich dramatisch aus. Sie fragte sich, warum so viele Menschen sich dermaßen interessiert um einen langweiligen Blechschaden scharten. Da musste mehr passiert sein, denn einige Leute weinten sogar. Die Polizei traf ein, dicht gefolgt von einem Krankenwagen und einem Notarzt. Das blaue Licht blitzte unnatürlich durch die Szenerie. Sarah ging langsam zum nächsten Fenster, um es zu schließen. Von hier aus hatte sie einen besseren Blick auf das Geschehen, und jetzt erkannte sie, was passiert sein musste. Zwei Füße ragten unter dem Auto hervor, unnatürlich verdreht und nur noch mit einem Pumps bekleidet. Dort war jemand angefahren worden. Oder sogar überfahren.

Regungslos stand Sarah am Fenster und starrte hinunter. Die Füße bewegten sich nicht, schlaff und leblos ruhten sie auf dem Asphalt. Der Anblick brannte sich in Sarahs Kopf. Die Polizei drängte eilig die Menschen etwas zurück, um mehr Platz zu haben. Ein Mann saß zusammengesunken auf einem Bordstein, er zitterte am ganzen Körper, sein Gesicht war weiß, und Sarah empfand tiefes Mitleid mit ihm. Offenbar war er der Fahrer des Wagens. Eine Sanitäterin legte ihm eine Decke um die bebenden Schultern und sprach auf ihn ein, aber er starrte nur mit weit aufgerissenen Augen auf den Boden. Hinter ihr lief das Meeting weiter und Sarah schloss das nächste Fenster, unfähig, den Blick abzuwenden. Zwei Sanitäter krochen jetzt unter den

Transporter, und eine Tasche wurde herausgeschoben. Die Tasche des Unfallopfers. Sie war groß und rot. Sarah kannte sie. Es war die Tasche ihrer Mutter.

Kapitel 50

»Hey, Sarah! Alles klar bei dir?« Irritiert nahm Josh den Anruf an und rechnete aus alter Gewohnheit aus, dass es bei Sarah jetzt mitten in der Nacht sein müsste. Sie antwortete nicht.

»Sarah? Bist du dran? Hallo?« Vielleicht hatte sie ihn versehentlich angerufen. Er wollte gerade auflegen, als er ihren Atem hörte, ihr ersticktes, gurgelndes Atmen.

»Sarah?«, fragte er noch einmal. Er merkte jetzt, dass sie weinte. »Was ist denn los? Sprich mit mir.«

Er ging ins Schlafzimmer und zog die Tür hinter sich zu, obwohl er ohnehin allein in der Wohnung war. Er setzte sich aufs Bett und hörte ihrem Weinen zu. Sie klang so verzweifelt, wie er es nie zuvor gehört hatte. »Bitte, Sarah. Was ist passiert?«

»Meine Mutter ...«, sagte sie sehr leise, »meine Mutter ist tot.«

»Was? Was ist denn passiert?«

Er konnte es nicht glauben. Sarah hatte immer so viel von Ines erzählt, dass er das Gefühl hatte, sie selbst zu kennen, obwohl er sie nie persönlich getroffen hatte. Er hörte Sarahs Schluchzen, und es erschütterte ihn bis ins Mark.

Oh Gott. Ich wünschte, ich könnte dich jetzt umarmen, dich halten.

»Ich bin hier, Sarah. Ich bin bei dir.« Seine Stimme klang sanft und weich.

Es dauerte einen Moment, bis sie zu sprechen begann. »Sie hatte einen Unfall. Sie war auf dem Weg zu mir, in die Agentur. Ich saß im Meeting ... Ich hab es gehört, Josh. Ich hab den Unfall gehört. Die Reifen. Und den Knall.« Wieder weinte sie. »Sie ist angefahren worden ...«

Josh rieb sich die Stirn. »Mein Gott, Sarah. Es tut mir so leid.«

»Sie war sofort tot, Josh. Sie ist auf der Straße gestorben. Unter einem Auto.« Sie weinte wieder, und in ihr Weinen mischte sich ein gequälter Klagelaut.

»Wie konnte das passieren?«

»Ich weiß es nicht. Es gibt ein paar Zeugen, die sagen, sie ist bei Rot über die Straße gelaufen.« Sie atmete tief durch. »Ich weiß es nicht«, wiederholte sie. »Sie wollte zu mir. Wir waren verabredet, weil Dennis nicht da ist, und sie war ...« Ihre Stimme versagte mitten im Satz.

»Kümmert er sich um dich? Dennis?«

»Er weiß es noch gar nicht.«

»Was? Warum nicht?«

»Ich erreiche ihn nicht. Nur seine Mailbox. Ich hab' ihn schon tausend Mal angerufen, aber er meldet sich nicht. Er ist auf einer Party, glaube ich.«

»Wo bist du jetzt?«

»Zu Hause.«

»Allein?«

»Miriam war bis eben da. Sie hat mir eine Tablette gegeben, damit ich schlafen kann. Aber ich kann es nicht, Josh.

Ich habe ständig diese Bilder im Kopf, sobald ich die Augen schließe.«

»Welche Bilder?«

»Meine Mutter. Ihre schlaffen Füße unter diesem Auto. Es war so schlimm, Josh. Ich will das nicht sehen.«

»Ich weiß. Aber du musst schlafen, Sarah.«

»Meine Mutter ist tot.«

»Deine Mutter würde dir auch raten, zu schlafen. Du hast anstrengende Tage vor dir. Du brauchst Kraft.«

»Ja«, sagte sie. Und dann wieder: »Meine Mutter ist tot.« Er hörte, wie müde sie klang. Vielleicht schlief sie bereits ein?

»Wie soll ich denn ohne sie leben? Kannst du mir das sagen, Josh? Wie?«

Er atmete tief ein und aus. »Du kannst und du wirst ohne sie leben. Ich weiß, dass du dir das im Moment nicht vorstellen willst. Das musst du jetzt auch noch nicht. Aber es wird so sein.«

»Sie ist weg. Das kann doch nicht sein. Ich habe gestern noch mit ihr telefoniert. Und jetzt ist sie weg. Für immer.«

Er dachte nach. »Weißt du, ich bin kein religiöser Mensch. Ich weiß nicht, ob es ein Paradies gibt oder einen Himmel oder was auch immer. Ich kann dir nicht mit Sicherheit sagen, dass deine Mutter jetzt dort ist. Aber ich kann dir sagen, was ich empfunden habe, als meine Mutter gestorben ist: Für mich war sie nie weg. Sie ist immer noch hier. Ihre Energie, ihre Seele oder vielleicht auch nur ein Teil davon. Keine Ahnung. Aber irgendetwas bleibt, wenn man stirbt. Man kann es nicht greifen. Aber spüren. Manchmal mehr, manchmal weniger. Und ich bin sicher, dass du deine Mutter jetzt auch noch spüren kannst. Oder?«

»Ja«, flüsterte sie.

»Das ist schön«, sagte er.

»Oh, Josh, ich hab solche Angst.«

»Sprich mit mir darüber. Wovor fürchtest du dich?«

»Allein zu sein. Ich vermisse sie so«, murmelte sie, und ihre Worte wurden mit jeder Silbe schleppender, ihre Stimme träger.

»Hab keine Angst, Sarah. Du bist nicht allein. Ich bin da«, flüsterte er.

Sie seufzte und wisperte etwas Unverständliches. Dann hörte er nur noch ihren ruhigen Atem.

Schlaf gut, Sarah. Ich wünschte, ich könnte bei dir sein, wenn du wieder aufwachst.

Kapitel 51

Sarah wünschte, das alles würde nur ein schrecklicher Traum sein. Sie wollte nicht in diesem Restaurant sitzen. Leichenschmaus. Schon der Begriff verursachte bei ihr Übelkeit. Wie durch Watte hörte sie die gemurmelten Gespräche um sich herum. Sie fühlte sich schwach und leer, ihre Augen brannten. Sie sah die schwarz gekleideten Menschen, und obwohl sie wusste, dass jeder von ihnen ihr eben auf dem Friedhof kondoliert hatte, erinnerte sie sich an keinen einzigen.

»Waren die eben wirklich alle auf dem Friedhof?«, raunte sie leise zu Miriam, die neben ihr saß.

»Weiß nicht. Ich glaube schon«, antwortete sie.

»Ich kenne die meisten gar nicht.«

»Macht nichts. Dein Vater hat sie wahrscheinlich eingeladen.« Miriam lächelte sie an. »Möchtest du etwas essen?« Sie deutete auf die Platten mit belegten Brötchen und Kuchen, die in der Mitte des Tisches standen.

»Nein. Ich würde lieber gehen.«

»Das kannst du nicht machen, Sarah.«

»Ich weiß.« Sie schaute aus dem Fenster. Draußen

231

schien eine milchige Septembersonne, und der Rhein floss so ruhig wie immer vorbei. Schiffe zogen langsam stromabwärts, und ihr Anblick erinnerte Sarah an den Abend vor ein paar Wochen, als sie mit ihrer Mutter im Biergarten gewesen war. An ihrem Hochzeitstag. Es kam ihr vor, als sei es eine Ewigkeit her.

»Schön hier, nicht wahr?« Sarah drehte sich um. Ihr Vater hatte sich neben sie gesetzt und schaute ebenso hinaus. »Wir waren früher öfter zusammen hier, deine Mutter und ich. Deshalb habe ich hierher eingeladen.« Michael Lambrecht lächelte. »Sie war immer ganz verrückt nach den Windbeuteln, die es hier gab.«

Sarah schluckte trocken. »Mama mochte Windbeutel?«

»Und wie! Am liebsten mit richtig viel Sahne und Erdbeeren.«

Sarah versuchte sich vorzustellen, wie ihre Mutter hier gesessen hatte und mit Blick auf die Schiffe dicke Gebäckstücke verputzt hatte.

»Ich habe noch nie Windbeutel gegessen«, bemerkte sie.

»Leider bieten sie hier keine mehr an«, fuhr er fort. »Aber wenn du mal die Gelegenheit hast, welche zu probieren, mach das.«

Sarah nickte. Ihr Vater schenkte ihr ein tröstendes Lächeln. »Wie geht es dir, Sarah?«

»Ich fühle mich wie ein Planet, der aus der Umlaufbahn geraten ist.«

»Es wird besser werden. Es braucht nur Zeit.«

»Mag sein.«

Einen Moment lang schauten sie beide schweigend aus dem Fenster.

»Danke, dass du mir mit allem hier geholfen hast.« Sie

deutete auf die Trauergesellschaft. »Ich hätte das ohne dich nicht gekonnt.«

»Natürlich. Es war mir eine Ehre. Deine Mutter und ich waren schließlich zehn Jahre verheiratet.«

»Deine Rede war wunderschön.« Sie stockte. »Sehr liebevoll.«

»Ach, weißt du, deine Mutter war eine tolle Frau. Ich habe nur leider ganz schön lange gebraucht, um das zu merken.« Er atmete tief durch. »Zu lange. Umso mehr hoffe ich jetzt, dass es nicht zu spät für uns beide ist, Sarah.«

Sie sahen sich an, und ihr Vater knetete seine Hände. »Es wäre schön, wenn wir in Zukunft etwas mehr Kontakt hätten. Ich war zwar nicht der beste Vater bis jetzt ... Aber vielleicht ...« Er ließ den Satz unbeendet. »Ich bin für dich da, Sarah. Okay? Du bist nicht allein. Du hast immer noch mich.«

Sie spürte, wie ihr wieder Tränen in die Augen schossen. Er legte seinen Arm um sie, und sie lehnte sich müde hinein. »Danke.«

»Hättest du Lust, mich demnächst mal in Hamburg zu besuchen? Wir könnten ein paar Tage zusammen verbringen und alte Geschichten austauschen.«

Sie zuckte unsicher mit den Schultern. »Ja, vielleicht.«

»Ich würde mich sehr freuen.« Er strich eine Strähne seines vollen, weißen Haares zurück. »Denk einfach mal drüber nach, ja?«

»Natürlich. Das mache ich«, versicherte sie ihm.

»Worüber hast du eigentlich mit deinem Vater gesprochen?«, fragte Dennis, als sie ein paar Stunden später wieder zu Hause waren.

Sarah ließ sich in die weichen Kissen ihrer Couch sinken

und machte die Augen zu. Die Anspannung des Tages ließ langsam nach, was blieb, waren Erschöpfung und Traurigkeit. »Über Mama.«

Sie atmete tief aus und rieb sich die Schläfen. Den ganzen Tag über hatte sie Tabletten gegen Kopfschmerzen genommen, aber keine hatte gewirkt. »Und er hat mir versprochen, dass er für mich da ist.«

»Ach, auf einmal? Das fällt ihm ja früh ein.«

Sarah öffnete die Augen und fixierte Dennis mit ihrem Blick. Er zog sein Jackett aus und lockerte ächzend seine schwarze Krawatte. »Er hat mir schon in den letzten Tagen sehr geholfen. Ohne ihn hätte ich die Beerdigung niemals organisieren können.«

»Natürlich hättest du das gekonnt. Und ich finde es ziemlich daneben, dass er ausgerechnet jetzt meint, den liebenden Vater spielen zu müssen.«

Sarah sagte nichts dazu, und er drehte sich zu ihr um. »Findest du nicht auch?«

»Ach, Dennis.«

»Ich meine, er hat sich in den letzten Jahren ja auch nicht besonders um dich gekümmert. Weder mit persönlicher Nähe noch finanziell. Schön, er hat dir mal eine Reise geschenkt, aber sonst? Er kennt dich ja kaum.«

»Muss das jetzt sein?«

»Ich ärgere mich halt, weil er sich als Retter in der Not aufspielt. Ausgerechnet er. Ausgerechnet jetzt.«

»Findest du, dass ausgerechnet jetzt ein guter Zeitpunkt ist, meinen Vater schlechtzumachen?« Ihre Stimme zitterte. »Ich habe eben meine Mutter beerdigt, Dennis! Meine Mutter!«

Tränen liefen ihr jetzt über das Gesicht. »Seit sechs Tagen kann ich an nichts anderes denken. Wenn ich morgens aufwache, wünsche ich mir, dass es ein Alptraum war. Und wenn ich abends die Augen zumache, sehe ich ihre schlaffen Füße unter diesem Auto liegen. Ich kann nichts mehr essen, ich würde lieber kotzen. Ich fühle mich leer, so unendlich leer, als wäre ein Teil von mir mit ihr gestorben.« Sie atmete heftig und schnappte nach Luft. »Es tut so weh, ich könnte immerzu schreien. Sie ist tot, Dennis! Tot! Verstehst du das überhaupt? Sie war erst sechzig. Und sie wird nie mehr hier bei mir sein. Ich kann sie nie mehr um Rat fragen, ich werde überhaupt nie mehr mit ihr sprechen. Ich habe wahnsinnige Angst davor, ohne sie zu sein. Sie war immer da, immer!« Wütend spie sie ihre Worte hinaus. »Ich konnte mich nicht einmal von ihr verabschieden. Und das ist alles deine Schuld!«

Dennis riss die Augen auf. »Bitte, was? Meine Schuld? Was habe ich mit dem Tod deiner Mutter zu tun?« Sarah warf das Couchkissen zur Seite und sprang auf. »Du warst nicht da und nur deshalb wollte Mama überhaupt zu mir. Wenn du zu Hause gewesen wärest, dann … Mama wäre dann nicht nach Düsseldorf gekommen, sie wäre nicht über diese Straße gegangen, und sie wäre jetzt nicht tot.«

Sie starrten sich an. »Aber du wolltest ja unbedingt in Stuttgart bleiben, um mit deinen scheiß Kollegen zu feiern! Oder vielleicht hast du gar nicht gefeiert, sondern irgendeine Beraterin gefickt, während Mama gestorben ist. Ich weiß es nicht. Es ist mir auch egal, denn es spielt keine Rolle. Du warst nicht da, und nur deshalb ist Mama jetzt tot.«

Sie zitterte am ganzen Körper, und ihr Kopf dröhnte, laut und kreischend. Sie schrie ihren Schmerz in ein Kissen, bis sie endlich schluchzend in sich zusammensank. Alles in ihr fühlte sich kraft- und leblos an, erstickt von einer mächtigen Leere. In der Dunkelheit ihrer Trauer verlor sie jedes Zeitgefühl.

Als sie die Augen wieder öffnete, war es Nacht geworden. Der Alptraum währte noch immer. Vor ein paar Stunden hatte sie zugesehen, wie der Sarg ihrer Mutter in die Erde gesenkt wurde. Bewegungslos betrachtete sie eine flackernde Kerze, deren Schein sich im Fenster spiegelte. Sie hörte Dennis ruhig atmen und war sich einen Moment lang nicht sicher, ob er schlief, aber dann wurde sie sich bewusst, dass er sanft ihren Arm streichelte. Sie wagte nicht, sich bemerkbar zu machen, doch er sprach leise in die Stille hinein. »Es tut mir leid, Sarah.«

Sie schwieg, lag reglos da und betrachtete weiter die Kerze.

»Aber es war ein Unfall, und ich hoffe aus tiefstem Herzen, dass du das irgendwann erkennst. Aber auch ich trage Schuld. Ich hätte da sein sollen. Nicht nur an diesem Wochenende, auch an vielen anderen Tagen. Es tut mir leid. Ich liebe dich. Und ich hoffe, dass du mir verzeihen kannst.«

Kapitel 52

»Entschuldigung!« Aidan winkte fröhlich, als er näher kam.

»Schon gut. Du bist zu spät, aber was habe ich auch anderes erwartet? Ich weiß gar nicht, warum ich immer noch pünktlich zu unseren Verabredungen komme«, nörgelte Josh, ohne dabei unfreundlich zu klingen.

»Sorry! Trotzdem!«, Aidan strahlte. »Bist du bereit? Wir haben viel vor heute.« Er holte einen Zettel aus der Brusttasche seines Hemdes und deutete auf die Rückseite des Möbelhauses. »Wir müssen zur Abholstation, da sollte alles bereitliegen.«

»Dann steig ein. Was genau holen wir hier eigentlich?«, fragte Josh beiläufig, während Aidan sich auf den Beifahrersitz setzte. »Ein Babybett, eine Wickelkommode und einen Schrank. Und eine Matratze. Und einen Stuhl.«

Joshs Augen wurden mit jedem Teil größer. »Wie soll ich das denn alles transportieren?«

Aidan zuckte die Schultern. »Ach, dein Auto ist groß, und das sind doch alles Kindermöbel, die sind gar nicht so riesig. Wir machen das schon.«

»Aber du willst das nicht alles heute aufbauen, oder?«

Er schaute zu Aidan hinüber, der nur eine grinsende Grimasse zog. »Im Ernst? Alles heute?«

»Nein«, beschwichtigte Aidan. »Wir haben auch noch morgen Zeit. Kate kommt erst übermorgen wieder.«

Er räusperte sich. »Ich hab ihr allerdings versprochen, dass dann alles fertig ist. «

»Alter ...«, hob Josh an.

»Denk dran, du wirst Patenonkel!«, unterbrach ihn Aidan augenzwinkernd. »Das gehört zum Aufgabengebiet dazu.«

»Schon klar. Aber wir müssen heute fertig werden. Wenn ich morgen auch noch unterwegs bin, flippt Jenny aus.« Er parkte vor der Möbelausgabe. »Ich hoffe, du hast wenigstens kaltes Bier im Haus.«

»Selbstverständlich.«

Es war gegen Mitternacht, als sie endlich die letzte Schraube festzogen und die Wickelkommode an ihren vorgesehenen Platz rückten. Zufrieden setzten sie sich auf den Kinderteppich in der Mitte des Raumes, stießen miteinander an und betrachteten ihr Werk.

»Schönes Kinderzimmer. Hier wird sich der Bengel wohl fühlen«, stellte Josh fest.

»Ja, oder? Und Kate wird Augen machen.« Er klopfte Josh auf die Schulter. »Danke für deine Hilfe. Ich revanchiere mich gern, wenn es mal bei euch so weit sein sollte.«

Josh seufzte. »Gut zu wissen.«

Aidan drehte sich zu ihm. »Aber Jenny ist nicht auch schwanger, oder?!«

»Nein.« Josh legte sich auf den Boden und ließ seinen Blick über die Decke wandern, an der dutzende Sterne klebten. »Aber sie möchte ein Kind. Und zwar am liebsten jetzt.«

Aidan knipste das Licht aus und legte sich neben ihn.

Über ihnen strahlten die Sterne hell auf. »Und du?« Aidan nahm einen Schluck Bier. »Willst du das auch?«

»Keine Ahnung.«

»Warum nicht?«

»Jenny und ich ... Es ist gerade ... kompliziert. Ich weiß nicht, was los ist, aber irgendwas stimmt nicht.«

»Was soll das denn heißen? Habt ihr Krach?«

»Nein, nichtmal das. Ich kann es selber gar nicht richtig formulieren. Wir leben nebeneinander her, verstehst du?«

»Ich bin nicht sicher.«

Josh war nachdenklich. »Unser Leben und unsere Beziehung sind so alltäglich. Manchmal frage ich mich, ob das wirklich alles war. Wir haben keinen Streit, aber auch keinen Spaß miteinander.« Er zuckte mit den Schultern.

»Hm. Und sie?«

»Sie sagt auch, dass ihr etwas fehlt. Und zwar ein Kind.«

Aidan seufzte. »Könnte natürlich sein. Ein Kind bringt schon eine ganz neue Dynamik in eine Beziehung. Seit ich weiß, dass Kate die Mutter meines Sohnes wird, sehe ich sie mit ganz anderen Augen.«

»Ach, du und Kate ... ihr seid doch sowieso perfekt füreinander. Bei euch ist einfach logisch, dass ihr eine Familie gründet, eine natürliche Entwicklung. Aber ob das bei Jenny und mir auch so ist ...?«

»Warum nicht?«, fragte Aidan und fügte gleich hinzu: »Ich hab mich auch eine Weile geziert, als Kate die Idee hatte, ein Kind in die Welt zu setzen.«

»Im Ernst? Das wusste ich gar nicht.«

»Na ja, ich glaube, Frauen sind sich in solchen Dingen einfach sicherer. Aber jetzt kann ich es kaum noch erwarten, den kleinen Pupser auf dem Arm zu halten.« Er strahlte. »Ich werde Papa! Das ist so ein unbeschreibliches Gefühl!«

»Ja?«

»Allerdings. Ich sag' dir: Es ist der Sinn des Lebens! Ehrlich, Josh, wenn ich gewusst hätte, wie gut es sich anfühlt, hätte ich nicht so lange damit gewartet.«

»Das will Jenny auch nicht mehr. Aber ich würde lieber erst in ein, zwei Jahren darüber nachdenken. Wenn es sich wirklich richtig anfühlt.«

Aidan schnalzte mit der Zunge. »Ach, Josh, jetzt mal im Ernst: Ich glaube, du machst dir zu viele Gedanken. Warum willst du noch länger warten? Irgendwas ist immer. Du weißt doch selbst, wie schnell sich alles ändern kann. Wie schnell das Leben vorbei sein kann. Jeder von uns könnte morgen tot umfallen. Schau dir Sarahs Mutter an, die hat damit auch nicht gerechnet.«

Josh schluckte bei der Erinnerung an den Unfall, der erst ein paar Tage her war. Unvermeidlich schweiften seine Gedanken zu Sarah. Wie es ihr wohl jetzt gerade ging?

»Und jetzt überleg mal, Josh«, holte Aidan ihn zurück aus seinen Sorgen um sie. »Wenn du mal stirbst: Was bleibt dann von dir?«

Josh rieb seine Finger aneinander. Der Gedanke bereitete ihm Unbehagen. »Das Weingut«, sagte er und klang dabei fast trotzig.

»Und sonst?«, bohrte Aidan weiter, um sich selbst die Antwort zu geben: »Eben, sonst bleibt nichts von dir. Was für ein trauriger Gedanke.«

Josh schwieg einen langen Moment. Dann sagte er leise: »Vielleicht hast du recht.«

Sie blieben noch eine Weile im Kinderzimmer liegen, tranken Bier und schauten an die Decke, von wo die Klebesterne auf sie hinableuchteten.

Kapitel 53

Ein Jahr später

Die Grabkerze flackerte auf, und Sarah steckte ihr Feuerzeug wieder weg. Sie erhob sich, betrachtete die frisch gepflanzten Blumen und wischte mit einem Finger einen Erdkrümel vom schlichten Holzkreuz herunter.

»Bald bekommst du einen richtigen Grabstein, Mama. Wir haben einen ganz schönen für dich ausgesucht. Er wird dir gefallen.« Sie sprach leise, obwohl niemand zu sehen war. »Wusstest du, dass man so lange warten muss, bis man einen Grabstein aufstellen darf? Fast ein Jahr!« Sie klopfte sich die schmutzigen Hände ab. »Ein Jahr. Ach, Mama, manchmal kommt es mir vor, als wäre der Unfall erst gestern passiert. Und an anderen Tagen fühlt es sich an wie eine Ewigkeit. Komisch, oder?« Sie blinzelte in die Sonne. »Heute war ich schon ganz früh in der Agentur. Mir ist gestern Nacht eine wirklich gute Idee eingefallen, und ich wollte sie unbedingt schnell umsetzen. Meistens sind die Ideen, die mir mitten in der Nacht kommen, am nächsten Morgen ja gar nicht mehr so toll.« Sie lachte. »Aber die

war echt gut. Die anderen waren auch ganz begeistert.«
Ihr Handy klingelte und sie zögerte kurz, weil sie es immer
unpassend fand, auf dem Friedhof zu telefonieren. Aber
sie sah, dass es ein Anruf von Dennis war, also nahm sie ab.
»Hallo, Dennis.«

»Hey, alles klar? Ich ...«

»Ich bin auf dem Friedhof, können wir nicht später telefonieren?«, schnitt sie ihm das Wort ab.

»Ähm, das ist schlecht. Es dauert auch nicht lange.«
Unwillig drehte Sarah sich vom Grab weg und ging ein
paar Schritte zu einer Parkbank. »Was ist denn los?«

»Tja, ich hab eine gute und eine nicht ganz so tolle
Nachricht. Welche willst du zuerst hören?«

»Die schlechte.«

»Okay. Aber lass mich auf jeden Fall ausreden, ja?«

»Von mir aus.«

Sie hörte, wie er Luft holte. »Also, die schlechte Nachricht ist, dass wir unseren Sommerurlaub verschieben
müssen, ich habe gerade einen Auftrag bekommen, der
genau in diese Zeit fällt.«

Es überraschte sie nicht. Es ärgerte sie nicht einmal
mehr. Es war nur eine weitere Bestätigung dafür, dass
Dennis seinen Job inzwischen wieder wichtiger nahm als
seine Ehe – so wie vor dem Unfall.

Natürlich, er hatte sich im letzten Jahr bemüht. Vielleicht hatte er endlich gespürt, dass er dabei war, Sarah
zu verlieren. Dass er sie wahrscheinlich längst verloren
hätte, wenn der Tod ihrer Mutter Sarah nicht alle Kraft
genommen hätte.

In den ersten drei oder vier Monaten nach Ines' Tod
hatte er es tatsächlich geschafft, fast jedes Wochenende
nach Hause zu kommen. Sie waren sogar über Weihnach-

ten und Neujahr zusammen nach Südafrika geflogen, weil Sarah sich das gewünscht hatte. Es war erwartungsgemäß kein unbeschwerter Urlaub geworden, aber die afrikanische Sonne hatte ihr Gemüt aufgehellt, und die fremde Umgebung mit all ihren Tieren und Landschaften hatten sie wenigstens zwischendurch abgelenkt.

Aber dann, es war noch im Januar gewesen, hatte Dennis die Chance auf eine Beförderung erhalten. Sie bedeutete, dass er zwar nicht mehr von Montag bis Freitag irgendwo in Deutschland unterwegs war, sondern dauerhaft zu Hause sein würde. Dafür musste er nun weltweite Projekte übernehmen, die seine Anwesenheit vor Ort entweder nur wenige Tage oder einige Wochen lang forderten. Sarah wusste, wie sehr Dennis seinen Job liebte und wie stolz er auf diese Beförderung war. Hätte sie ihn bitten sollen, sie abzulehnen? Durfte sie das überhaupt? Und lag in diesem neuen Alltag nicht auch eine Chance für ihre Ehe?

Seit einem halben Jahr lebten sie nun schon so. Zunächst war es ungewohnt gewesen, unter der Woche keine Fernbeziehung mehr zu führen. Plötzlich mussten sie alles Mögliche miteinander absprechen, was sie früher allein entschieden hatten. Wer kaufte ein, wer putzte das Bad, was sollten sie abends machen? Sie hatten sich irgendwie damit arrangiert, aber als Dennis zu seinem ersten Auslandsjob aufgebrochen war, hatte Sarah erschrocken festgestellt, wie wenig sie ihn vermisste. Wie gut sie noch immer auch ohne ihn zurechtkam.

Im April, während Dennis ein paar Wochen in Tokio war, hatte sie das Haus ihrer Mutter ausgeräumt, und als er im Mai nach Kopenhagen musste, war sie bis Hamburg mitgefahren, um ihren Vater zu besuchen. Oberflächlich war zwischen ihnen alles okay, aber wenn sie manchmal am Grab stand, erzählte Sarah ihrer Mutter von ihren Gedanken. Am Anfang, in den ersten Wochen nach Ines' Tod, hatte Sarah die Gespräche mit ihr am meisten vermisst. Ihre Ratschläge und ihre Fähigkeit, zur richtigen Zeit die richtigen Fragen zu stellen. Aber mit der Zeit hatte sie gemerkt, dass ihr auch das Reden selbst schon half. Es war wohltuend, die eigenen Gedanken zu formulieren, wie beim Schreiben eines Tagebuchs.

Hier war ihr die Idee gekommen, vor der weihnachtlichen Besinnlichkeit in den Urlaub zu flüchten, und hier hatte sie gemerkt, dass es an der Zeit für die Auflösung des Hauses war. Hier war auch der Ort, an dem sie so oft über ihre Ehe nachdachte. Sie hatte ihrer Mutter erzählt, wie besorgt sich Dennis nach ihrem Tod um sie kümmerte, und sich dabei gefragt, ob er sich aus Liebe oder aus Mitleid so verhielt. Sie war sich nach wie vor nicht sicher, ob Dennis an diesem schicksalhaften Wochenende fremdgegangen war – aber in den ersten Monaten hatte ihr die Kraft dazu gefehlt nachzuforschen. Trotzdem hatte sie sich mehr als ein Mal gefragt, ob sie noch mit Dennis verheiratet wäre, wenn der Unfall nicht passiert wäre. Aber darauf fand sie nie eine Antwort. »Und was ist die gute Nachricht?«, fragte Sarah.

»Die gute Nachricht ist: Ich muss für acht Tage nach Neuseeland. Und du kommst mit.«

Kapitel 54

»Und du? Bist du dabei oder nicht?«

Josh leuchtete mit der Taschenlampe in die geöffnete Klappe seiner Flaschenabfüllanlage. Seit zwei Stunden war er schon damit beschäftigt, den Fehler zu suchen, aber er fand ihn nicht. Es war zum Verrücktwerden. Er brauchte diese Maschine, gerade jetzt. Aber seit sie heute Morgen mitten in der Produktion einen lauten Knall von sich gegeben hatte, stand sie still und weder sein Vater, noch Nigel hatten das Problem gefunden, geschweige denn gelöst.

»Josh? Hörst du mir überhaupt zu?«, maulte Jenny, die hinter ihm im Türrahmen lehnte. Er drehte sich um. »Was? Was hast du gesagt?«

Sie rollte genervt die Augen. »Ich habe gefragt, ob du mitkommen möchtest.«

Er hatte keine Ahnung, wovon sie sprach. Genau genommen hatte er nicht einmal bemerkt, dass sie dort stand. »Wohin mitkommen?«

Jenny seufzte lautstark. »Das hab ich dir doch erzählt! Monica feiert ihren Geburtstag, und wir sind eingeladen.«

Josh überlegte. »Monica?«

»Eine Freundin von mir, wir waren zusammen in der Schule. Wir haben sie mal auf dem Flohmarkt getroffen, erinnerst du dich? Klein, dunkle Haare, Brille. Sie wohnt jetzt in Wellington.«

»Aha.« Josh hatte immer noch keine Ahnung, von wem sie sprach.

»Sie hat uns jedenfalls zu ihrem Geburtstag eingeladen, am 25. August. Es kommen noch ein paar Leute aus meiner alten Klasse. Wahrscheinlich will sie nur mit ihrem neuen Haus angeben«, überlegte Jenny. »Also, kommst du mit oder nicht? Wie gesagt, die Party findet in Wellington statt, wir müssten mit der Fähre rüberfahren.«

»Auf die Nordinsel? Nur für eine Party?« Josh ließ stirnrunzelnd seine Taschenlampe sinken und schaute fragend zu Jenny.

»Naja, nur für die Party lohnt es sich natürlich nicht. Ich würde noch ein, zwei Tage dranhängen. Ein bißchen shoppen gehen und so.« Sie machte eine Pause. »Ich muss einfach mal raus hier und was anderes sehen.«

Josh zog die Nase kraus. »Äh, ich weiß nicht ...«

»Du kannst auch gern hier bleiben. Ich weiß sowieso, dass du keine Lust auf meine Freunde hast.«

Das stimmte, er konnte mit den meisten von Jennys Bekannten nichts anfangen, und die Aussicht, mit ihnen auf einer Party rumzuhängen und dafür so einen Aufwand zu betreiben, empfand er nicht gerade als verlockend. Aber wäre Jenny nicht wieder beleidigt, wenn er ablehnen würde? Erst vor wenigen Wochen hatte sie ihm eine Szene gemacht, weil er sie nicht auf eine Familienfeier begleitet hatte. Er war unmöglich gewesen, die Arbeit an diesem Wochenende einfach unaufschiebbar, aber sie hatte dafür keinerlei Verständnis gezeigt.

»Wenn du möchtest, komme ich natürlich mit«, sagte er diplomatisch und schraubte wieder an der Anlage. »Schon gut, ich habe mir das schon gedacht. Ich fahre mit Susan, ich habe schon mit ihr gesprochen. Wir nehmen uns zusammen ein Zimmer und lassen uns ein bisschen Großstadtluft um die Nase wehen. Wir machen uns ein schönes Mädchenwochenende.«

Im gleichen Moment sprang die Anlage wieder an. Überrascht machte Josh einen Satz zurück und verriegelte die Klappe, ohne zu wissen, wie er das geschafft hatte. »Sie funktioniert!«, strahlte er und dachte nicht darüber nach, dass Jenny offenbar schon fest damit gerechnet hatte, ohne ihn zu fahren. Sie lächelte. »Schön. Ich buche dann jetzt mal ein Hotelzimmer und die Fähre für Susan und mich.« Sie dachte kurz nach. »Ach, vielleicht bleibe ich dann gleich bis Montag.«

Kapitel 55

»Und wann kommt ihr zurück? Doch hoffentlich rechtzeitig!« Miriam rührte so schwungvoll in ihrer Tasse, dass der Kaffee überschwappte.

»Natürlich! Wir landen donnerstags wieder in Frankfurt … Ganze zwei Tage vor deinem großen Tag! Glaubst du im Ernst, ich verpasse deine Hochzeit?« Sarah lachte.

»Darauf freue ich mich seit zwanzig Jahren!«

»Ich auch. Oh Gott, ich bin so aufgeregt!« Miriam lächelte verträumt, konzentrierte sich dann aber wieder auf ihr eigentliches Gesprächsthema. »Ist denn schon alles gebucht?«

»Ja. Wir fliegen ja schon nächste Woche. Nach Auckland. Dennis bleibt dort, um zu arbeiten, und ich nehme mir einen Mietwagen und fahre ein bißchen herum. Acht Tage Neuseeland, das ist total verrückt, wenn man bedenkt, dass allein der Hinflug schon dreißig Stunden dauert. Aber Neuseeland … Wie hätte ich da nein sagen sollen? Wer weiß, wann sich die Gelegenheit mal wieder ergibt? Außerdem würde ich gerne Margaret und Steve noch einmal sehen.«

»Und Josh!« Miriams Augen leuchteten mit einem Mal ganz aufgeregt, und in Sarah zog sich alles zusammen. Sie biss sich nervös auf ihre Lippen. »Ich weiß noch nicht so recht, ob ich ihn treffe.«

»Was? Warum nicht?!«

Sarah druckste herum. »Wäre das nicht komisch? Wir haben uns so lange nicht gesehen. Ich hab Angst, dass wir gar nicht wissen, worüber wir reden sollen.«

Miriam lachte und schüttelte den Kopf. »Das ist der größte Quatsch, den ich heute gehört habe. Und das heißt schon eine Menge. Was soll das denn heißen, ›Ich weiß nicht, worüber wir reden sollen.‹ Ihr redet doch über alles Mögliche!«

»Ja, schon, wir mailen uns manchmal. Oder schreiben SMS. Aber das ist doch etwas anderes, als wirklich miteinander zu sprechen. So von Angesicht zu Angesicht.«

»Ich dachte, ihr telefoniert auch!«

»Ja, schon ...«

»Hä, wo ist da der Unterschied?!«

Miriam hatte ja recht. Sogar mehr, als sie wusste. Gerade seit dem Tod ihrer Mutter hatte sie häufiger Kontakt mit Josh gehabt. In manchen Nächten, wenn die Trauer ihr den Schlaf geraubt hatte, war er der Einzige gewesen, an den sie sich wandte. Während alle anderen schliefen, hatte er ihr Trost gespendet. Wenn sie sich vor den langen, schlaflosen Stunden in der Dunkelheit der Nacht fürchtete, hatte er für sie den Sonnenuntergang in Neuseeland fotografiert, um ihr zu zeigen, dass die Sonne nur noch wenige Stunden von ihr entfernt war. Sarah hatte niemandem davon erzählt, nur ihrer Mutter, wenn sie an ihrem Grab stand.

»Trotzdem. Ich fürchte mich irgendwie davor«, sagte sie. »Ich habe Angst, dass es danach nicht mehr so wäre wie jetzt. Oder dass er mit Jenny aufkreuzt. Und darauf hätte ich nun wirklich gar keine Lust.«

Miriam zuckte mit den Schultern. »Dann lass es. Es zwingt dich ja keiner.« Sie drehte gedankenverloren an einer Haarsträhne. »Kennt Dennis eigentlich eure Geschichte?«

»Na ja, er weiß, dass es Josh gibt. Aber ich glaube, er hält ihn für einen tumben, neuseeländischen Bauern, der ihm sowieso nicht das Wasser reichen kann.«

Miriam spitze die Lippen. »Oha. Und du lässt ihn in dem Glauben?«

»Ganz ehrlich? Warum sollte ich ihm unsere ganze Geschichte erzählen? Sie würde ihn nur unnötig nervös machen. Josh ist doch nur ein alter Freund.«

»Ja, klar. Weiß Josh denn, dass du nach Neuseeland fliegst?«

Sarah schüttelte den Kopf. »Ich habe es ja selbst gestern erst erfahren. Ach, Miri, ich hab keine Ahnung, was ich machen soll. Das kommt so unerwartet. Und so schnell. Nächste Woche bin ich schon da!«

»Wenn du ihn nicht sehen willst, bleib halt auf der Nordinsel, da wirst du ihm wohl nicht begegnen.« Miriam legte den Löffel zur Seite und biss in das Plätzchen, das zum Kaffee serviert worden war. »Aber dann wärst du schön dämlich, wenn du meine Meinung hören willst.«

Kapitel 56

Als Josh den Weinkeller verließ, war er froh, allein zu sein. Er hatte die letzten Stunden erneut damit zugebracht, die Abfüllanlage zu reparieren, und das metallische Klappern und Zischen der Maschine waren unangenehm laut. Als er jetzt den obersten Treppenabsatz erreicht hatte, blieb er unvermittelt stehen und lauschte. Die Stille war außergewöhnlich, selbst für die späte Uhrzeit. Kein einziger Laut war zu hören, weder von nah, noch von fern, nicht einmal Blätter raschelten im Wind. Trotzdem hatte Josh nicht das Gefühl, dass etwas fehlte, im Gegenteil, die Stille war nur präsenter als sonst. Über ihm stand der Mond voll und ungewohnt nah am Himmel und ließ die Weinstöcke lange Schatten werfen.

Kapitel 57

Vielleicht war es der Vollmond, die Zeitverschiebung oder einfach ihre Nervosität, Sarah kam in dieser Nacht nicht zur Ruhe. Sie drehte sich in ihrem Hotelbett hin und her, aber egal, wie sie sich legte, sie fand nicht in den Schlaf. Was machte sie hier bloß? Sie hätte doch genauso gut bei Dennis in Auckland bleiben können! Oder gleich ganz in Deutschland. Aber nein: Stattdessen lag sie nun in diesem Hotelzimmer in Wellington und war aufgeregt.

Dieses Gefühl begleitete sie schon seit zwei Tagen, seit sie in Neuseeland gelandet war. Den ersten Abend hatte sie mit Dennis verbracht und ihm ein paar Ecken in Auckland gezeigt, an die sie sich erinnerte. Erleichtert hatte sie festgestellt, dass sie vieles wiedererkannte, obwohl es fast zwölf Jahre her war, seit sie zum letzten Mal hier gewesen war.

Gleich am nächsten Morgen hatte sie sich einen Mietwagen genommen und war in Richtung Süden aufgebrochen. Die Strecke bis Wellington war weit, aber sie konnte nicht anders, als sich Zeit zu nehmen. Wie damals mit Miriam hielt sie immer wieder an, um die Landschaften auf sich wirken zu lassen. Sie war schon einige Stunden unterwegs, als sie auf einer Anhöhe eine Pause machte. Sie stieg aus dem Wagen, lief ein paar Schritte und betrachtete die Ebene. Die blasse Wintersonne ließ die Wolken in Schatten über Felder und Platanen gleiten und der Fluss Whanganui mäanderte silbrig funkelnd in der Ferne. Die Weite des Landes verzauberte sie noch immer, aber anders als früher wirkte sie heute nicht mehr verheißungsvoll und voller Abenteuer, sondern befreiend, als hätten ihre Gedanken hier endlich genug Raum, um sich zu entfalten. Sarah atmete die kühle, würzige Luft ein und fühlte sich mit jedem Atemzug lebendiger. Zum ersten Mal seit Monaten spürte sie ein Kribbeln in sich, das sie lächeln ließ. Sie dachte an ihre Mutter, aber jetzt und hier hatten die Gedanken an sie keine Schwere, sondern waren leicht und liebevoll. Sarah war überrascht und erstaunt – aber sie war tatsächlich einfach glücklich.

In diesem Moment hatte sie keine Zweifel mehr, im Gegenteil, sie war sich jetzt so sicher, dass sie sich wunderte, was sie so lange hatten zögern lassen. Natürlich musste sie Josh treffen! Sie hatte noch auf der Anhöhe stehend seine Nummer gewählt und weil nur seine Mailbox erreichbar war, darauf gesprochen, dass sie morgen bei Margaret sei und sich freuen würde, wenn er vorbeikäme. Beim Auflegen hatten ihre Hände gezittert, voller Vorfreude.

Sarah setzte sich im Bett auf und sah auf die Uhr. Es war kurz nach Mitternacht und damit war es ganze fünf Stunden her, seit sie ihre Nachricht hinterlassen hatte. Fünf Stunden, in denen sie auf eine Antwort wartete, und fünf Stunden, in denen sich ihr Gedankenkarussell um Josh drehte. Warum meldete er sich nicht? Hatte er seine Mailbox nicht abgehört? War ihm etwas passiert? Oder wollte er sie nicht treffen? Aber warum nicht? Ja, sie selbst hatte sich davor gefürchtet, aber sie hatte sich doch auch dazu durchgerungen! Sie waren doch nur Freunde! Oder?

Kapitel 58

War es denn nicht normal, dass er so aufgeregt war? Immerhin hatte er Sarah seit fast zwölf Jahren nicht gesehen, wie sollte er da nicht nervös sein? Seit er gestern Nacht ihre Nachricht abgehört hatte, war er mit jeder Stunde unruhiger geworden. Zuerst hatte er sich einfach nur gefreut, dass er sie sehen würde, aber dann hatte er sich plötzlich gefragt, warum sie ihren Besuch nicht früher angekündigt hatte. Gut, sie hatte erwähnt, dass sie selbst erst seit einer Woche davon wusste, aber warum hatte sie ihm nicht sofort Bescheid gesagt? Wollte sie ihn eigentlich gar nicht sehen? Und wenn nicht: Warum nicht?

Josh hielt in seinen Pick-up hinter dem roten Kleinwagen. War das ihr Mietauto? Natürlich, Margaret und Steve fuhren nicht mehr, und seit sie ihr B&B vor zwei Jahren geschlossen hatten, parkte kaum jemand anderes vor ihrem Haus. Er räusperte sich, warf einen Blick in den Rückspiegel und richtete noch einmal seine Haare, bevor er ausstieg. Er nahm die Kiste Wein, die er Margaret versprochen hatte, unter den Arm und ging zur Eingangstür. Mit jedem Schritt befahl er sich, entspannt und locker zu wirken, aber es mochte ihm nicht recht gelingen. Er klopfte an der Tür und stellte sich vor, dass Sarah jetzt gerade in Margarets Wohnzimmer saß und er sie gleich dort sitzen sehen würde. Aber dann wurde die Tür geöffnet, und sie stand direkt vor ihm. Er sah sie an und lachte verblüfft auf. »Sarah.«

»Hallo, Josh.«

Umständlich stellte er die Weinkiste ab und umarmte sie. Er spürte ihre Hände auf seinem Rücken, atmete den Duft ihrer Haare ein und hielt sie sekundenlang fest in seinen Armen.

Du fühlst dich genau wie früher an.

Als sie erleichtert ausatmete, wusste er, dass sie genau das Gleiche empfand.

»Hallo, Josh!«, grüßte Steve laut aus dem Nebenzimmer, und Josh hörte, wie Margaret etwas raunte und Steve nur verständnislos »Was denn?« entgegnete.

Er ließ Sarah los und betrachtete sie. Sie hatte sich kaum verändert, klein und zierlich stand sie vor ihm, genauso wie früher. Nur ihre Haare fielen inzwischen etwas kürzer über ihre Schultern.

»Wow, es ist echt schön, dich zu sehen.«

Sie nickte lachend und ihre dunklen Augen glänzten. Erst als sie sich verstohlen durch das Gesicht wischte, erkannte er, dass sie Tränen in den Augen hatte.

»Herrje ... Ich heule gar nicht. Ich hab nur was ins Auge bekommen«, behauptete sie verlegen.

Er grinste. »Du musst dich nicht rausreden. Ich bin halt ein Frauentyp, so werde ich öfter begrüßt.«

Sie lachten und Margaret rief aus dem Wohnzimmer: »Also mich hast du noch nie zum Weinen gebracht, Josh! Und jetzt kommt rein und macht die Tür zu, es wird schon ganz kalt hier drin!«

Margaret und Steve saßen nebeneinander auf einem Zweisitzer, und Sarah sank in den Ohrensessel, in dem sie offenbar auch schon vor Joshs Ankunft gesessen hatte. Josh ließ sich ihr gegenüber auf das zweite Sofa fallen. Auf dem Tischchen in der Mitte standen Scones, Marmelade und Sahne. Margaret schenkte Josh einen Tee ein und während sie an ihren Tassen nippten und die süßen Brötchen aßen, plauderten sie über die vergangenen Jahre, Gott und die Welt.

»Miriam heiratet nächste Woche, ist das nicht toll?«, strahlte Sarah in die Runde.

Margaret verschluckte sich bei dieser Nachricht fast. »Miriam? Aber doch nicht den ... Stinker? Wie hieß er noch?«

Sarah lachte. »Mathis. Aber nein, die beiden sind längst getrennt. Mathis wollte unbedingt in eine Kommune in Südfrankreich ziehen, und das war dann selbst Miriam zu viel des Guten ... Nein, Miriam ist inzwischen Krankenschwester und haltet euch fest: Sie heiratet einen Arzt.«

»Oh, das freut mich für sie«, Margaret lächelte.

»Ja, mich auch. Er heißt Kai und ist wirklich nett. Die beiden passen perfekt zusammen. Aber wegen ihrer Hochzeit habe ich nur acht Tage Zeit in Neuseeland ... Ein wenig knapp. Aber besser als nichts, oder?«

»Definitiv«, sagte Josh, und sie wechselten lächelnd einen Blick.

»Hochzeiten sind wunderbar!«, erklärte Steve. »Wollt Ihr mal die Hochzeitsbilder von unseren Jungs sehen?«

Ohne eine Antwort abzuwarten, holte er die Fotos aus dem Schrank und reichte sie herum. Dann präsentierte er stolz auch noch einige Fotos seiner Enkel.

»Die roten Haare ... Das ist Rory, oder? Und das muss

Gilian sein«, bemerkte Sarah und Steve nickte. »Ja, sie sind jetzt fünf und acht.«

»Du kennst die Namen von den Kindern?«, wunderte sich Josh.

»Natürlich. Margaret und ich schreiben uns regelmäßig. Wusstest du das nicht?« Sarah legte den Kopf schief.

»Nein, ich hatte keine Ahnung. Margaret, warum hast du das nie erwähnt?«

»Du hast mich ja nie gefragt«, antwortete sie schulterzuckend.

Kopfschüttelnd lehnte er sich zurück, und Sarah zwinkerte ihm amüsiert zu.

Du bist hier. Keine zwei Meter von mir entfernt.

Er konnte es immer noch nicht glauben. Er zwang sich, nicht ständig zu ihr hinüber zu sehen, und fühlte sich ertappt, wenn sie ihn ansah. Sie lachte und gestikulierte, erzählte von ihrer Reise hierher und vom starken Seegang, den sie auf der Fähre zwischen der Nord- und der Südinsel erlebt hatte. Als sie die Überfahrt erwähnte, sah Josh kurz Jenny vor sich, die wahrscheinlich gerade in diesem Moment mit der Fähre in Wellington ankam. Ob ihr jetzt übel war? Oder hatte sie die Fahrt genossen und freute sich auf das Wochenende mit ihren Freundinnen? Und sollte er ihr doch noch erzählen, dass Sarah hier war? Gestern Nacht, als er selbst davon erfahren hatte, war sie schon längst eingeschlafen, und heute Morgen war sie hektisch mit Packen beschäftigt gewesen. Jenny war grundsätzlich auf jede Frau eifersüchtig, aber Sarah war für sie ein besonders rotes Tuch, warum auch immer. Schon wenn sie mitbekam, dass er mit Sarah telefonierte oder eine Nachricht von ihr bekam, kommentierte sie das jedes Mal spitz. Wenn sie nun erführe, dass Sarah hier bei ihm war, würde ihr dieses Wissen das ganze Wochenende vermiesen. Vermutlich käme sie deshalb sogar früher zurück. Nein, es war schon besser, dass er es ihr nicht mitgeteilt hatte. Sarah war schließlich nur eine alte Freundin. Und sie war doch nur einen einzigen Tag hier.

»Josh, isst du mit uns, oder wartet Jenny mit dem Essen auf dich?«, fragte Steve in seine Gedanken hinein.

Josh kratzte sich am Kopf. »Nein, äh ... Jenny ist gar nicht da, sie ist in Wellington auf einer Party. Ich würde gern mit euch essen, wenn euch das passt.«

»Sie ist in Wellington?«, staunte Sarah. »Dann hätte ich sie ja fast getroffen.«

»Naja, sie ist heute morgen erst losgefahren.« Er schaute auf den Boden. »Kann ich denn in der Küche helfen?«

»Auf keinen Fall«, bestimmte Steve. »Du darfst nur den Tisch decken und den Wein servieren.«

»Das bekomme ich hin.«

»Schade, dass wir nicht draußen sitzen können«, bedauerte Sarah, während sie das Besteck verteilte und einen Blick in den winterlichen Garten warf. Die Pflanzen und das Gras waren von einer leichten Frostschicht überzogen, die im Mondlicht glänzte.

»Stimmt«, pflichtet Margaret ihr bei. »Aber bald kommt der Frühling, Gott sei Dank. Ich kann es kaum erwarten.«

»Der Garten ist einmalig, zu jeder Jahreszeit«, sagte Josh und schenkte Wein in die Gläser. »So, ich darf vorstellen: der Sauvignon blanc vom letzten Jahr. Mit besten Empfehlungen von ,Eight Poplars‘.«

Sarah nahm ein gefülltes Glas in die Hand und hielt es gegen das Licht. »Strohgelb und sehr klar«, bemerkte sie und sah fragend zu Josh. Er nickte zustimmend. »Und das Bukett?«

Sie atmete den Duft des Weins ein und dachte einen Moment lang nach. »Fruchtig, typisch Sauvignon blanc. Ich würde sagen: Passionsfrucht, ganz eindeutig. Und ...«, sie roch noch einmal. »... Stachelbeere. Aber da ist noch etwas anderes ... etwas Scharfes. Pfeffer?«

»Jalapeno. Sehr gut.« Josh lächelte anerkennend.

Jetzt nahm sie leise schlürfend einen Schluck. »Eine frische Weinsäure, sehr harmonisch.« Sie schloss die Augen und schmeckte kurz nach. »Und ein langer Abgang. Mit Papaya.« Dann öffnete sie die Augen wieder. »Oder?«

Er staunte. »Beeindruckend. Du hast wirklich Fortschritte gemacht. Wo hast du das gelernt?«

»Ach, vor vielen Jahren hab ich mal auf einem Weingut gearbeitet. Und seitdem interessiere ich mich für Wein. Manchmal gehe ich zu Weinproben und gebe mit meinem Insiderwissen im Weinbau an.« Sie lachten und stießen alle miteinander an.

»Auf uns alle und diesen Abend!«, verkündete Steve.

Das Essen war köstlich, Margaret hatte zur Feier des Tages nach der Vorspeise einen Lammbraten mit Minzsoße kredenzt, den Josh mit einem feinen Pinot Noir perfekt ergänzte.

»Das war hervorragend! Ich habe lange nicht so gut gegessen. Vielen Dank euch beiden!«, sagte er zu Margaret und Steve, als alle satt vor ihren leeren Tellern saßen.

»Mir geht es genauso«, Sarah nickte. »Danke.«

»Bist du sicher, dass du morgen schon weiterfahren willst?« Margaret schaute zu Sarah.

»Ich habe ja nur acht Tage Zeit ... Ich möchte noch ein bißchen von der Südinsel sehen, bevor ich zurück nach Deutschland muss. Bei meinem letzten Aufenthalt hier hab ich ein paar der schönsten Ecken verpasst. Das muss ich unbedingt nachholen.«

»Josh, dann musst du morgen wiederkommen und mit uns essen. Es ist noch so viel übrig«, sagte Steve.

»Das wird nicht gehen, leider. Ich muss morgen nach Kaikoura, zu einem Kundentermin.«

»Nach Kaikoura? Oh, Sarah, da musst du auch hin! Da kannst du Wale sehen.«

»Ich bin dort schon mal vorbeigefahren, aber aus dem Auto habe ich keinen entdeckt.«

Margaret wischte diesen Einwand sofort zur Seite. »Dann fahr noch einmal hin. Es ist so schön dort! Und die Wale muss man gesehen haben! Nicht wahr, Josh?«

»Seit wann bist du so ein Walfan?«, fragte Steve seine Frau, aber sie ignorierte seine Frage gekonnt. Josh nickte stumm. Als er bemerkte, dass ihn alle ansahen, fügte er rasch hinzu: »Man kann mit dem Boot zu den Walen rausfahren.«

Plötzlich klatschte Margaret in die Hände, und Josh zuckte zusammen. »Ich hab's!«, jubelte sie. »Ihr beiden könntet doch gemeinsam dorthin fahren. Was für eine tolle Idee!«

Nach Kaikoura? Mit Sarah allein? Und wie sollte er das Jenny erklären?

Josh schaute überrascht zu Sarah hinüber, die ihn genauso fragend ansah.

»Äh, ich muss dort arbeiten, und ich weiß gar nicht …«, begann er, aber Margaret unterbrach ihn gleich wieder.

»Du kannst ja erst arbeiten. Und danach schaut ihr euch die Wale an. Herrgott, Josh. Jetzt sei mal ein bißchen gastfreundlich. Sarah ist den ganzen Weg von Deutschland hierhergekommen, da wirst du wohl ein paar Stunden erübrigen können.«

»Ich verstehe das schon. Kein Problem …«, warf Sarah ein und schaute auf die Tischdecke.

»Nein, Margaret hat recht.« Josh drehte das Weinglas in seinen Händen. »Hättest du denn überhaupt Lust dazu, morgen Wale zu sehen? Mit mir?«

Gespannt schwiegen alle, bis Sarah endlich antwortete.

Bitte sag ja.

»Natürlich, gern.« Sie lächelte.

»Wunderbar!«, rief Margaret und lachte über das ganze Gesicht. »Darauf trinke ich gleich noch ein Glas!«

Kapitel 59

Sarah betrachtete ihr Spiegelbild im Glas des Schaufensters. Sie fuhr sich durch die Haare, zupfte an ihrem Pullover und zog ihre Mütze tiefer ins Gesicht. Hier in Kaikoura war es deutlich kälter als bei ihrer Abfahrt von Margaret und Steve.

Sie dachte nur ungern an den Morgen zurück. Der Abschied von den beiden war so traurig gewesen. Margaret hatte ihr mehrfach das Versprechen abgenommen, bald wieder zu schreiben, und auch Steve hatte sich ungewohnt emotional gezeigt und sie beim Abschied lange umarmt. Sarah war mit schwerem Herzen von ihnen weggefahren.

Und nun war sie hier, in Kaikoura. Sie hatte ihren Wagen am Motel geparkt und war zu Fuß durch den Ort spaziert. Überall war es recht leer gewesen, und als sie den riesigen Parkplatz der Waltour-Veranstalter entdeckte, fragte sie sich, ob die Stellplätze, die nun nahezu komplett leer waren, in den Sommermonaten tatsächlich alle belegt wären. Außer ihr waren nur ein paar vereinzelte Touristen zu sehen. Josh nicht, aber es war erst Viertel vor zwei, und er hatte gesagt, dass er es kaum vor zwei aus seinem Kundentermin schaffen würde. Sie lief in Richtung des kleinen weißen Hauses am Ende des Parkplatzes. Josh hatte ihr das Gebäude genau beschrieben, dort waren sie verabredet. In der Ferne sah sie die schneebedeckten Gipfel der Seaward Kaikoura Range, die sich hoch über den glitzernden Pazifik erhoben. Sie stieg eine kleine Treppe nach oben, erreichte das Haus und blieb unschlüssig davor stehen, als sie hinter sich seine Stimme hörte.

»Hey, da bist du ja.« Er trat aus dem Büro des Waltouren-Anbieters heraus und blieb vor ihr stehen.

»Hallo, Josh«, begrüßte sie ihn überrascht. »Bist du schon lange hier? Ich dachte, ich wäre zu früh.«

»Nein, ich bin auch eben erst gekommen«, erklärte er und wedelte mit zwei Karten in den Händen. »Ich hab unsere Tickets schon gekauft. In zwanzig Minuten geht es los. Wir müssen da lang. Kommst du?« Er strahlte sie an, und sie folgte ihm.

Das Boot schaukelte sanft am Hafenbecken. Außer ihnen waren nur ein Dutzend andere Passagiere an Bord und die Tourguides, zwei junge Maori mit freundlichen Gesichtern, erklärten ihnen routiniert den Ablauf. Es würde eine kurze Fahrt geben, während der alle sitzen bleiben sollten. Danach würden sie an Deck nach Walen und Delfinen Ausschau halten. »Wir haben heute Morgen schon Pottwale gesehen, die Chancen stehen gut, dass wir sie gleich noch einmal treffen«, verkündeten sie, und ein Raunen ging durch die Reihen.

Beim Ablegen überkam Sarah eine leichte Übelkeit. Sie hatte noch nie unter Seekrankheit gelitten, sie wusste, dass sie einfach nervös war. »Was ist los, bist du seekrank?«, fragte Josh neben ihr.

»Alles okay, danke der Nachfrage«, sagte sie, atmete aber trotzdem tief durch.

»Soll ich dich ablenken?«

»Gerne.«

Er erzählte von seinem Kundentermin und wirkte fröhlich und ausgelassen, obwohl sich der Termin nicht so rentiert hatte, wie er es erhofft hatte.

»Aber was soll's. Es hat sich trotzdem gelohnt, hierher zu fahren«, beendete er seine Schilderung. »Ich freu mich auf den Tag mit dir.«

»Ich auch. Und ich werde Margaret von deiner Gastfreundschaft berichten.«

»Danke, sehr nett von dir«, grinste er.

Sie nestelte eine Tüte Bonbons aus ihrer Tasche und hielt sie ihm hin. »Möchtest du?« Während er eines mit den Fingern herausfischte, fiel sein Blick auf ihre Hand. »Was ist das für eine Narbe?«

»Die hier? Die hab ich Fritz zu verdanken. Du erinnerst dich? Das Possum?«

»Das wir damals zum Tierarzt gefahren haben? Natürlich weiß ich das noch! Wie könnte ich das vergessen! Es hat dich gebissen … Aber ich hätte nicht gedacht, dass es so eine Narbe geben würde.«

»Tja, hübsch ist sie nicht gerade. Aber ich betrachte sie als Souvenir vom Abel Tasman.«

»Das war ein schönes Wochenende.«

»Ja.«

Da ist mir klar geworden, dass ich dich liebte.

Das Schiff verlangsamte seine Fahrt. Aufgeregt sprangen die Passagiere nach draußen, hielten ihre Smartphones aufnahmebereit in den Händen und den Ozean fest im Blick. Das Wasser war ganz ruhig, ein paar Möwen wippten auf der Oberfläche. Minutenlang standen alle so da und starrten gespannt auf das Meer. Nach einer Weile kamen Sarah erste Zweifel, ob es hier überhaupt Wale gab. Aber dann entdeckten sie tatsächlich den grauen Rücken eines der Tiere. Wie eine winzige Insel lag er da und hob sich kaum von der Farbe der Wellen ab, die an ihn heranrollten. »Siehst du ihn? Da!«, rief Josh und zeigte in die Richtung. »Das muss ein Pottwal sein.«

»Ich sehe ihn«, Sarah strahlte. »Ein Wal! Direkt vor uns! Ich kann es gar nicht glauben!«

Dann kam Bewegung in den mächtigen Körper, er erhob sich und der Moment, in dem seine Schwanzflosse gut sichtbar aus dem Wasser ragte, wurde in zahllosen Fotos festgehalten.

»Ihr könnt auch noch weiter nach oben gehen, da habt ihr die bessere Aussicht«, empfahl ihnen der Tourguide, und Sarah überlegte nicht lange.

»Komm«, sagte sie zu Josh und stieg die Stufen zum oberen Deck hinauf.

Außer ihnen war nur eine Familie hier oben. Die Kinder liefen von einer Seite zur anderen und plapperten in einer fremden Sprache miteinander. Die Aufregung war ihnen anzuhören, überall entdeckten sie nun Wale.

Sarah stellte sich an die Reling. »Mein Gott, ist das schön«, sie bewunderte die Aussicht. »Ich hatte nicht gedacht, dass ich so beeindruckt sein würde.«

»Ich auch nicht«, gab Josh neben ihr zu.

»Schön, dass du hier bist, Josh.« Sie hörte, wie er Luft holte, aber ehe er etwas sagen konnte, tippte jemand an seine Schulter.

»Entschuldigung, könnten Sie ein Foto machen? Von uns? Dort?« Die Mutter der Familie hielt ihm eine Kamera hin, während sich hinter ihr schon die Kinder in Position stellten.

»Äh, sicher, gern.« Josh nahm die Kamera in die Hand und die Mutter lief zurück zu ihrer Familie. Wie auf Knopfdruck zeigten alle lächelnd ihre Zähne.

Anschließend bedankte sie sich gleich mehrfach. Dann schlug sie vor: »Soll ich auch ein Foto von Ihnen und Ihrer Frau machen?«

»Meine Frau?«, fragte Josh und sah sich suchend um.

»Sie meint mich«, sagte Sarah amüsiert lächelnd, überreichte der Frau ihr Handy und stellte sich neben ihn. »Das wäre nett von Ihnen.«

»Oh. Ach so«, stammelte Josh.

Während die Frau ein paar Schritte zurückging, legte Josh den Arm um Sarahs Schultern. Seine Hand ruhte ganz leicht auf ihr, aber die Wucht, seine Berührung zu spüren, nahm Sarah mit einem Mal den Atem.

Josh.

Sie schob ihre Hand auf seine Hüfte und legte ihren Kopf auf seine Schulter. Der Duft seines After Shaves stieg in ihre Nase.

Du riechst wie früher.

Sie fühlte, wie sich sein Brustkorb mit jedem Atemzug hob und senkte, entdeckte das winzige Muttermal unter seinem Ohr, das sie so oft geküsst hatte. Er war ihr so vertraut, noch immer, nach all den Jahren.

Lass mich nicht los. Halt die Zeit an.

Nur Sekunden später war das Foto aufgenommen und sie lösten sich wieder voneinander. Sarah betrachtete das Bild auf dem Display, sah sich selbst und Josh, Arm in Arm. Sie lächelten beide, aber sie wirkten wie ertappt. Wie Diebe. Sie schaute zu ihm hinüber. Er war zur Reling gegangen und blickte hinaus auf das Meer, wo die Wale immer noch majestätisch auf- und abtauchten, als sei nichts geschehen. *Aber es ist ja auch nichts passiert, oder? Wir haben uns doch nur berührt, für einen flüchtigen Augenblick!* Trotzdem sehnte sich plötzlich alles in ihr danach, wieder in seinem Arm zu sein, seine Nähe zu spüren. Er drehte sich zu ihr um und zog seine Jacke fester zu. Seine Augen fixierten sie, seine Kieferknochen bewegten sich, und er rieb seine Daumen aneinander. »Es ist kalt«, sagte er steif. »Komm, lass uns runtergehen.«

Hast du das gerade auch gefühlt?

Sie saßen nebeneinander, und das Schiff nahm wieder an Fahrt auf. Sarah rutschte tief in ihren Sitz und dachte an Dennis. Wann hatte sie zuletzt Sehnsucht nach seiner Berührung gehabt? Verstohlen betrachtete sie Joshs Hände, die auf seinen Knien ruhten. Die Arbeit auf den Feldern hatte Spuren hinterlassen, tiefe Furchen und kleine Macken in seine Finger gezeichnet.

Bitte berühr mich noch einmal. Nimm meine Hand, nur noch dieses eine Mal.

Nein, sie musste damit aufhören. Er war verheiratet. Mit Jenny! Und sie selbst war auch eine Ehefrau, was fiel ihr denn ein, sich nach Josh zu sehnen? Sie würden jetzt einfach noch einen schönen Tag haben, wie ganz normale alte Freunde es eben tun.

»Alles okay? Du siehst nicht glücklich aus«, bemerkte Josh.

»Doch«, entgegnete sie rasch. »Alles gut. Was wollen wir gleich noch machen?«

Er zuckte mit den Schultern. »Einfach einen schönen Tag haben?«

Sie lächelte. »Kannst du Gedanken lesen?«

Kapitel 60

Josh las die SMS von Jenny, während Sarah auf der Toilette war. Jenny fasste sich gewohnt sehr kurz, schrieb nur, dass alles in Ordnung sei, wie perfekt ihr Wochenende in Wellington verlief und dass sie sich irgendwann morgen melden würde. Josh antwortete mit einer knappen Nachricht und ließ das Handy wieder in der Tasche verschwinden. Ob Sarah wohl gerade an Dennis schrieb? Sie hatten jetzt Stunden miteinander verbracht, aber ihre Ehen hatten sie beide mit keinem Wort erwähnt. Sie sprachen auch am Telefon selten über Dennis oder Jenny, es schien noch immer ein unausgesprochenes Gesetz zu sein. Und heute verspürte er erst recht kein Bedürfnis, über seine Frau zu reden. Es war ein perfekter Tag ... und den wollte er sich nicht kaputtmachen. Er genoss die Stunden mit Sarah. Sie verlieh ihm eine Leichtigkeit, die er lange nicht empfunden hatte. Sie hatten so viel gelacht, seit sie sich heute Mittag getroffen hatten, waren gemeinsam so unbeschwert. Es war erleichternd zu sehen, wie glücklich sie wieder war, nachdem sie in den letzten Monaten so gelitten hatte. Nach dem Walausflug waren sie lange am Strand spazieren gegangen. Sarah hatte ihm erzählt, dass sie hier in Neuseeland zum ersten Mal ohne tiefe Trauer an ihre Mutter gedacht hatte. »Danke, dass du in den letzten Monaten für mich da warst, Josh. Ich weiß nicht, was ich ohne dich getan hätte«, hatte sie gesagt, und er hätte sie so gerne umarmt, aber er traute sich nicht, sie noch einmal zu berühren. Die Situation auf dem Schiff hatte ihn durcheinandergebracht. Es hatte sich so richtig angefühlt, sie im Arm zu haben, er hätte sie am liebsten nicht mehr losgelassen. Diese Nähe zu ihr ... Es war erschreckend gewesen. Er durfte das nicht. Sarah war doch nur eine Freundin! Aber hatte sie das ebenfalls gemerkt? Sie war in den Minuten danach so in sich gekehrt gewesen, so ungewohnt still. Noch während er darüber nachdachte, kam sie zurück an den Tisch.

Du siehst so hübsch aus.

Er musterte sie von oben bis unten, bis sie misstrauisch nachfragte: »Was ist? Hab ich irgendwo Klopapier hängen?«

Er lachte. »Nein. Du siehst nur hübsch aus.«

Sie wurde rot und setzte sich lächelnd. »Oh, danke.«

Die Kellner räumten die Dekoration von den restlichen Tischen und klapperten lautstark mit den Stühlen. Sie waren die letzten Gäste. Er warf einen raschen Blick auf die Uhr. Es war kurz vor Mitternacht, und die Fahrt bis nach Hause würde noch über zwei Stunden dauern. Aber ...

»Du musst fahren, oder?«, bemerkte sie und lächelte nun nicht mehr.

Er nickte. »Ich fürchte, sie wollen uns hier auch nicht mehr haben.« Er dachte kurz nach. »Ich bring dich noch zu deinem Motel, okay?«

Jenny. Was würde Jenny dazu sagen? Sie würde sicher eine eifersüchtige Szene machen, wenn sie das wüsste.

Aber was war schon dabei, er brachte Sarah doch nur ins Motel. Schließlich konnte er sie doch nicht mitten in der Nacht ganz allein in einer fremden Stadt herumlaufen lassen. Das gehörte sich einfach nicht. Außerdem: Er hatte sich den ganzen Tag zusammengerissen, sie heute nur dieses eine Mal auf dem Schiff berührt.

Obwohl ich in den letzten Stunden in jeder einzelnen Sekunde solche Sehnsucht danach gehabt hatte, dich zu spüren, zu riechen und zu schmecken. Ich halte es kaum aus!

Er würde sie jetzt schnell ins Motel bringen und dann nach Hause fahren. Allein.

Nachdem er die Rechnung bezahlt hatte, zogen sie ihre Jacken an und verließen das Restaurant. Draußen empfing sie die kühle, salzige Luft des Pazifiks.

Und wann sehe ich dich wieder? Wird es wieder zwölf Jahre dauern?

Rasch huschten sie durch die Kälte der Nacht zu seinem Pick-up, und Josh beeilte sich, noch ein paar Dinge vom Beifahrersitz zu schieben. Sie stieg ein, er fuhr los, und obwohl alles anders war, das Auto, die Jahreszeit und die Tatsache, dass sie nun beide Eheringe trugen, war es genau wie damals, auf der Fahrt von der Piperbay zurück zum Weingut. Wie in der Nacht, als sie sich zum ersten Mal geküsst hatten. Sie schwiegen beide, starrten hinaus in die Dunkelheit und hingen ihren Gedanken nach.

Ich kann dich jetzt doch nicht wieder gehen lassen. Hat dieser Tag, die letzten Stunden, nicht alles geändert? Zurück auf Anfang gesetzt? Merkst du das nicht auch?

Die Fahrt dauerte nur ein paar Minuten, und er hielt neben ihrem roten Mietwagen, den sie morgens hier abgestellt hatte.

Und jetzt? Steigst du jetzt einfach aus?

»Welches Zimmer hast du?«, fragte er.

»Da vorne, Nummer acht«, sie deutete auf ein Zimmer und nahm ihre Tasche. Dann seufzte sie. »Also dann ...«

»Ich bring dich noch hin«, sagte er. Sie stiegen aus und gingen die wenigen Schritte bis zu ihrer Tür. Unschlüssig blieben sie davor stehen. »Danke, dass du mich hergebracht hast, Josh.«

Was mache ich hier? Ich muss nach Hause, zu Jenny. Ich will dich berühren.

»Natürlich.« Er fröstelte und steckte die Hände in die Jackentaschen.

»Es war ein wunderschöner Tag, ich hatte viel Spaß«, sagte sie.

»Ich auch. Ich bin froh, dich zu kennen, Sarah. Du bedeutest mir wirklich viel.«

Sie lächelte. »Du mir auch.«

»Bitte lass es nicht wieder zwölf Jahre dauern, bis wir uns wiedersehen, okay? Und wenn du das nächste Mal hier bist, lass es mich früher wissen, ja?«

»Okay.« Sie tippelte verlegen von einem Fuß auf den anderen. »Ich hasse Abschiede.«

»Ich auch. Jeder hasst sie!« Er lachte. »Ich fahre jetzt besser. Es ist schon spät und die Fahrt ist lang und ...« Er ließ den Satz unvollendet, und sie nickte traurig.

»Pass gut auf dich auf, ja?«

»Du auch.« Er zog seine Hände aus den Taschen, umarmte sie und ließ sie sofort wieder los. Er spürte, wie sein Herz jetzt bis zum Hals schlug und lief ein paar Schritte rückwärts. »Also, bye, Sarah«, sagte er, dann drehte er sich um und ging Richtung Auto.

Geh. Nicht. Geh. Nicht. Geh. Nicht.

Er hatte das Auto schon fast erreicht.

»Josh?« Sie rief es leise.

Er wandte sich zu ihr um. »Ja?« Sein Atem stieß in kleinen Wolken in die Nacht. Sie stand in der geöffneten Tür ihres Motelzimmers. »Bitte ... bleib bei mir.« In ihrem Blick lag so viel Liebe und Sehnsucht, dass sein Herz zu zerspringen drohte. Er atmete ein und aus und konnte nicht anders. Er rannte zu ihr, nahm ihr Gesicht in seine Hände und küsste sie. Alles in ihm geriet aus den Fugen, sein Herz raste, das Blut rauschte durch seinen Körper, er fühlte ihre Hände, und seine Haut kribbelte wie tausend kleine Stromschläge. Er schmeckte endlich wieder ihre Süße und verlor sich ganz in diesem Moment.

Kapitel 61

Das Gefühl ergriff Besitz von ihr, ließ alle Dämme brechen. Jetzt und hier gab es nur Josh und sie, sie taumelten in das Zimmer, ohne sich voneinander zu lösen, zogen sich aus und sanken atemlos in das Bett. Sie fühlte seine Haut, seine Hände auf ihren Schenkeln, seine Zunge, und als er in sie eindrang, versank sie in ihm. Niemals zuvor hatte sie so geliebt, mit jeder Faser, so übermächtig. Sie sahen sich in die Augen, bebten miteinander, atmeten und küssten sich und spürten ihre Körper.

Als er danach neben ihr lag, hielt sie ihre Hand vor ihr Gesicht. »Oh Gott. Ich zittere«, sie lachte ungläubig, und er nahm ihre Hand, küsste sie und hielt sie fest. »Das ... Wow ...« Er atmete aus. »Ich dachte, du ...«

Er schloss kopfschüttelnd die Augen.

»Was? Was dachtest du?«

»Dass du das nicht willst.« Er öffnete die Augen wieder und schaute sie direkt an.

»Ich hab' es mir die ganze Zeit gewünscht, Josh.«

Er atmete tief aus. »Gott, Sarah! Ich mir doch auch.«

Sie küssten sich, und sie schmiegte ihren Körper an ihn.

Mit den Fingerspitzen malte sie zärtlich auf seiner nackten Brust.

»Das war ... heftig. Aber wunderschön.«

»Fand ich auch. Und es war ganz anders, du warst ganz anders als früher.«

Sie stutzte und zog ihre Hand zurück. »Was soll das denn heißen? War es damals etwa nicht schön? Moment mal, war ich früher schlecht im Bett?«

Er lachte. »Nein, natürlich nicht. Aber du warst halt erst neunzehn, und jetzt ... bist du eine erfahrene Frau.«

»Hm«, brummte sie.

»Sarah, ehrlich, du weißt, wie ich das meine.« Er küsste ihre Schulter. »Das war gerade vielleicht der beste Sex, den ich je hatte.«

Sie strich ihm durch sein Haar. »Es war schon damals immer schön, mit dir zu schlafen. Und das ist es bis heute.«

Er seufzte. »Ich kann nicht glauben, dass unsere letzte Nacht schon so lange her ist.«

»Ich auch nicht.«

Er knipste die Lampe auf dem Nachttisch an, aber ihr schwaches Licht erhellte das Zimmer kaum.

»Wo ist die Zeit geblieben, Sarah? Was ist mit uns passiert?«

Wie oft hatte sie sich das schon gefragt! Und nie eine Antwort darauf gefunden. »Ich weiß es nicht.«

»Du hättest damals einfach bleiben sollen. Oder früher wiederkommen sollen.«

»Du weißt, dass das nicht ging. Ich war mitten im Studium.«

»Du hättest auch in Neuseeland studieren können. Oder einfach auf dem Weingut gearbeitet. Dann wären wir zusammengeblieben, hätten geheiratet und Kinder bekommen.«

»Tatsächlich, ja?«

»Natürlich.«

»Ich war zu jung, Josh.«

»Na und?«

»Es wäre nicht gut gegangen. Ich hätte meine Mutter vermisst und früher oder später das Gefühl gehabt, etwas zu verpassen. Ich war damals einfach nicht reif dafür, Josh.«

»Aber wir haben uns geliebt. Du warst für mich wie eine Seelenverwandte! Weißt du das überhaupt? Nachdem du damals weg warst, habe ich mich gefühlt wie ein halber Mensch. Ich habe nur noch funktioniert, gearbeitet und die Tage gezählt, bis ich dich wiedersehe!«

»Und du meinst, mir ging es anders? Ich bin verrückt geworden vor Sehnsucht. Dich immer nur am Telefon zu hören, aber nie zu fühlen, das hat mich fertig gemacht.« Sie schlug die Hände vor das Gesicht. »Ich konnte nie einfach mit dir auf eine Party gehen oder ins Kino oder einfach einen Alltag haben. Tausendmal habe ich mir gewünscht, du wärst bei mir.«

»Aber ich hab dich doch gebeten, zu mir zu ziehen. Du wolltest doch nicht.«

»Ja, weil ich mein Studium erst noch beenden wollte. Beenden musste. Jeder hat mir von einer Auswanderung abgeraten, mir gesagt, dass ich für einen Mann, den ich kaum kenne, nicht alles aufgeben darf. Ja, ich war dumm. Dumm genug, um zu glauben, dass sie recht haben und dumm, nicht an meine eigenen Gefühle zu glauben. Ich hätte mehr Mut haben müssen, das weiß ich jetzt auch.«

Aufgebracht warf sie die Hände in die Luft. »Verdammt, Josh, wir beide hätten mehr Geduld haben müssen! Aber du warst derjenige von uns beiden, der nicht warten wollte. Du wolltest ja lieber Jenny.«

»Das hatte ich doch nicht geplant«, entgegnete er und fügte hinzu: »Jenny war einfach da.«

»Ach so, du hast also gleich die Erstbeste genommen?«, gab sie bissiger zurück, als sie wollte.

»Nein, verdammt«, schnaubte er wütend. Einen Moment lang dachte er nach. »Vielleicht war es am Anfang so, dass ich einfach mal wieder einen guten Fick brauchte. Sogar ziemlich sicher war es so. Aber verstehst du das nicht? Ich war dir die ganze Zeit treu, ich hab nicht mal eine andere Frau angesehen. Über ein Jahr lang! Und als dann klar war, dass du nicht mehr wiederkommst ... Herrgott, ja, ich brauchte einfach jemanden. Ich bin auch nur ein Mann.«

»Ausgerechnet Jenny. Ausgerechnet die Frau, die seit Jahren in dich verknallt war.«

»Das wusste ich damals nicht.«

»Josh, das war offensichtlich.«

»Für mich nicht.«

Sarah fühlte sich hin- und hergerissen. Einerseits war sie hier mit Josh, sie hatten gerade erst miteinander geschlafen. Sie wollte nicht mit ihm streiten. Und jetzt über Jenny zu sprechen war so falsch! Andererseits tat es gut, endlich zu wissen, wie es damals mit den beiden angefangen hatte. Sie hatte ihn nie danach gefragt, und er hatte es nie erzählt. »Und dann? Wie ging es dann weiter?«, fragte sie leise.

»Mit Jenny?«

Sie nickte. Er seufzte schwer. »Und dann ... entwickelte sich das irgendwie. Sie war ja sowieso immer auf dem Weingut, dadurch haben wir uns oft gesehen. Wir sind dann mal miteinander ausgegangen und so. Mit der Zeit wurde es dann eine richtige Beziehung. Und da sind wir jetzt ...«

Sarah stieß einen resignierten Seufzer aus. »Schon gut«, sagte sie. »Ich glaube, ich will das doch nicht hören.« Sie drehte sich weg von ihm und er schwieg. Schließlich legte er seine Hand auf ihre nackte Hüfte.

»Sarah«, flüsterte er kaum hörbar.

Sie drehte den Kopf und schaute direkt in seine braunen Augen. Er strich mit einer Hand über ihre Schulter, ihren Hals und legte sie auf ihre Wange und sie empfand eine tiefe Sehnsucht nach ihm.

Warum hatten wir damals nicht mehr Mut? Und Geduld?

Sein Gesicht kam näher, bis seine Lippen die ihren berührten, weich und zärtlich und sie erwiderte seinen Kuss. Als sie noch einmal miteinander schliefen, war es sanft, langsam und zärtlich. Sie entdeckten ihre Körper aufs Neue und erinnerten sich genau, wo sie sich spüren wollten. Sie nahmen sich Zeit füreinander, berauschten sich aneinander und ließen sich wortlos durch die Nacht treiben, bevor sie eng umschlungen einschliefen.

Sarah wachte auf, als die Tür vom Zimmer nebenan lautstark zugeschlagen wurde. Sie spürte die Schwere von Joshs Arm auf sich, so, wie es früher schon gewesen war und wie damals fühlte sie sich sicher und geborgen. Er schlief noch, die Augen fest geschlossen. Behutsam fuhr sie mit den Fingern durch sein Haar und lächelte. Klarer als je zuvor wusste sie nun mit Sicherheit, was bis jetzt nur eine Ahnung gewesen war: Sie empfand nichts als Liebe für Josh. Sie gehörte hierher. Zu ihm, in dieses Land. Wie hatte sie nur so lange so blind sein können? Niemals hatte sie jemanden mehr geliebt als diesen Mann. An seiner Seite fühlte sie sich lebendig, glücklich, schön und stark. Wenn sie mit ihm zusammen war, konnte nichts passieren. Und genauso wollte sie ihn zu einem glücklichen Mann machen. Ihn in allem unterstützen, seine Visionen für »Eight Poplars« mit Leben füllen, ihn zum Lachen bringen, ihn verführen und in den dunklen Zeiten ein Licht für ihn sein. Und immer mit ihm zusammen sein. Sie wusste, dass er genauso empfand, sie müssten nur endlich den Mut haben, dazu zu stehen.

Diesmal sind wir mutig genug! Wir haben doch daraus gelernt, oder? Wir dürfen uns nicht noch einmal verlieren, Josh!

Draußen ging langsam die Sonne auf. »Josh.« Sie küsste ihn auf die Wange. »Josh, wach auf.«

Er öffnete erst ein Auge, dann das andere. Sie lächelte ihn an. »Es ist schon Morgen.«

»Sarah«, sagte er.

Ich muss dir etwas sagen.

»Hast du gut geschlafen?«, fragte sie.

Er lächelte und sie liebte die Grübchen in seinen Wangen. »Das fragst du immer, nicht wahr? Ja, ich habe gut geschlafen. Und du?«

»Ja, natürlich.«

Ich liebe dich.

»Josh«, sie fühlte ihr Herz klopfen, und der Mut verließ sie. »Ich ... möchtest du auch Tee?«

»Ja, gerne. Danke.«

Sie stand auf, zog sich ein Oberteil an und machte sich daran, mit dem Wasserkocher den Tee zuzubereiten. Während sie mit Tassen und Teebeuteln hantierte, beobachtete sie ihn aus dem Augenwinkel.

Liebst du mich? Oder bereust du, dass du hier bist?

Er schaute auf sein Handy, legte es aber sofort wieder weg. Dann zog er sich sein T-Shirt an, das er gestern noch unter seinem Hemd getragen hatte. Das Wasser begann sprudelnd zu kochen, und während sie es in die Tassen goss, spürte sie seinen Blick.

Sie stellte ihm seinen Tee auf den Nachttisch. Jetzt. Jetzt würde sie ihm sagen, was sie empfand.

»Was denkst du ...« Ihre Blicke trafen sich, und sie setzte unbeholfen hinzu: »... wenn ich jetzt schnell duschen gehe?«

Er nickte. »Mach ruhig.«

Das heiße Wasser lief über ihre Gänsehaut und füllte das winzige Bad mit weißen Nebelschwaden. Was sollte sie jetzt tun? Ihn einfach fragen, ob er ihre gemeinsame Nacht bereute? Ihm sagen, dass sie ihn liebte und den Rest ihres Lebens mit ihm verbringen wollte? Sie hatte Angst vor den nächsten Minuten, die nun vor ihr lagen, und sehnte sie gleichzeitig herbei. Als sie aus dem Bad trat, saß er auf dem Bett, bereits angezogen.

»Es ist kein heißes Wasser mehr da, fürchte ich. Tut mir leid.«

»Nicht schlimm.« Er rieb sich müde durch das Gesicht.

Sie atmete tief durch. »Tut es dir leid?«

»Was? Dass kein Wasser mehr da ist?«

»Dass du mit mir geschlafen hast. Dass du hier bist, bei mir.«

Ihre Blicke trafen sich.

»Nein, das tut mir nicht leid.« Er machte eine Pause. »Und dir?«

Sie lachte erleichtert. »Kein bisschen. Es war wundervoll, Josh. Ich habe so etwas noch nie erlebt.«

»Mir geht es genauso«, sagte er, und sie fühlte ihr Herz schneller schlagen.

»Josh, ich meine nicht nur den Sex. Ich meine dich. Uns. Du hast keine Ahnung, wie wertvoll du für mich bist. Wie wichtig es für mich ist, mit dir zu sprechen, deine Sicht der Dinge zu hören. Einfach mit dir zusammen zu sein. Ich wusste immer, dass du ein bedeutender Mensch in meinem Leben bist, aber wie sehr, ist mir erst gestern richtig klar geworden. Ich meine, dieses Gefühl war wie ein Grundrauschen, all die Jahre habe ich gemerkt, dass etwas fehlt. Und jetzt ... weiß ich es einfach. Ich weiß es jetzt genau! Du hast mir gefehlt. Mit dir fühle ich mich so komplett, und ich möchte ...«

Er sah sie durchdringend an, atmete tief ein und aus, und sie verstummte mitten im Satz. »Was ist, Josh?«, fragte sie schließlich zögernd.

»Sarah. Hör zu, ich bin ... Ich weiß, was du meinst. Und gleichzeitig weiß ich gar nichts mehr.« Er stand auf, raufte sich sein Haar und ging auf und ab. Sie sah ihm zu und sprach kein Wort.

»Du bist mir doch auch wichtig!«, rief er, »Ich liebe es, mit dir zu sprechen. Mit keinem anderen Menschen lache ich so viel wie mit dir. Und bei keinem anderen Menschen kann ich so sehr ich selbst sein. Niemand kennt mich so gut wie du, und ich habe das Gefühl, dass ich dich genauso gut kenne. Ich ...« Er berührte zärtlich ihr Gesicht und strich eine Strähne zurück. Dann trat er einen Schritt nach hinten. »Du bist für mich wie ein Geschenk, das ich nicht haben darf. Du weckst in mir Sehnsüchte, die sich nie erfüllen werden. Ich weiß jetzt schon, dass ich unendlich oft an gestern und an letzte Nacht zurückdenken werde. Dass es wieder genauso sein wird wie damals. Oder schlimmer. Du wirst zurück in Deutschland sein, und ich werde immer noch hier sein, ohne dich. Und ich weiß überhaupt nicht, wie ich damit umgehen soll.« Er wandte sich weg von ihr und sah aus dem Fenster.

Sie stand auf und legte ihre Hand zärtlich auf seine Schulter. »Und wenn ich nicht zurückgehe? Wenn ich diesmal hierbleibe, bei dir?«

Überrascht drehte er sich zu ihr um. Dann schloss er die Augen und schüttelte langsam den Kopf.

»Josh, wir müssen einfach nur endlich den Mut dazu haben. Ich werde Dennis verlassen.« Ihre Stimme war weich und zärtlich. »Ich liebe dich.«

Als er die Augen wieder öffnete und sie die Traurigkeit darin erkannte, wusste sie, dass es vorbei war. Dann sagte er tonlos: »Jenny ist schwanger.«

Kapitel 62

»Schwanger?«, wiederholte sie, und die Ungläubigkeit in ihrer Stimme echote ihren fassungslosen Blick.

»Ja«, er schluckte. »Ich hätte es dir früher sagen sollen. Es tut mir leid.«

Sie zog die Hand von seiner Schulter und schlug sie vor den Mund. Dann sank sie langsam in sich zusammen, als würde sie die Schwere dieser Nachricht körperlich spüren. Es tat ihm weh, sie so zu sehen. Unvermittelt ging er einen Schritt auf sie zu und streckte die Hand nach ihr aus, aber sie wich ihm aus. »Fass mich nicht an!«, fauchte sie. Er trat zurück und setzte sich auf einen Stuhl. Ihr Schweigen schob sich zwischen sie und breitete sich langsam und mächtig aus, bis es den ganzen Raum erfasste. Zeit verging, aber er war unfähig, einzuschätzen, ob es Sekunden oder Minuten waren.

»Es tut mir leid«, wiederholte er, weil er nicht wusste, was er sonst sagen sollte. Sie hob den Kopf. »Es tut dir leid? Was genau? Dass du Vater wirst? Oder dass du es mir nicht gesagt hast?«

»Sarah ...«

»Du weißt genau, dass ich niemals mit dir geschlafen hätte, wenn ich das gewusst hätte. Niemals!«

Er schwieg.

Ich hatte Angst davor, es dir zu sagen. Ich hatte Angst, dich zu verlieren.

»Sarah, hör mir zu, bitte.«

Sie funkelte ihn böse an, schwieg aber.

»Ich weiß es doch selbst erst seit ein paar Tagen. Jenny ist ganz am Anfang ... Das Kind wird erst im März erwartet. Ich hab die ganze Zeit überlegt, wie ich es dir sagen soll.«

»Und weil dir nichts eingefallen ist, dachtest du, es sei besser, einfach gar nichts zu sagen? Du bist so ein Feigling!«

Er fühlte, wie sich sein Herz zusammenzog. Was sollte er jetzt sagen? Ja, er war ein Feigling. Sie hatte recht. Wortlos nickte er. Sie schnaubte verächtlich. »Oder vielleicht wolltest du auch einfach nur vögeln. Und hast deshalb nichts gesagt. Hast dir gedacht, dass du die Gelegenheit mitnimmst, wenn ich schon mal da bin, hm?«

»Nein!«, widersprach er ihr. Er war jetzt laut, brüllte fast. Dann schnaubte er, konzentriert, als stünde ihm eine schwere Aufgabe bevor. »Sarah, ich liebe dich. Ich weiß, es ist ein katastrophaler Zeitpunkt, dir das zu sagen, aber es ist so. Ich liebe dich.«

Sie lachte traurig. »Ach so? Du liebst mich?«

»Ja.«

»Dann lass uns ein neues Leben anfangen. Du und ich, zusammen. Wann, wenn nicht jetzt?« Ihre Blicke trafen sich und hielten sich aneinander fest, ein langen, atemlosen Moment lang, bevor sie sich wieder verloren.

»Ich kann das nicht«, sagte er leise und alles in ihm spannte sich an. Wütend schlug er mit der Faust gegen die

Wand. »Ich kann es einfach nicht! Jenny bekommt ein Kind. Mein Kind! Ich kann sie jetzt doch nicht sitzen lassen, ich bin kein Arschloch.«

Sie schüttelte den Kopf. »Was ist gestern in deinem Kopf vorgegangen? Du sagst, ich bin deine Seelenverwandte ... Aber du gründest mit Jenny eine Familie? Du sagst, nur mit mir kannst du du selbst sein, aber du verschweigst mir, dass du Vater wirst?« Wütende Tränen liefen ihr über das Gesicht. »Wie oft hast du mich noch angelogen? Ich fasse es nicht, dass ich dir das alles geglaubt habe. Du bist ein Lügner und ein Betrüger.«

»Das ist die Wahrheit, Sarah. Nichts von dem, was ich dir gesagt habe, war gelogen. Ja, ich habe Jenny betrogen – übrigens zum ersten Mal. Mit dir. Weil ich dich liebe.« Zornig starrte er sie an. »Und du bist genauso eine Betrügerin wie ich. Du bist schließlich selbst verheiratet.«

Sie kniff die Augen zusammen. »Ja. Aber im Gegensatz zu dir werde ich meine Konsequenzen aus dieser Nacht ziehen. Ich werde jedenfalls nicht zurück zu Dennis fahren und so tun, als sei nichts passiert.«

»Ihr habt aber auch kein Kind miteinander«, brüllte er. Hilflos trat sie einen Schritt zurück, wankte und hielt sich an der Wand fest.

»Du hast recht«, sagte sie leise, »es ist zu spät. Du bekommst ein Kind mit Jenny. Und ich werde diesem Kind nicht den Vater nehmen. Ich weiß zu gut, wie sich das anfühlt. Ich werde niemals eine solche Frau sein, Josh.«

»Sarah ...«

Sie sah ihn an. »Kennst du mich so schlecht, Josh? Dachtest du, ich kann das?«

Er schlug die Augen nieder und schüttelte kaum merklich den Kopf. »Nein. Ich kann es ja nicht einmal selbst.«

Seine Finger rieben nervös aneinander, und einen Moment lang fühlte er ihren Blick auf sich ruhen. Dann sagte sie leise: »Bitte geh jetzt.«

Nein. Verlang das nicht von mir. Ich kann das nicht. Nicht so.

Als er den Kopf hob und in ihr Gesicht sah, erschrak er. Diesen Ausdruck hatte er nie zuvor an ihr gesehen. So hart und verschlossen, er erkannte sie kaum wieder.

»Geh, Josh«, wiederholte sie.

»Ist das dein Ernst? Das war es jetzt? Einfach so?«

»Ja, so einfach ist das. Jenny bekommt ein Kind von dir. Es ist zu spät für uns, Josh. Ein paar Wochen zu spät.«

Er stand auf, nahm seine Jacke vom Stuhl und als er sich an ihr vorbeischob, verharrte er noch einen Augenblick direkt vor ihr und sah sie an. Sie mied seinen Blick. Verkrampft hielt sie die Arme vor dem Bauch verschränkt und presste die Lippen zusammen.

Du bist mir so nah. Ich liebe dich. Bitte lass das nicht das Ende sein.

»Auf Wiedersehen, Sarah.«

Sie schwieg und er verließ das Zimmer, ohne sich noch einmal umzusehen.

Als er auf die Hauptstraße abbog, war ihm entsetzlich kalt. Er drehte die Heizung auf und gab Gas. Viel zu schnell ließ er Kaikoura hinter sich, Richtung Norden, Richtung nach Hause, Richtung Jenny. In seinem Kopf drehte sich alles. Sarah. Jenny. Das Kind. Wie betäubt klammerten sich seine Finger an das Lenkrad. Und hielten es noch immer fest, als der Wagen unkontrolliert in die Böschung raste.

Kapitel 63

Sarah schob den Wagen in den Supermarkt. Es war erst Anfang Oktober, aber schon jetzt lagen Lebkuchen und Weihnachtsgebäck in den Regalen. Der würzige Duft stieg Sarah aufdringlich in die Nase, ihr wurde übel davon. Sie floh regelrecht in die Obstabteilung, aber auch hier strömten von überall Gerüche auf sie ein. Widerlich süß und exotisch. Sarah klammerte sich so fest an den Einkaufswagen, dass die Knöchel ihrer Finger ganz weiß wurden. Schweißperlen bildeten sich auf ihrer Stirn, sie schnappte nach Luft und suchte nach einem Ausgang. Aber die Übelkeit wurde stärker, steigerte sich innerhalb von Sekunden ins Unerträgliche – und ohne dass sie etwas dagegen tun konnte, übergab sie sich in einem Schwall. Das Erbrochene tropfte in die Traubenkiste vor ihr.

»Das ist ja scheußlich.« Die alte Dame hinter ihr verzog zutiefst angeekelt das Gesicht. »Pfui. Sowas hab ich ja noch nie erlebt.«

Sarah schaute auf die Trauben, dann auf die Frau.

»Tut mir leid. Ich bin schwanger«, flüsterte sie. Und wusste im gleichen Moment, dass es stimmte.

Kapitel 64

»Und, wie geht es dem Baby?«, erkundigte sich Kate und balancierte zwei Tassen Tee in Jennys Richtung. Jenny streichelte zärtlich die leichte Wölbung ihres Bauchs. »Gut, danke. Es wächst, wie es soll.«

Kate lächelte. »Wie weit bist du jetzt?«

»In der vierzehnten Woche. Die Zeit vergeht so schnell.«

»Stimmt. Warte mal ab, wie schnell es geht, wenn das Kind erstmal da ist!« Sie lachte. »Mir kommt es vor, als wäre Owen gerade erst auf die Welt gekommen, dabei wird er in zwei Wochen schon ein Jahr alt.« Wie aufs Stichwort zog sich Owen an den Knien seiner Mutter hoch und lachte sie an.

»Hey, Owen, komm zu Daddy!«, rief Aidan vom anderen Ende der Couch, klatschte aufmunternd in die Hände und breitete die Arme aus. Owen giggelte amüsiert und wackelte unsicher los.

»Wow, er kann ja schon laufen!«, staunte Josh und beobachtete jeden Schritt des Jungen gespannt.

»Allerdings. Er ist ein begabtes Kind!«, verkündete Aidan mit stolzgeschwellter Brust. »So sportlich wie sein Vater!«

»Das hat er definitiv von dir«, Kate lächelte. Owen erreichte Aidans ausgestreckte Arme und ließ sich vertrauensvoll hineinfallen.

»Gut gemacht, Owen!«, lobte Josh und zog ihn auf seinen Schoß. Sein süßlicher Babygeruch stieg Josh in die Nase. Owen entdeckte einen silbernen Knopf auf Joshs Hemd und befühlte ihn ausgiebig mit seinen kleinen, klebrigen Fingern. Dann weckte der Verband an Joshs Arm seine Aufmerksamkeit, und er probierte, mit Daumen und Zeigefinger daran zu zupfen.

»Oh nein, Owen. Der muss noch dran bleiben.« Josh zog den Ärmel seines Hemdes ein Stück weiter nach unten.

Kate sah ihm zu. »Wie lange musst du die Bandage denn noch tragen?«

»Nur noch eine Woche. Es geht schon viel besser.«

»Du hast wirklich viel Glück gehabt«, meinte Aidan. »Das hätte böse ausgehen können.«

»Ich weiß. Aber ist es ja nicht.« Er setzte Owen wieder auf den Boden. »Wann geht eigentlich das Spiel los?«

Jenny überhörte seine Frage. »Ein gebrochener Arm ist schon schlimm genug. Ich bin froh, dass die OP gut gegangen ist und Josh wieder aus dem Krankenhaus raus ist. Das war keine einfache Zeit.«

»Allerdings, gerade bei deiner Arbeit, Josh. Was hast du da unten überhaupt gemacht? Kaikoura ist doch ein ganzes Stück zu fahren«, bemerkte Kate, und obwohl Josh wusste, dass sie es einfach als interessierte Frage meinte, hätte er ihr am liebsten den Mund zugehalten. Er wollte nicht über diesen Unfall reden. Er wollte nicht einmal daran denken.

»Gute Frage.« Jenny schaute zu ihm hinüber. Was war das für ein Blick? Wusste sie etwas? Aber das war unmöglich!

Josh seufzte. »Das hab ich doch schon erzählt. Ich hatte einen Kundentermin in Kaikoura.«

»Morgens um acht Uhr? Das ist ja ätzend.« Kate rümpfte die Nase.

»Nein, am Tag davor. Dann ist es später geworden, also habe ich da übernachtet, weil ich keine Lust hatte, die ganze Strecke im Dunkeln zu fahren. Jenny war ja sowieso in Wellington. Und am nächsten Morgen, auf dem Weg nach Hause, ist es dann passiert. Aber wie gesagt, ich hatte ja Glück.«

»Es war seine Schuld«, erklärte Jenny und ließ ihn nicht aus den Augen. »Er ist viel zu schnell gefahren. Ich war echt sauer auf ihn. Ich finde, wenn die eigene Frau ein Kind bekommt, muss man auch mal etwas mehr auf sich aufpassen.«

»Es ist ja gut gegangen, mehr oder weniger«, beruhigte Kate sie.

»Eben. Hauptsache, Josh sitzt jetzt hier bei uns und guckt mit uns das Spiel.« Aidan klopfte ihm auf die Schulter und Josh verspürte eine tiefe Dankbarkeit, dass sein bester Freund das Thema wechselte. Er lehnte sich zurück und hoffte, dass in seinem Kopf das Bild von Sarah sofort wieder verschwinden würde.

Kapitel 65

Sarah legte ihre nackten Beine auf die Fußstützen, und ihre Frauenärztin zog sich Handschuhe an.

»Dann schauen wir mal«, sagte die Medizinerin und richtete ihren Blick auf den Ultraschall-Monitor. Sarahs Herz klopfte wie verrückt. Oh Gott. Oh Gott. Oh Gott. Das passierte doch gerade nicht wirklich? Sie kannte solche Szenen aus Filmen – aber das hier war die Realität! Sie verkrampfte ihre Finger in ihrem Pullover und starrte auf den zweiten Monitor, der neben ihr aufgebaut war. Alles war grau und schwarz, sie erkannte überhaupt nichts darauf.

»Da ist es, Frau Lambert«, erklärte die Ärztin freundlich. »Sehen Sie hier, das ist die Fruchthöhle.« Sie markierte ein schwarzes Feld mit einem Pfeil. »Und darin haben wir einen Embryo ... mit einem schlagenden Herzen. Das sieht alles sehr gut aus. Herzlichen Glückwunsch!«

Sarah bekam Gänsehaut. Sie starrte stumm auf das pulsierende Grau auf dem Bildschirm. Ein Baby. Sie war wirklich schwanger. Die Ärztin bewegte den Ultraschallkopf hin und her, tippte zwischendurch auf den Monitor und nickte zufrieden. »Sie sagten ja, dass Ihre letzte Blutung

Mitte August war, wenn wir von einer Empfängnis zwei Wochen später ausgehen ... würden Sie sich jetzt in der neunten Schwangerschaftswoche befinden. Das passt, Ihr Kind ist ganz zeitgerecht entwickelt. Sehr schön!« Sie lächelte Sarah über den Rand ihrer Brille an, aber Sarah lag da wie erstarrt, während in ihrem Kopf Chaos ausbrach. Ihre Ärztin schob ihre Brille zurecht.

»Frau Lambert?« Ihr Blick war jetzt ernst und prüfend. »Frau Lambert, ich habe den Eindruck, dass Sie nicht ganz glücklich sind mit diesen Nachrichten.«

Sarah schluckte. »Ich ... ich weiß nicht. Ich habe nicht damit gerechnet.« Die Ärztin lächelte verständnisvoll. »So geht es einigen meiner Patientinnen. Gewöhnen Sie sich in Ruhe an den Gedanken.«

Sarah hörte ihre Worte kaum. »Neunte Woche?«, stammelte sie. »Ganz sicher?«

Die Ärztin nickte.

Als Sarah die Praxis verließ, blinzelte sie in die warme Oktobersonne. In ihrer Handtasche trug sie ein Ultraschallfoto ihres Kindes. Ihr war abwechselnd heiß und kalt.

Kapitel 66

Josh fröstelte, als er die Wohnungstür aufschloss, und war froh, in die Wärme des Raumes zu kommen. Alles war dunkel, es war spät geworden, und Jenny schlief vermutlich schon lange. Leise zog er seine Schuhe und seine Jacke aus, ging noch kurz ins Bad und schlich dann ins Schlafzimmer. Vorsichtig legte er sich ins Bett und schloss die Augen, als Jenny fragte: »Wo kommst du jetzt her?«

Überrascht drehte er sich zu ihr um. »Du bist ja noch wach.«

»Wo warst du?«

»Auf den Feldern. Wir haben eine Frostwarnung bekommen und mussten die Windmaschinen und die Öfen anmachen.«

Sie sagte nichts, er hörte sie nur atmen. Dann sprach sie leise in die Dunkelheit: »Bleibst du bei mir, Josh?«

»Natürlich, Jenny.«

»Wir bekommen ein Kind.«

»Ich weiß«, sagte er, »und ich bleibe bei euch.«

Kapitel 67

»Und diesmal bleibe ich länger, versprochen!« Dennis hatte seinen Anzug ausgezogen und schlüpfte in eine bequeme Jogginghose. »So wie es momentan aussieht, muss ich erst im Dezember wieder weg und dann auch nur für ein paar Tage«, führte er weiter aus und lächelte.

Sarah lehnte im Türrahmen und sah ihm wortlos zu. Sollte sie es ihm jetzt sagen? Oder erst morgen? Gab es dafür überhaupt einen passenden Zeitpunkt?

»Was ist? Sind das nicht gute Nachrichten?«, fragte Dennis.

»Doch, natürlich, es ist nur …«

»Warte, ich hab uns noch was aus Tokio mitgebracht«, er kramte in seinem Koffer. »Irgendwo hier … Ach, da! Schau mal, die Dinger heißen Möweneier!« Er hielt eine japanisch beschriftete Zellophantüte hoch. »Das sind Süßigkeiten mit Bohnenpaste. Musst du mal probieren. Hier, für dich.« Er reichte ihr die Packung.

»Danke«, sagte sie. »Ich leg sie mal in den Kühlschrank.«

»Das musst du nicht«, erklärte er noch, aber Sarah hatte sich bereits abgewandt.

Wie merkwürdig das alles war. Er brachte ihr etwas mit?

Das war das erste Mal seit einer Ewigkeit. Und wohl auch das letzte Mal, er wusste es nur noch nicht. Sarahs Blick fiel auf die Postkarte, die am Kühlschrank befestigt war. Miriam hatte sie ihr aus den Flitterwochen geschrieben. Ihre Hochzeit mit Kai lag jetzt sechs Wochen zurück – und genau diese sechs Wochen war es her, dass sie Dennis gestanden hatte, dass sie mit Josh geschlafen hatte.

Er hatte anders reagiert, als sie es erwartet hatte. Er war nicht wütend geworden, hatte nicht rumgebrüllt und erst recht nicht geweint. Sie hatte ihm nicht viel davon erzählt, und er hatte nicht viel nachgefragt. Mit keinem Wort war sie darauf eingegangen, wie lange sie Josh schon kannte und wie tief ihre Gefühle für ihn waren. Welch lange Geschichte sie miteinander verband. Dennis hatte sich alles angehört, gelegentlich genickt und nachdenklich an seinem Kinn gerieben. Schließlich hatte er kühl erklärt: »Dann sind wir ja jetzt quitt.« Es war die schlichte Bestätigung dessen, was Sarah ohnehin die ganze Zeit vermutet hatte, aber es tat trotzdem weh. Dennis hatte sie umarmt und gesagt: »Sarah, lass es uns als Chance nehmen, ab jetzt eine bessere Ehe zu führen, ohne gegenseitiges Fremdgehen und Heimlichtuereien. Wir waren doch mal ein tolles Paar. Das schaffen wir wieder. Wir müssen nur herausfinden, wo unsere Schwächen liegen und uns auf unsere Stärken konzentrieren.« Es hatte geklungen, als sei ihre Ehe ein Unternehmen, das er aus einer kleinen Krise herausführen musste. Als würde eine ausgeklügelte Strategie reichen. Aber in diesem Moment hatte sie ihm glauben wollen und es versucht. Bis heute.

»Komm zu mir, Sarah! Jetzt machen wir uns einen schönen Abend und ich erzähle dir von den Japanern. Ein total verrücktes Volk, sag ich dir!«

Sie setzte sich auf die Couch, er schenkte Wein in ihre Gläser und zündete eine Kerze an. Dann reichte er ihr ein Glas. »Auf dich, meine Liebe. Ich bin froh, wieder hier zu sein.«

Sie stießen an und er nahm einen Schluck, aber sie hielt nur das Glas in ihrer Hand, sah ihn an und fühlte fast Mitleid mit ihm.

»Warum trinkst du nicht?«

Sie schluckte trocken. »Ich bin schwanger.«

Er riss die Augen weit auf, und als sie erkannte, dass sich ein glückliches Lächeln auf sein Gesicht legte, fügte sie tonlos hinzu: »Es ist nicht von dir.«

Kapitel 68

»Das ist mein Sohn!« George zeigte auf Josh und winkte ihn heran. Ihr Stand auf der Weinmesse war klein, aber gut besucht. »Mrs. Harrelson, darf ich vorstellen: Mein Sohn Josh, Geschäftsführer von ‚Eight Poplars Winery‘, Josh, das ist Linda Harrelson, die Herausgeberin von ‚Wine at its best‘.«

Josh kannte diese Fachzeitschrift und schüttelte erfreut ihre Hand. »Freut mich, Sie endlich persönlich kennenzulernen, Mr. Whittaker. Wir beobachten Ihren Wein schon eine ganze Weile«, erklärte Mrs. Harrelson, eine elegante Frau von etwa 50 Jahren.

»Tatsächlich? Ja, es gab einige Entwicklungen in den letzten Jahren.« Josh lächelte zufrieden.

»In der Tat«, Linda Harrelson nickte anerkennend, »es kommt nicht oft vor, dass ein Weingut sich nach so vielen Jahren noch einmal neu erfindet. Was ja bei Ihrem Gut offenbar der Fall ist.«

»Mein Sohn hat es neu erfunden«, erklärte George und legte ihm eine Hand auf die Schulter. »Er hat mich nach und nach von vielen seiner Ideen überzeugt. Ohne ihn wäre ‚Eight Poplars‘ nicht da, wo es heute steht.«

»Und ohne meinen Vater gäbe es ,Eight Poplars' überhaupt nicht«, fügte Josh hinzu. »Er hat es schließlich mit meiner Mutter aufgebaut. Wir sind ein gutes Team.«

»Ich weiß von anderen Familienunternehmen, dass es nicht immer ganz einfach ist, die Verantwortung aus der Hand zu geben. Der Generationswechsel ist oft mit Schwierigkeiten behaftet. War das bei Ihnen auch so?«, bohrte Linda Harrelson nach.

Josh und George wechselten einen Blick.

»Nun ja«, begann George, »es ist mir am Anfang in der Tat nicht ganz leichtgefallen. Ich kannte ja mein Weingut ganz genau und hatte Schwierigkeiten damit, einem jungen Menschen, der viele Ideen nur vom Gequatsche an der Uni kannte, alles zu überlassen. Aber inzwischen haben wir eine gute Lösung gefunden.«

»Stimmt«, Josh grinste, »inzwischen mache ich die Arbeit auf dem Gut allein, und mein Vater übernimmt das Quatschen auf den Messen.« Sie lachten alle drei.

»Ich würde gern in einer unseren nächsten Ausgaben einen längeren Report über ,Eight Poplars' bringen. Was halten Sie davon?«

»Sehr gern«, stimmte George sofort zu. »Josh, zeig doch mal ein paar Fotos!«

»Moment.« Josh zog sein Handy aus der Hosentasche und wischte durch die Fotos. Es war doch gar nicht so lange her, dass er ein paar Aufnahmen von den Feldern und den neu gestrichenen Helferbungalows gemacht hatte. Er wischte durch Fotos von Jennys wachsendem Babybauch, ein paar Bilder von Aidan und fand endlich, wonach er suchte. Zehn, zwölf Fotos hatte er und wischte schnell mit dem Finger über das Display, bis er plötzlich verharrte.

Sarah.

Er sah sich und Sarah, eng umschlungen, auf dem Schiff. Als alles zwischen ihnen noch gut gewesen war. Ein paar Stunden, bevor ...

»Hast du jetzt die Bilder?«, drängte George.

»Ja, Moment«, sagte Josh. Dann löschte er das Bild von Sarah.

Kapitel 69

Miriam betrachtete das Foto. »Krass. Er hat sich kaum verändert.«

Sarah seufzte. »Stimmt.«

»Also, das war auf dem Schiff. Und dann?«

»Dann sind wir einfach rumgelaufen. Stundenlang. Am Strand und in Kaikoura.« Sie schaute Miriam an. »Es war genau wie früher, Miri. Ich hab mich so wohl gefühlt. Wir haben so viel gelacht und erzählt.«

»Aber kein Wort über Jenny geredet oder dass sie schwanger ist.«

Sarah schüttelte den Kopf. »Keine Silbe.«

»Der Arsch«, murmelte Miriam und Sarah verzog das Gesicht. »Wessen Idee war das eigentlich, dass ihr ... dass er bei dir übernachtet?«

Sarah schmunzelte. »Du drückst dich sehr vornehm aus, Frau Arztgattin.« Dann fügte sie ernst hinzu: »Es war keine Idee. Ich wollte einfach nicht, dass er fährt. Ich wollte, dass er bei mir bleibt. Ich wusste ja auch nicht, dass Jenny schwanger ist.« Sie zog die Stirn in Falten. »Er wäre wahrscheinlich wirklich nach Hause gefahren. Zu seiner Jenny ...«

»Tja, ist er aber nicht. Und jetzt bist du schwanger.«

Sarah atmete hörbar ein und aus.

»Oh Mann. Das ist wirklich heftig. Wer hätte gedacht, dass du und Josh ein Kind bekommt! Ich kann es immer noch gar nicht glauben.« Sie lachte, riss sich dann aber wieder zusammen. »Und wie geht es jetzt weiter?«

Sie zuckte mit dem Schultern. »Ich hab keine Ahnung, Miri. Mein Leben ist ein Chaos.«

»Dann lass uns versuchen, Ordnung reinzubringen.«

Sarah lächelte Miriam dankbar an. »Sehr gern.«

»Also, fangen wir vorn an. Wie ist der Stand bei dir und Dennis?«

»Schau dich einfach um. Er ist ausgezogen.«

»Und wie geht es dir damit?«

»Ganz ehrlich? Es ist mir fast peinlich, das zu sagen.«

»Raus damit.«

»Na ja, es ist so ... egal. Unsere Ehe war doch schon längst vorbei. Wir waren schon so lange nicht mehr glücklich miteinander.«

»Dann ist es doch gut, dass es jetzt vorbei ist.«

»Ja, natürlich. Aber eine Trennung ist nie gut, oder? Ich habe ihn schließlich mal geliebt.«

»Aber jetzt nicht mehr.«

»Nein. Schon länger nicht mehr.« Sie dachte kurz nach. »Wenn Mama damals nicht gestorben wäre, hätte ich die Scheidung wahrscheinlich schon hinter mir. Aber im Jahr danach hatte ich einfach nicht die Kraft dafür.«

»Kein Wunder. Habt ihr die Scheidung denn schon eingereicht?«

»Nein, aber das ist nur eine Frage der Zeit. Wir wollen sie ja beide. Aber schon allein dafür muss ich so viele Dinge organisieren.«

»Hast du einen guten Anwalt?«

»Ich hab einen Anwalt, aber keine Ahnung, ob der gut ist. Ich treffe ihn nächste Woche, um alles zu besprechen.«

»Okay. Also ist an der Dennis-Front soweit alles geklärt. Das ist doch schon mal gut.«

»Tja ...«, Sarah nickte nachdenklich.

»Sieh es mal so: Gefühlsmäßig ist alles geklärt. Es wäre deutlich schlimmer, wenn einer von euch noch etwas empfinden würde. Oder wenn das da«, sie zeigte auf Sarahs Bauch, »sein Baby wäre.«

»Du hast ja recht.«

»Eben. Und das bringt mich zum nächsten Thema: Josh.« Miriam rieb sich die Hände. »Wie ist da der aktuelle Stand?«

Sarah schaute auf die Tischplatte vor sich, sie suchte hilflos nach Worten. »Es gibt keinen«, murmelte sie. »Er ist in Neuseeland, bei Jenny und wird Vater. Und dabei bleibt es.«

Miriam krauste die Stirn. »Und was sagt er dazu, dass du auch schwanger bist?«

»Nichts. Er weiß es nicht.«

»Bitte? Warum nicht?«

»Ich hab es ihm nicht gesagt.« Sie legte ihre Hand auf ihren Bauch. Er war immer noch flach, aber seit ein paar Tagen glaubte sie, eine mini-kleine Wölbung zu sehen, die vorher nicht da gewesen war.

Miriam bohrte mit ihrem Blick. »Du hast es ihm nicht gesagt?« Sie schüttelte den Kopf. »Das fasse ich ja nicht. Warum nicht?«

Sarah rutschte nervös auf ihrem Stuhl herum. »Ich hab darüber nachgedacht, aber: Was würde es bringen? Er hat ja schon eine Familie.«

Miriam wartete schweigend, aber ihre hochgezogenen Augenbrauen unterstrichen ihre Ungeduld.

»Verstehst du das nicht? Er hat eine Familie, und er will sie nicht verlassen«, führte Sarah weiter aus.

»Das weißt du doch gar nicht.«

»Doch. Das hat er mir ja gesagt.«

»Aber da hatte er ja keine Ahnung davon, dass du schwanger bist. Vielleicht würde er Jenny verlassen, wenn er wüsste, dass du auch ein Kind von ihm bekommst. Immerhin hat er gesagt, dass er dich liebt!«

Sarah lachte traurig. »Nein, das wäre nicht richtig. Ich will einem Kind nicht den Vater wegnehmen. Ich weiß, wie sich das anfühlt. Aus eigener Erfahrung.«

»Weil dein Vater euch damals verlassen hat?«

»Ja.«

»Aber, Sarah, das kannst du doch nicht vergleichen.«

»Doch, natürlich. Mein Vater hat meine Mutter damals wegen einer anderen Frau verlassen und uns im Stich gelassen. Niemals würde ich das einem Kind antun. Niemals.«

»Aber du und Josh ... das ist doch ... ihr liebt euch!«

»Trotzdem ... Er hat sich für seine Familie entschieden. Wenn ich ihm jetzt sage, dass ich ein Kind von ihm erwarte, was dann? Es würde alle nur unglücklich machen.«

Miriam stand auf, lief ein paar Mal auf und ab und schüttelte den Kopf. »Oh Mann«, war minutenlang alles, was sie sagte.

»Setz dich hin, Miri, du machst mich ganz nervös. Ich hab mich damit schon abgefunden. Ich werde eine alleinerziehende Mutter sein. So wie meine Mama. Ich kriege das schon hin.«

Miriam blieb stehen und sah sie ernst an. »Und was ist mit deinem Kind? Hat es nicht auch ein Recht darauf zu erfahren, wer sein Vater ist? Denk doch mal daran!« Miriam setzte sich wieder auf den Stuhl und schaute Sarah aufmerksam an. »Sarah, ernsthaft. Du kannst das doch nicht einfach verschweigen. Weder Josh, noch deinem Kind. Sie haben ein Recht aufeinander.«

Sarah biss sich auf die Lippen. »Ich sage ja nicht, dass ich es für immer verschweige. Wenn mein Kind irgendwann wissen will, wer sein Vater ist, kann ich es ja sagen.«

»Und dann? Stell dir vor, er oder sie sucht dann in ein paar Jahren Kontakt zu Josh! So ungewöhnlich wäre das ja nun nicht. Aber wie furchtbar für alle, wenn da plötzlich ein unbekannter Mensch auftaucht, der irgendwie zur Familie gehört. Das ist doch ein Schock für alle. Und dann wird dich jeder hassen.«

»Darüber mache ich mir Gedanken, wenn es soweit ist.«

»Wie egoistisch von dir!« Miriam lehnte sich zurück. »So kenne ich dich gar nicht.«

»Miriam, ich kenne mich doch selbst nicht mehr. Ich hab mich gerade von meinem Mann getrennt und hab keine Ahnung, was bei der Scheidung auf mich zukommt. Ich bin schwanger. Von einem Mann, den ich wahrscheinlich nie mehr sehen werde und der sich gegen mich entschieden hat. Ich habe wahnsinnige Angst davor, diese Verantwortung allein zu tragen.«

»Dann teil dir die Verantwortung! Mit Josh. Er ist schließlich der Vater. Erzähl es ihm. Vielleicht bleibt er ja trotzdem bei Jenny, aber das muss er selbst entscheiden. Nicht du.«

»Sie wird ihn hassen. Sie hasst mich sowieso, und wenn sie weiß, dass wir ...«

»Das kann dir doch egal sein«, unterbrach Miriam sie. »Er muss dann damit leben. Aber er war ja schließlich auch beteiligt.« Sie lehnte sich vor und ergriff Sarahs Hände. »Sarah, bitte. Du musst es ihm sagen. Sei nicht so dumm. Du machst einen Fehler, wenn du ihn nicht informierst!« Sarah vergrub ihr Gesicht in ihren Händen. Sie stöhnte. »Ich habe Angst. Ich habe Angst vor seiner Reaktion.«

»Das musst du nicht, Sarah. Lass es uns jetzt machen. Zusammen.«

Sarah riss die Augen auf. »Jetzt doch nicht! Bist du verrückt? Bei ihm ist es mitten in der Nacht. Außerdem haben wir seit diesem Morgen in Kaikoura kein Wort mehr miteinander gewechselt.«

»Dann ist es höchste Zeit.«

»Ich kann ihn doch jetzt nicht einfach anrufen und ihm morgens um vier erzählen, dass er Vater wird!«

»Dann schreib ihm eine SMS, dass du mit ihm sprechen willst. Ich will aber dabei sein. Sonst machst du es nämlich nicht, ich kenne dich. Hier ... Los geht's.«

Miriam schob ihr das Handy über den Tisch. Sarah betrachtete das Gerät wie einen feindlichen Fremdkörper. »Mach schon. Sonst rufe ich ihn an.« Miriam trommelte ungeduldig mit den Fingern auf die Tischplatte. Zögernd nahm Sarah das Handy in die Hand. »Ich weiß gar nicht, was ich schreiben soll.«

Miriam verdrehte genervt die Augen. »So schwer ist das nicht. Schreib einfach, er soll sich gefälligst schnellstmöglich bei dir melden.«

»Nein, das klingt komisch. Lass mich kurz überlegen.«

Es dauerte einige Minuten, bis sie sich endlich zu einem Text durchgerungen hatte. Dann las sie vor: »Hallo, Josh, es tut mir leid, wie ich mich in Kaikoura verhalten habe. Bitte ruf mich an, ich muss mit dir sprechen.«

Miriam nickte. »Fein. Raus damit.«

Sarah drückte auf »Senden«, gleichzeitig rutschte ihr Herz in die Hose.

Miriam grinste zufrieden. »Gut gemacht. Schade, dass wir jetzt nichts trinken können.«

Sarah lächelte unsicher zurück. »Ach, Alkohol fehlt mir gar nicht.«

»Und sonst? Fehlt dir irgendwas? Oder wie ist es, schwanger zu sein? Kai und ich üben ja auch schon ganz wild.«

Sarah erzählte von der Übelkeit, die sie endlich überstanden hatte, von ausbleibenden Essensgelüsten und zeigte stolz ein neues Ultraschallfoto, das sie erst vor zwei Tagen bekommen hatte.

»Wow, man kann ja schon alles erkennen!«, staunte Miriam verzückt. »Die Beine, die Arme, Kopf ... alles da! Das ist ja viel größer, als ich dachte.«

»Na ja, ich bin ab morgen in der dreizehnten Woche ..., vierter Monat.« Sarah lächelte.

Ihren Stolz mit Miriam teilen zu können, schenkte ihr ein gutes Gefühl. Bis jetzt wusste kaum jemand von ihrer Schwangerschaft. Plötzlich piepte ihr Handy, und ihre Blicke trafen sich. Wortlos nahm Sarah es in die Hand und las die Nachricht. Sie wurde blass, las die SMS noch einmal und schluckte. Dann schob sie Miriam das Handy rüber.

Miriam las laut: »Sarah, lass mich in Ruhe. Ich liebe Jenny, und wir bekommen ein Kind. Ich will nichts mehr von dir hören. Bye.« Miriam ließ das Handy sinken. »Was für ein Idiot!«

Sarah stand auf und schnappte nach Luft. Sie fühlte sich wie erstarrt.

Wie kannst du nur?

»Der spinnt wohl!«, fluchte Miriam, noch immer empört. »Was bildet der sich denn eigentlich ein?« Sarah tigerte im

Raum herum, aber plötzlich schien sich alles zu drehen. Sie stützte sich an der Küchentheke ab und versuchte, gefasst zu bleiben.

Du hast mir nie so weh getan wie jetzt.

»Du musst ihm schreiben, dass du schwanger bist!«, beschloss Miriam. »So kannst du ihn jedenfalls nicht davonkommen lassen.«

Sarah sah zu Miriam, die immer noch leise vor sich hin schimpfte.

Du liebst mich nicht.

»Sarah? Sag es ihm! Sonst mach ich es.«

Es ist vorbei.

»Du hast es doch selbst gelesen. Er liebt Jenny. Er will mich nicht.«

»Dann kann er auch erfahren, dass er Vater wird.« Miriam tippte die Nachricht mit schnellen Fingern.

»Ich bin schwanger, und es ist von dir. Ruf mich an«, las sie vor. »Okay?«, fragte Miriam. »Ich schick das jetzt ab!«

Sarah sagte nichts dazu, das Drehen in ihrem Kopf wollte nicht aufhören. Miriam schickte die Nachricht und legte das Handy weg. »Wollen wir doch mal sehen, was er jetzt macht.« Sie wippte ungeduldig mit dem Bein. »Zumindest weiß er es jetzt, und das ist schon mal gut.«

Sarah atmete tief durch. Der Schwindel ließ langsam nach, aber die Traurigkeit in ihr schmerzte weiter. »Was für eine merkwürdige Art, das mitzuteilen. Ich hab mir das immer ganz anders vorgestellt. Mit Babyschuhen oder so. Aber nicht per SMS ...«, sagte sie bitter.

»Er hat es ja nicht anders gewollt.« Sie warteten gespannt auf eine Reaktion von Josh, aber minutenlang tat sich gar nichts.

»Hoffentlich ist er nicht eingeschlafen«, kommentierte Miriam bissig, als plötzlich eine neue Nachricht einging.

Sarahs Herz schlug bis zum Hals. Sie nahm das Handy und las: »Mach es weg. Ich will kein Kind mit dir. Lass mich und meine Familie endlich in Ruhe.«

Einen Moment lang war es ganz still in der Küche. Dann stand Miriam auf und umarmte Sarah.

»Vergiss ihn, Sarah. Du brauchst ihn nicht. Er ist ein Idiot. Und jetzt hat er auch kein Recht mehr auf dein Kind«, sagte sie, wischte Sarah die Tränen aus dem Gesicht und fügte sanft hinzu: »Alles wird gut.«

Kapitel 70

»Alles okay?«, murmelte Josh, als Jenny sein Handy wieder auf den Nachttisch neben ihm legte.

»Ja, alles gut«, flüsterte sie und streichelte ihren Bauch, »schlaf weiter, Liebling.«

Kapitel 71

»Du hast ja sogar schon ein Bett für ihn« staunte Sarahs Vater Michael und schaute sich in dem kleinen, grün gestrichenen Raum um, in dem alles für ein Baby fertig eingerichtet war. Durch die beiden Fenster schien die Frühlingssonne. »Das war doch früher auch dein Kinderzimmer.«

Sarah lehnte sich lächelnd in den Türrahmen. »Ja, genau. Es wurde nur renoviert.«

Michael nickte. »Ich finde es schön, dass wieder Leben in das Haus kommt. Und es ist gut, dass du jetzt hier selbst wohnst und nicht irgendwelche Mieter.«

Sarah lächelte. »Ich auch. Mama hätte das bestimmt auch lieber gewollt. Aber nicht zuletzt ist es natürlich eine enorme finanzielle Erleichterung. Ich muss keine Miete bezahlen, das Haus ist ja sogar abbezahlt.«

»Das ist ein Riesenvorteil. Und du bist doch bestimmt froh, zurück in Köln zu sein, oder?«

»Ja. Düsseldorf war auch okay. Aber seit der Trennung hielt mich da eh nichts mehr.«

Michael seufzte. »Hast du eigentlich noch Kontakt mit Dennis?«

»Nein. Wir warten nur noch auf einen Scheidungstermin.«

»Verstehe.« Er klatschte motiviert in die Hände. »So, was kann ich noch tun? Umzugskisten auspacken? Irgendetwas zusammenbauen? Ich stehe dir zur vollen Verfügung, such dir etwas aus!«

Sarah lachte. »Das meiste haben die Umzugsleute ja schon gemacht, und für die Kisten habe ich ja jetzt jede Menge Zeit ... Für irgendwas muss ich den Mutterschutz ja nutzen.«

»Aber du willst deine wertvolle freie Zeit doch hoffentlich nicht damit zubringen, Kisten auszupacken? Überlege dir das gut! Wenn der Schreihals erst mal auf der Welt ist ...«

»Phil.«

»Was?«

»Er heißt Phil. Nicht Schreihals.«

»Oh, verstehe. Schöner Name.« Er lächelte versonnen. »Mein Enkel Phil ... das ist mein Enkel, Phil ... Phil, du als mein Enkel«, probierte er aus. »Klingt gut, der Name.«

Sarah beobachtete ihn amüsiert. »Na, hast du dich schon daran gewöhnt, Opa zu werden?«

»Auf jeden Fall. Ich freue mich sogar drauf.« Er lächelte schief. »Ich hoffe, ich werde ein besserer Opa, als ich Vater war. Aber das ist kein besonders hohes Ziel, nicht wahr?«

Sarah seufzte und strich sich eine Haarsträhne hinter ihr Ohr. »Papa ...«

»Ich weiß, dass ich das Gegenteil von einem guten Vater war, Sarah.« Er blickte zu Boden. »Das tut mir leid, weißt du das?«

»Schon gut, ehrlich.«

Michael schaute auf, aber bevor er etwas sagen konnte, sagte Sarah: »Papa, ich möchte darüber nicht mehr sprechen. Das ist vorbei.« Sie legte eine Hand auf ihren Bauch.

»Jetzt fängt eine neue Zeit an. Und weißt du was? Irgendwie hatte es auch etwas Gutes, dass du damals abgehauen bist.«

»Das sagst ausgerechnet du?«

»Ja. Ich habe dadurch gelernt, dass eine starke Mutter reicht, um eine glückliche Kindheit zu haben. Man braucht nicht unbedingt einen Vater dafür.«

Michael holte tief Luft. »Puh«, sagte er leise und nickte. »Du hast bestimmt recht.« Er brauchte einen Moment, um sich zu sammeln. Dann sah er ihr direkt in die Augen. »Du bist so eine starke Frau, Sarah, du wirst auch so eine Löwenmutter wie Ines sein. Phil wird ein glückliches Kind sein, auch ohne einen Vater. Bist du denn sicher, dass es keine Chance mehr für dich und ... diesen äh ... Josh gibt?«

»Nein, das ist vorbei«, sagte sie entschlossen. Michael tätschelte unbeholfen ihre Schulter. »Nun ja, das müsst ihr selber wissen. Aber du schaffst das auch so. Und ich verspreche dir: Ich werde ein guter Opa für Phil sein. Ich werde dich bei allem unterstützen, egal, was ist. Ich möchte euch oft hier besuchen kommen. Und bitte vergiss nicht: Du kannst mich jederzeit anrufen, Tag und Nacht.«

Kapitel 72

Er hatte lange überlegt, ob es eine gute Idee war, sich bei ihr zu melden, und den Gedanken immer wieder verworfen. Mehrmals hatte er einen Vorwand gesucht, an Weihnachten und an Silvester sogar schon ihre Nummer gewählt, um dann doch schnell wieder aufzulegen, noch bevor die Verbindung aufgebaut war. Er wusste nicht einmal, was er ihr sagen sollte, trotzdem saß er nun auf seiner Couch und rief sie tatsächlich an. Zum ersten Mal nach Monaten.

Geh ran. Bitte geh ran.

»Josh?«

»Hey, Sarah!«, sagte er und versuchte, wie immer zu klingen. »Wir haben uns so lange nicht gehört. Ich dachte, ich melde mich mal wieder. Wie geht's dir? Alles okay?« Er hörte nichts. »Sarah, bist du dran?«

Bitte, sag etwas.

»Warum rufst du mich an?«

Ich habe Sehnsucht nach dir. Ich vermisse dich wie verrückt.

»Ähm, ich wollte nur wissen, wie es dir so geht. Es ist ja schon eine ganze Weile her.«

»Ist das dein Ernst?«

»Ja ...?«

Er hörte, wie sie ins Telefon schnaubte. »Glaubst du, du kannst nach allem, was passiert ist, einfach hier anrufen? Nach allem, was du mir gesagt hast?«

Es tut mir so leid, Sarah. Ich wollte dich nie verletzen.

»Ich dachte nur ...«

»Weißt du noch, was du mir gesagt hast? Über das Baby?«

»Ja, natürlich ...«

»Und stehst du immer noch dazu?«

Wenn es das Baby nicht gäbe, hätte ich Jenny längst verlassen. Aber ich kann das nicht! Ich will, dass mein Kind einen Vater hat. Wir waren uns doch einig, oder?

»Ja. Du wolltest das doch auch nicht, Sarah.«

Er hörte ihren Atem.

»Du widerst mich an, Josh. Werde verdammt noch mal glücklich mit Jenny und mach auf heile Familie. Aber lass mich in Ruhe. Ich brauche dich nicht. Nie mehr.« Dann legte sie auf.

Wie kannst du so sein?

Fassungslos starrte er auf das Telefon.

Kapitel 73

»Ich glaube es nicht«, sagte Sarah zu sich selbst und starrte auf das Handy in ihrer Hand.

Was hast du dir dabei gedacht? Dass du mich anrufen und so tun kannst, als sei alles in Ordnung? Du hast von mir verlangt, dass ich unser Kind töte! Unser Kind! Das verzeihe ich dir nie.

Sie setzte sich in ihrem Bett auf, streichelte mit ihren Fingern über ihren Bauch und versuchte, die Narbe an ihrer Hand zu übersehen.

»Phil, hab keine Angst. Wir beide sind ein gutes Team, das weiß ich jetzt schon. Ich werde dir eine sehr glückliche Kindheit bereiten, vertrau mir. Wir haben ein ganz tolles Zuhause, hier bin ich sogar selber aufgewachsen. Wir haben einen Garten, du hast ein schönes Kinderzimmer, und zu zweit werden wir das schon irgendwie schaffen. Dein Opa möchte uns zwischendurch aus Hamburg besuchen kommen und deine Patentante Miri bekommt bestimmt auch bald ein Baby, dann hast du gleich einen Spielkameraden. Deine Oma ist leider schon gestorben, aber ich werde dir ganz viel von ihr erzählen. Von ihr habe ich viele wichtige Dinge gelernt und das alles werde ich dir auch beibringen.«

Sie fühlte, wie sich ihr Baby in ihr bewegte. »Ich werde dich immer beschützen, Phil. Du bist für mich jetzt schon das Wertvollste in meinem ganzen Leben, obwohl ich dich noch gar nicht kenne.«

Kapitel 74

»Oh, ich freue mich so, sie endlich kennenzulernen!« Margaret tippelte ungeduldig durch den Flur.

»Sie freut sich auch, glaube ich. Jedenfalls ist sie eben aufgewacht«, erklärte Josh lächelnd und nahm Margaret und Steve ihre Jacken ab.

»Ganz schön trubelig hier«, bemerkte Steve, als Owen kreischend an ihnen vorbeisauste, gefolgt von Aidan, der ihn ermahnte, endlich stehen zu bleiben. Sie betraten das Wohnzimmer, wo George und einige andere Gäste plauderten, Tee und Kaffee tranken und Häppchen aßen. Über dem Esstisch hing ein großes »Willkommen, Baby!«-Schild, geschmückt mit rosa Luftballons und pink-glänzenden Girlanden. Auf einem Sideboard türmten sich Geschenke. »Wo ist denn Jenny?«, fragte Margaret.

»Ich bin hier«, kam die Antwort aus dem Kinderzimmer. »Ich mache der Prinzessin gerade eine neue Windel, Moment.« Kurz darauf erschien sie mit ihrem Baby im Wohnzimmer. Josh strahlte voller Stolz. »Darf ich vorstellen? Grace Alice Whittaker, heute ganze zwei Wochen alt!«

»Mein Gott, schau sie dir an! Sie ist so hübsch. So winzig«, hauchte Margaret und berührte mit ihrem Finger behutsam die kleine Faust des Mädchens. »Schau nur, Steve!«

»Hm, sehr süß«, brummte er und beäugte das Kind in der Decke. »Sie hat viele Haare.« Ein gerührtes Lächeln legte sich auf sein Gesicht.

»Stimmt. Die hat sie von mir«, betonte Jenny.

»Ihr könnt wirklich stolz sein. Sie sieht aus wie ein kleiner Engel. Und Grace Alice ... so ein schöner Name. Der passt zu ihr.«

»Danke, Margaret. Wir sind sehr stolz. Es ist schon ein Wunder, wie sehr so ein kleines Wesen alles auf den Kopf stellt.« Er richtete sich an Margaret. »Möchtest du sie mal halten?« Josh bemerkte, dass Jenny etwas einwenden wollte, es dann aber doch unterließ.

»Oh, darf ich? Ich passe auch gut auf das Köpfchen auf. Aber warte, ich setze mich lieber hin.« Margarets Wangen röteten sich vor lauter Aufregung, und als Josh ihr das kleine Bündel Mensch in die Arme legte, strahlten ihre Augen. Grace blinzelte und schmatzte zufrieden.

»Du darfst aber ruhig weiter atmen, Margaret«, Josh lachte und Steve kicherte amüsiert neben ihm.

»Ich möchte doch nur nichts falsch machen. Sie ist so klein und so leicht«, protestierte Margaret, ohne den Blick von dem Kind abzuwenden. »Und sie riecht so gut nach Baby. Ich liebe diesen Duft. Riechst du das auch, Steve?«

Er nickte. »Äh, sicher.«

Während Jenny sich um die anderen Gäste kümmerte, erzählte Josh von den ersten Wochen als Papa, von der überraschend schnellen Geburt, den schlaflosen Nächten und den überschäumenden Gefühlen für sein Kind. »Ich hatte keine Ahnung, wie sehr man ein Kind lieben kann«, schwärmte er. »Sie ist schon etwas ganz Besonderes.«

»Das ist sie. Und ich freue mich so für dich, dass du das erleben darfst.«

»Danke, Margaret. Ich bin auch sehr froh darüber.«

Als Grace unzufrieden aufquäkte, reichte Margarete den Säugling zurück an Jenny. Dann wandte sie sich wieder an Josh: »Weißt du, ob Sarah auch schon ihr Kind hat?«

Josh schaute sie überrascht an. Hatte er sich verhört? Sarah? »Nein«, sagte er und versuchte seine Gedanken zu ordnen. Sarah? Ein Kind?

»Na ja, etwas wird es bei ihr auch noch dauern, glaube ich. Bestimmt noch ein paar Wochen«, plapperte Margaret munter weiter.

Josh verschluckte sich und hustete. »Ich weiß den Geburtstermin leider auch nicht.«

»Wir werden es schon früh genug erfahren, nicht wahr?« Sie lachte. »Entschuldige mich, Josh, ich hole mir einen Happen zu essen.« Margaret stand auf und ließ den sprachlosen Josh zurück. Hatte das Kind ihre Ehe mit Dennis gerettet? War sie glücklich?

Kapitel 75

»Happy End«, sagte Sarah zu Miriam auf dem Flur des Düsseldorfer Amtsgerichts. »Na ja, mehr oder weniger. Alle sind zufrieden, glaube ich. Ich bin jedenfalls erleichtert«, sagte Sarah.

»Das freut mich für dich!«, Miriam nickte. »War es so schlimm, wie du es erwartet hattest?«

»Nein. Sehr nüchtern. Schon bemerkenswert, dass immerhin fünf Jahre Ehe in weniger als fünfzehn Minuten geschieden werden, oder?«

Miriam zuckte mit den Schultern. »Was hattest du denn gedacht? Es war doch auch schon alles geklärt.«

»Sarah«, hörte sie hinter sich eine Stimme und drehte sich um. Dennis lächelte sie freundlich an. »Ich wollte nicht gehen, ohne dir noch alles Gute für die Zukunft zu wünschen.«

»Danke. Dir auch, Dennis.« Im Kinderwagen krähte Phil fröhlich seine Spielkette an. Dennis sah zu ihm hinunter. »Das ist er also? Dein Sohn?«

»Ja, das ist Phil.«

Er betrachtete das Baby einen Moment, dann seufzte er.

»Erstaunlich, wie das Leben manchmal so spielt, nicht wahr?«

»In der Tat, ja.«

»Ich war immer gern mit dir verheiratet, Sarah. Ich hoffe, das war auch umgekehrt so.«

»Die meiste Zeit.«

»Aber wenn es immer gut gewesen wäre, stünden wir jetzt wohl nicht hier.«

Sie streckte ihm die Hand hin. »Mach's gut, Dennis.«

Er hielt ihre Hand fest umschlossen, schaute sie an und sie kannte diesen Blick so gut, dass sie einen kurzen Moment lang fast wehmütig wurde.

»Du auch.« Dann drehte er sich um und entfernte sich. Als er den Flur durch die Glastür verlassen hatte, atmete Sarah tief durch.

»Komm, lass uns schnell raus hier.« Sie schob den Kinderwagen Richtung Ausgang. »Ach, Scheiße, Miri. Das ist doch in Wahrheit alles doof«, sagte Sarah, als sie das Gerichtsgebäude verlassen hatten. Eisiger Novemberwind zerrte an ihren Jacken, trieb vertrocknetes Laub über den Bürgersteig und wirbelte den Schmutz der stark befahrenen Straße auf.

»Was? Tut es dir jetzt auf einmal leid, dass du den Kerl los bist?«, fragte Miriam, und das Missfallen in ihrer Stimme war unüberhörbar.

»Nein. Ich bin nur sentimental. Ich bin zweiunddreißig, geschieden und alleinerziehend. Der Vater meines Babys hätte es lieber abgetrieben, ich bin für alles verantwortlich, immer und überall und ich habe überhaupt keine Hilfe. Meine Mutter ist tot, mein Vater lebt in Hamburg, und ich hab keine Ahnung, wie mein Leben weitergehen soll.«

Phil gluckste glücklich.

»Stimmt, alles total schlimm«, Miriam sah sie prüfend an, »nicht wahr?« Sie seufzte. »Mann, Sarah, hör endlich mal auf, nur das Negative zu sehen. Du hast ein wunderbares Kind, das gesund ist. Allein dieser Umstand sollte dich schon glücklich machen, das kann ich dir aber sagen!«

Sarah nickte schuldbewusst, und Miriam redete sich in Rage: »Du hast ein eigenes Haus! In Köln! Und es ist sogar abbezahlt! Ich kenne eine Menge Leute, die dafür alles tun würden. Du hast einen Vater, der sich seit ein paar Monaten wirklich sehr um dich bemüht. Ja, deine Ehe ist schiefgegangen, aber mal ehrlich, sie war nicht besonders glücklich, oder? Du möchtest doch wohl nicht mit einem Mann verheiratet sein, der dich nach Strich und Faden betrogen hat?«

»Nein«, gab Sarah zu.

»Oder vermisst du schon die Espressopakete zum Hochzeitstag?«

Sarah konnte sich ein Grinsen nicht verkneifen.

»Jetzt, wo du es sagst ... Auf keinen Fall!«

»Also. Außerdem hast du Hilfe: Du hast mich. Ich bin nicht umsonst deine beste Freundin. Und Kai hilft dir auch immer gern, das weißt du. In ein paar Monaten gehst du wieder arbeiten, und du hast sogar eine Tagesmutter für Phil. Es könnte wirklich schlimmer sein. Und zwar alles.«

»Ich weiß. Du hast ja recht«, gab Sarah zu. »Ich bin dir auch sehr dankbar, dass du immer da bist. Wirklich, Miri, du bist meine größte Stütze.«

»Danke, gleichfalls«, Miriam lächelte.

»Aber trotzdem fühle ich mich manchmal überfordert. Schon allein was Phil angeht. Als er neulich Fieber hatte, mitten in der Nacht, hatte ich keine Ahnung, was ich tun soll. Ich hätte gerne jemanden an meiner Seite gehabt, einfach, um mich auszutauschen, verstehst du?«

»Warum hast du mich nicht angerufen?«

»Mitten in der Nacht? Spinnst du? Nein, auf keinen Fall. Außerdem: Es war gar nichts Schlimmes. Er hat nur einen Zahn bekommen, mehr nicht.« Sie lachte leise bei der Erinnerung an diese Entdeckung, aber dann verfinsterte sich ihre Miene wieder. »Aber es ist nicht nur das: Überall sind die Papas dabei. Beim Babyschwimmen, im Krabbelkurs … und früher oder später kommt immer die Frage nach Phils Vater. Was soll ich denn dazu sagen? Dass Phil bei einem One Night Stand in Neuseeland entstanden ist und sein Vater nicht mal weiß, dass es ihn gibt? Super Antwort, dann halten mich alle für eine Schlampe.«

Miriam zog die Stirn in Falten. »Josh war doch kein One Night Stand!« Sie schüttelte verständnislos den Kopf. »Du hast ihm immer noch nicht gesagt, dass du Phil bekommen hast, oder?«

»Nein. Warum sollte ich? Du erinnerst dich? Er wollte, dass ich Phil abtreibe. Und er hat das ein paar Monate danach sogar noch einmal wiederholt.«

»Aber …«

»Miri, ich werde nicht mehr mit ihm sprechen, egal, wie oft er mich noch anruft.«

»Tut er das denn?«

»Ein paar Mal hat er es versucht, aber inzwischen nicht mehr. Ich gehe ja nie dran.«

Miriam seufzte. »Ach, Mann. Das ist alles so traurig. Aber du musst ja auch keinen Kontakt mit ihm haben. Er bezahlt ja nicht mal Unterhalt.«

»Nein«, sagte Sarah. Phils fröhliches Quäken wandelte sich in ein unzufriedenes Protestieren. »Und, Philly«, Sarah lächelte ihr Kind an. »Du bist sowieso das Beste, was mir passieren konnte. Trotz allem.« Sie küsste ihn liebevoll auf seine weiche Backe. »Ich liebe dich, Baby.«

Kapitel 76

»Alles Liebe zum Geburtstag, Mummy!«, las Jenny laut aus ihrer Geburtstagskarte vor. »Danke, Grace!«

»Ich hab ihr ein wenig beim Schreiben geholfen«, Josh zwinkerte und wiegte das Baby tänzelnd um den geschmückten Esstisch. Jenny nahm sich ein Geschenk und packte es aus. »Oh, eine Tasche, wie hübsch«, kommentierte sie und drehte sie nach allen Seiten.

»Gefällt sie dir? Ich war nicht sicher, aber ich habe mich extra beraten lassen«, erzählte Josh und wartete auf eine Reaktion, aber Jenny spähte nur in das Innere der Tasche. »Du kannst sie natürlich trotzdem noch umtauschen«, fügte er schließlich hinzu.

»Wärst du beleidigt, wenn ich das mache? Ich finde sie so ... na ja, groß.«

Josh dachte an den Stress, den er gehabt hatte, um ein schönes Modell zu finden. Und das viele Geld, das er dafür ausgegeben hatte. Er seufzte. »Nein, wenn du lieber eine andere möchtest, ist das eben so. Sie soll ja dir gefallen.«

»Jetzt sei doch nicht gleich eingeschnappt, Josh!«

»Bin ich nicht. Alles gut.« Er bemühte sich um ein

freundliches Gesicht. »Da ist noch ein Geschenk für dich.«
Er deutete auf ein kleines Päckchen.

»Okay, was mag da drin sein?« Sie schüttelte es gespannt. »Hat Daddy etwa …«, sie strahlte Grace an, bevor sie das Papier abriss. Dann hielt sie eine Flasche Parfum in der Hand und lächelte nicht mehr.

»Es ist dein Lieblingsparfüm«, sagte Josh.

»Ja, ich weiß. Danke.«

Er beobachtete sie, sah, wie sie nach einer weiteren Karte oder einem dritten Geschenk suchend über den Tisch blickte. »Was hattest du erwartet, Jenny?«

»Nichts, schon gut. Was machen wir heute?«, fragte sie.

»Ähm, ich muss leider arbeiten. Wir haben viel zu tun auf den Feldern und … «

»Muss das sein? Können wir nicht mal etwas anderes machen? Es ist mein Geburtstag, Josh!«

Er sah auf die Uhr. Meinte sie das gerade ernst? »Jenny, es tut mir leid, aber heute ist Mittwoch, und ich kann nicht einfach …«

»Du hast immer eine Ausrede, Josh«, fuhr sie ihm über den Mund. »Es ist völlig egal, ob heute Mittwoch ist oder Sonntag, ob es mein Geburtstag ist oder ein ganz normaler Tag. Du willst nie etwas mit mir unternehmen.«

»Was redest du denn da? Das stimmt doch gar nicht.«

»Doch. Früher sind wir wenigstens mal ins Kino gegangen oder zu Partys. Aber nicht mal dazu hast du Zeit. Oder Lust.«

»Ins Kino? Jenny, wir haben ein kleines Baby! Wo soll denn Grace dann bleiben?«

»Siehst du, wir haben nicht mal einen Babysitter. Wir sind an dieses Haus gefesselt. Die ganze Zeit! Ich werde noch verrückt hier.« Sie stand auf und knüllte das Geschenkpapier zusammen, bis es kleine, feste Kugeln waren. Er schaute ihr wortlos zu, dann drehte sie sich zu ihm um. »Oder anders gesagt: Ich bin an dieses Haus gefesselt. Du bist ja den ganzen Tag auf den Feldern oder im Weinkeller oder bei irgendwelchen Terminen. Du kommst ja rum. Und was weiß ich, was du da so alles treibst ... «

»Du meinst die Kundentermine? Puh, ja, total spannend. Du kannst gerne mal mitkommen.« Sie ging ins Schlafzimmer, und er folgte ihr. »Jenny, was ist denn los mit dir?«

»Ich sag dir, was los ist: Ich hatte gehofft, dass ich heute endlich mal wieder etwas Liebe von meinem Mann spüre. Von dir. Dass du mich überraschst. Mich glücklich machst«, rief sie und setzte dann empört hinzu: »Aber das ist nicht so. Mal wieder nicht.«

»Jenny, es tut mir leid, dass dir meine Geschenke nicht gefallen, ich habe mir wirklich Mühe gegeben.«

»Und trotzdem hat es nicht gereicht«, giftete sie.

»Ich hab dir so oft gesagt, dass ich gerne ein paar Tage mit dir verreisen würde. Aber das interessiert dich ja nicht. Wahrscheinlich hast du mir gar nicht zugehört.«

Er seufzte. »Doch, ich habe das durchaus gehört. Aber wie stellst du dir das denn vor? Ich kann jetzt doch nicht einfach wegfahren! Wir haben so viel Arbeit, und ich bin der Chef, ich muss viel verantworten, verdammt noch mal!«

»Eben! Du bist der Chef. Du kannst dir aussuchen, wann du frei haben willst.«

»Glaubst du das wirklich?«, fragte er fassungslos.

»Ja. Natürlich. Das Problem ist: Du willst einfach nicht.«

Kopfschüttelnd schnappte er nach Luft. Trotz des Lärms war Grace auf seinem Arm eingeschlafen. So behutsam, wie er konnte, legte er sie in ihr Bett. Dann kehrte er ins Schlafzimmer zurück, wo Jenny die Betten aufschüttelte. »Jenny, ich möchte mich nicht mit dir streiten.«

»Natürlich nicht. Du willst einfach allen Problemen aus dem Weg gehen. Wie immer.« Sie ging zurück in die Küche und ließ ihn einfach stehen. Kurz darauf folgt er ihr.

»Fein, was ist das Problem? Erzähl es mir.« Er nahm sich einen Stuhl, knallte ihn laut auf den Fußboden und setzte sich.

»Das habe ich dir doch schon gesagt. Ungefähr tausend Mal. Du hörst mir ja nie zu«, fauchte sie.

»Dann sag es eben nochmal!«

»Bitte, dann jetzt zum Mitschreiben: Ich fühle mich vernachlässigt. Ich sitze den ganzen Tag in diesem Haus und starre auf Weinreben. Manchmal fühle ich mich wie im Gefängnis hier! Ich erlebe überhaupt nichts mehr, langweile mich zu Tode und warte den ganzen Tag auf meinen Mann, der nur an die Arbeit denkt und auch von nichts anderem redet. Wein, Wein, Wein. Ich kann es nicht mehr hören!«

»Das ist mein Beruf. Und ich bin stolz auf ‚Eight Poplars‘. Und darauf, was ich bisher erreicht habe. Verdammt, Jenny, davon leben wir!«

»Ja, ich weiß. Aber es ist so ein langweiliges Leben. Es kotzt mich an, dass ich hier nie etwas erlebe.«

Er starrte sie an. »Ein langweiliges Leben? Meinst du das ernst? Du wusstest doch genau, worauf du dich einlässt, als du mich geheiratet hast. Verdammt, Jenny, Du arbeitest doch schon dein halbes Leben hier. Du wusstest, welches Leben ich dir bieten kann. Und welches nicht.«

Sie schwieg einen Moment. »Ja, ich wusste es. Erinnerst du dich daran, dass ich dir sagte, dass mir etwas fehlt?«

»Ja, allerdings weiß ich das noch. Du wolltest unbedingt ein Kind, und wir haben eins bekommen, nicht wahr?«

»Ja. Aber vielleicht war es etwas anderes. Vielleicht fehlte mir kein Kind.«

»Nein? Was denn noch? Ich reiße mir den Arsch auf, um das alles hier am Laufen zu halten, Jenny! Damit wir ein gutes Leben haben! Du und Grace und ich! Das reicht immer noch nicht? Nein? Erzähl' schon, was willst du noch?«

Sie sagte lange nichts. Dann antwortete sie mit tonloser Stimme: »Ich will von dir geliebt werden.«

Kapitel 77

»Ich hab dich lieb, Philly!« Sarah küsste ihr Kind auf die Nasenspitze, und er lachte sie fröhlich an. Kleine Grübchen bildeten sich auf seinen Wangen, genau wie bei Josh. Die Tagesmutter hob ihn auf ihre Hüfte und seine Miene verdunkelte sich schlagartig.

»So, Phil, wir beide gehen jetzt ein bisschen spielen, solange Mama arbeitet.« Zu Sarah gewandt sagte sie:

»Also heute bis zwölf Uhr?«

Sarah seufzte. »Okay.«

»Es wird bestimmt besser als in den letzten Tagen. Er muss sich nur daran gewöhnen, allein hier bei mir zu sein. Stimmt's, Phil? Wenn Mama weg ist, weinst du nicht mehr. Wir werden viel Spaß haben!«

Sarah griff nach ihrer Tasche und drückte noch einmal Phils Hand, die er nach ihr ausstreckte, während die Tagesmutter ihn wegtrug. »Bis später, Philly. Viel Spaß!«

Sie bemühte sich, fröhlich zu klingen, aber ihr Herz war schwer. Als sie ihr Auto erreichte und noch immer Phils bitteres Weinen hörte, presste sie die Lippen zusammen. Sie ließ ihren Wagen an, fuhr in die Agentur und konnte an nichts anderes denken. Er tat ihr leid. Er war noch so klein, und sie wünschte sich so sehr, die beste Mutter der Welt für ihn zu sein. Sie würde viel lieber den ganzen Tag bei ihm bleiben und mehr Zeit für ihn haben. Aber das war unmöglich.

Kapitel 78

Der Abschied von seiner Tochter tat am meisten weh. Josh küsste Grace und schob das Klämmerchen in ihren blonden Haaren zurecht. Sie spielte in ihrer Autoschale mit ihren nackten Füßen und gluckste zufrieden. »Ich liebe dich, Grace. Daddy wird dich immer lieben, hörst du? Wir sehen uns bald wieder!« Er streichelte über ihren Hals, küsste sie noch einmal und versuchte, sich ihren süßen Duft einzuprägen. Dann kontrollierte er die Anschnallgurte und schloss die Wagentür.

»Bist du fertig?«, fragte Jenny hinter ihm ungeduldig.

»Ja«, sagte er und drehte sich zu ihr um. »Dann fährst du jetzt?«

»Endlich«, antwortete sie kühl und sah sich noch einmal um. Dann seufzte sie betont laut. »Ich wollte schon längst weg sein.«

»Ich hole Grace dann am Freitag ab, gegen siebzehn Uhr, okay?«

»Das haben wir doch schon mehrfach besprochen, Josh.«

»Ja, ich weiß. Und wenn etwas ist, rufst du an. Jederzeit,

hörst du?« Er schaute ihr fest in die Augen. »Jenny, ich bin trotzdem für euch da.«

»Ach, auf einmal geht das? Warum war das denn während unserer Ehe so schwer?« Sie wartete keine Antwort ab, sondern schulterte ihre Tasche und öffnete die Fahrertür.

»Bye, Jenny. Bis Freitag.«

»Bye, Josh.« Sie startete den Wagen und fuhr mit Grace davon. Josh sah ihnen nach, bis das Auto verschwunden war und die Staubwolke sich wieder gelegt hatte. In seinem Kopf rangen Erleichterung und Enttäuschung miteinander. »Alles okay?«, fragte George, als er neben ihn trat und ihm seine Hand auf die Schulter legte.

»Ich weiß es nicht, Dad.« Er atmete tief durch. »Ich bin erleichtert, was Jenny angeht. Aber was tue ich Grace da an?«

»Das liegt in deiner Hand, Josh. Du warst vielleicht nicht der beste Ehemann, aber du bist ein großartiger Vater für dein Kind. Und du kannst es auch in Zukunft sein. Es wird nicht leicht sein, aber du schaffst das. Du musst es nur wollen.«

»Das tue ich. Gott, ich werde alles dafür tun, ein guter Vater für Grace zu sein. Ich will nicht, dass ich irgendwann ein Fremder für sie bin.«

»Ich weiß«, George lächelte, »und jetzt komm. Es wird ein anstrengender Tag heute.«

Kapitel 79

Sarah war froh, dass der Tag vorbei war. Erschöpft saß sie an Phils Bett und wartete, bis er eingeschlafen war. Schon seit einigen Tagen war er quengelig und fand abends nur in den Schlaf, wenn er ihre Hand fühlte. Sarah hatte der Tagesmutter beiläufig davon erzählt, aber sie hatte nur schulterzuckend kommentiert, dass Sarah ihn mit solchen Mätzchen komplett verziehen würde. Sie musste aufpassen, dass ihr selbst nicht die Augen zufielen, hinter ihr lag eine anstrengende Woche. Wie immer. Inzwischen war es Ende Februar, und auch jetzt, zwei Monate nachdem sie wieder angefangen hatte zu arbeiten, hatte ihr Alltag noch keine belastbare Routine. Die kleinste Abweichung konnte alles zum Kippen bringen, wie sie inzwischen mehrfach erfahren hatte. Zwar war Phil mittlerweile einigermaßen daran gewöhnt, jeden Morgen bei der Tagesmutter abgeliefert zu werden, aber es gab immer wieder Tage, an denen er sich schwer von seiner Mama trennte. Umgekehrt war es meist nicht so einfach wie erhofft für Sarah, die Agentur pünktlich zu verlassen. Sie hasste die vorwurfsvollen Blicke ihrer Kollegen, wenn sie darauf bestand, Abgabetermine auf den nächsten Tag zu legen, oder Meetings gleich ganz absagte. Sie hatte ein paar Mal versucht, ihre Jobs von zu Hause aus zu bearbeiten, und sich wie eine Verräterin gefühlt, als sie Phil deswegen in seinen Laufstall gesetzt hatte. Eigentlich hatte sie sich fest vorgenommen, dass der Nachmittag nur ihnen beiden gehörte, aber wie lange würde das gutgehen? Jeden Abend, wenn Phil endlich eingeschlafen war, kümmerte sie sich noch um den Haushalt und ihre Post, bevor sie selbst ins Bett ging.

»Schlaf gut, Philly«, flüsterte sie und zog ihren Finger vorsichtig aus seiner Faust. Sie stand auf, schlich auf Zehenspitzen aus dem Kinderzimmer und vermied es dabei, auf die Diele im Flur zu treten, deren Quietschen Phil schon ein paar Mal wieder geweckt hatte.

Leise stieg sie die Treppe hinab, als es an der Tür klingelte. Sie erstarrte mitten in der Bewegung und horchte angespannt, ob sich im Kinderzimmer etwas regte.

»Wer zur Hölle klingelt um diese Zeit noch?«, sie fluchte leise und eilte zur Haustür, um einem zweiten Klingeln zuvorzukommen. Sie warf einen raschen Blick durch den Türspion, und als sie im fahlen Licht ihrer Außenlaterne erkannte, wer da stand, fiel sie vor Schreck gegen die Wand.

Kapitel 80

Es dauerte erstaunlich lange, bis die Tür geöffnet wurde.
Josh fröstelte. Er trug über seinem T-Shirt nur eine dünne
Jacke, die durch den leichten Schneefall schon ganz feucht
geworden war. Ihre Augen starrten ihn ungläubig an.

Du.

»Josh«, sagte sie, und er war sich nicht sicher, ob es eine
Frage oder eine Feststellung war.

»Hi, Sarah!« Er lächelte und hob seine Hand ungelenk
zum Gruß.

Ich habe so darauf gewartet, dich zu sehen.

Sie schluckte und starrte ihn weiter an. Der Wind wehte
ein paar Schneeflocken in Joshs Gesicht.

»Ist alles okay? Ich hab gerade was rumpeln gehört«,
sagte er.

»Was machst du hier?«, fragte sie leise.

»Ich war gerade überhaupt nicht in der Nähe und dachte, ich komme mal vorbei.«

Bitte, schick mich nicht weg.

Kapitel 81

Ich träume das nur. Du bist hier. Vor meiner Tür. Das kann nicht sein. Ich träume.

»Woher weißt du, wo ich wohne?«

»Ähm, von Margaret. Ich soll dich übrigens von ihr grüßen.« Er blinzelte, als eine Schneeflocke in sein Auge flog.

Jetzt gleich wache ich auf.

»Komm rein, du wirst ja ganz nass.« Sie trat zur Seite, und er kam ins Haus. Die schmutzigen Schneereste auf seinen Sneakers hinterließen kleine Pfützen auf dem Laminat.

»Ich hoffe, ich störe nicht«, sagte er und sein Blick verriet seine Unsicherheit.

»Nein, aber zieh deine Schuhe aus.«

»Natürlich.« Er stellte seine Tasche ab, zog Schuhe und Jacke aus und sie stand bewegungslos dabei. Als er fertig war, richtete er sich auf und sah sich lächelnd um.

»Hübscher Flur«, sagte er schließlich. Sie starrte ihn noch immer an.

»Komm, wir gehen ins Wohnzimmer. Aber sei leise, okay?« Nahezu lautlos schritt sie voraus.

Du bist hier. In Deutschland. Bei mir.

Sie setzten sich auf die Couch, aber Sarah stand sofort wieder auf. »Möchtest du etwas trinken?« Er nickte, sie lief in die Küche und verharrte dann mit einer Flasche Wein in der Hand einen Moment lang im Türrahmen, um ihn anzusehen. Er saß da, auf ihrer Couch, rieb seine Finger aneinander, und daran erkannte sie sofort, dass er nervös war.

Ich auch. Ich hab mir so oft ausgemalt, was ich dir an den Kopf werfen würde, wenn ich dich wiedersehe. Aber jetzt bist du hier, und ich weiß gar nichts mehr.

Auf dem Weg zurück zur Couch nahm sie zwei Gläser aus dem Schrank.

»Es ist nur billiger Supermarkt-Fusel«, merkte sie an, während sie einschenkte. »Ich hab nichts anderes da.«

»Ich bin nicht wegen des Weins hier.« Er räusperte sich. »Sondern um dich zu sehen. Und nur deshalb.«

Du bist nur meinetwegen hier?

»Tatsächlich?«, bemerkte sie bemüht lässig und während sie leise anstießen, murmelte sie: »Und was sagt Jenny dazu?«

Er trank einen kleinen Schluck, setzte sein Glas ab und erklärte: »Wir haben uns getrennt, kurz nach Weihnachten.«

Getrennt. Sie sind getrennt. Er ist ...

»Es hat einfach nicht funktioniert. Sie ist vor acht Wochen ausgezogen«, erläuterte er weiter. »Mit unserer Tochter, Grace.« Er rieb seine Finger weiter aneinander und schaute auf den Boden. »Aber ich sehe Grace regelmäßig. Jedes Wochenende.«

»Warum bist du hier, Josh?«, platzte es aus ihr heraus.

Was willst du? Glaubst du, dass ich dich wiederhaben will, nachdem deine Ehe gescheitert ist? Nachdem du von mir verlangt hast, unser Kind abzutreiben?

Sie lehnte sich zurück und schlang ihre Arme um ihre Beine.

»Sarah, ich habe einen Fehler gemacht. Zwei Mal.« Er sah auf und ihr in die Augen.

»Einen Fehler nennst du das?« Sie schnaubte verächtlich.

»Ja«, nickte er, »es war ein Fehler, dich zwei Mal gehen zu lassen. Als du damals nicht zu mir ziehen wolltest, weil du dein Studium beenden wolltest, hat es mir das Herz gebrochen. Aber ich hätte einfach mehr Geduld haben müssen. Es tut mir leid.«

»Josh, ich ...« sagte sie, aber er unterbrach sie sofort.

»Bitte, lass mich ausreden. Ich habe den ganzen Flug darüber nachgedacht, wie ich es ausdrücken soll. Und es war ein echt langer Flug!«

Sie schwieg. Josh holte tief Luft. »Also, es tut mir leid, dass ich damals nicht auf dich gewartet habe.«

Mir auch.

»Aber trotzdem habe ich den gleichen Fehler noch einmal gemacht. Als du zurückgekommen bist ... als wir in Kaikoura waren ... hab ich dich wieder gehen lassen. Ich dachte, ich tue das Richtige, wenn ich bei Jenny und unserem Kind bleibe, ich dachte es wirklich. Ich wollte kein Mistkerl sein. Aber ich war einer, und das war ein gewaltiger Fehler. Ich habe dich verletzt. Und natürlich hat es mit Jenny nicht mehr funktioniert, nach Kaikoura, nach dir. Keine Sekunde lang.«

Und jetzt?

»Ich habe ständig an dich gedacht. Aber irgendwann glaubte ich, dass ich dich in Ruhe lassen muss, damit du glücklich wirst. Du bist ja auch nicht mehr ans Telefon gegangen ... Ich dachte, du wärst mit Dennis besser dran. Als

Margaret mir von deiner Scheidung erzählt hat, hab ich gleich am nächsten Tag einen Flug gebucht. Und hier bin ich.«

»Margaret hat dir von meiner Scheidung erzählt?«

»Ja, ich weiß davon. Aber ich weiß nicht, ob es dir genauso geht wie mir, ob du das Gleiche fühlst wie ich. Aber ich muss es wissen und deshalb bin ich hier. Ich liebe dich, Sarah. Es ist jetzt fünfzehn Jahre und fast zwanzigtausend Kilometer her, seit wir uns begegnet sind, und ich will keinen Tag länger von dir getrennt sein und keinen Meter weiter entfernt als nötig. Ich will mit dir zusammen sein. Bitte.«

Sie schlug die zitternde Hand vor den Mund und konnte nicht glauben, was passierte.

Ich liebe dich doch auch.

Er hielt ihren Blick fest. »Und diesmal habe ich den Mut. Ich werde um dich kämpfen, auch wenn es viel schwieriger wird, weil ihr beide ein Kind habt und du bestimmt willst, dass Dennis in seiner Nähe ist ... «

»Ihr?!«

»Ja. Du und Dennis, ihr habt doch ein Kind? Margaret hat mir davon erzählt.«

Was passiert hier? Du denkst, dass Dennis der Vater von Phil ist? Aber warum?

»Sarah, sag etwas. Ich liebe dich. Bitte lass es uns noch einmal versuchen. Aber diesmal richtig.«

»Du glaubst, dass Dennis der Vater meines Kindes ist?«, fragte sie.

»Äh, ja. Ist er das nicht?« Er sah sie so überrascht an, dass sie es sofort wusste. Er spielte ihr nichts vor. Er hatte wirklich keine Ahnung.

Aus dem Kinderzimmer klang ein jammerndes Weinen und unterbrach die Stille zwischen ihnen.

»Sarah, bitte sag endlich etwas.«

Sie schaute ihn an. »Ich muss mich um Phil kümmern«, murmelte sie und stand auf. In ihrem Kopf drehte sich alles. Kaikoura. Das Kotzen im Supermarkt. Die SMS von Josh. Mach es weg. Lass mich und meine Familie endlich in Ruhe. Mach es weg. Mach es weg. Mach es weg. Sie schnappte nach Luft.

Das warst nicht du, oder? Das war Jenny. Natürlich.

Im Vorbeigehen strich sie mit ihrer Hand zärtlich über seinen Nacken.

Kapitel 82

Er fühlte ihre Berührung noch, als sie bereits ins obere Stockwerk gegangen war. In seinem Kopf schoben sich Bilder übereinander. Sarah. Die Weihnachtsfeier. Der Felsen. Die Nacht im Zelt. Das Possum. Ihr Abschied am Flughafen. Die Liebesschwüre per Mail. Die Zeitverschiebung. Ihre Briefe. Die Trennung am Telefon. Die schlafende Sarah. Kaikoura. Die Wale. Jenny. Dennis. Grace. Sarah.

»Josh?«, hörte er sie aus dem oberen Stockwerk rufen. »Ich möchte, dass du jemanden kennenlernst.« Er ging die Treppe hinauf, trat auf eine quietschende Diele und folgte der leisen Musik einer Spieluhr, bis er den schwach beleuchteten Raum betrat, in dem Sarah mit ihrem Kind auf dem Arm stand. Es schaute ihn mit großen Augen aufmerksam an.

»Das ist Phil«, sagte Sarah.

»Hallo, Phil«, sagte er leise. »Schön, dich zu sehen.« Phil kaute auf seiner Hand herum und blinzelte müde.

Er sieht aus wie Grace.

»Wie alt ist er?«

»Er wird im Mai ein Jahr alt«, antwortete Sarah mit brüchiger Stimme und sah ihn ernst an.

Er ist fast genauso alt wie Grace.

Ihre Worte klangen noch in seinem Ohr, als er das Bild an der Wand entdeckte, eine gerahmte Zeichnung, die gleich neben Phils Babybett hing. Die Zeichnung, die er Sarah vor fünfzehn Jahren geschenkt hatte. Sie beide, Sarah und er, auf der Terrasse seiner Wohnung.

Warum hängt unser Bild neben seinem Bett?

Als der Gedanke zu einer Erkenntnis wurde, langsam und zähflüssig, raste sein Herz immer schneller. In seinen Ohren rauschte das Blut.

Ist das wahr? Phil? Bin ich ...?

Er schaute von der Zeichnung zu Phil, sah ihn jetzt ganz anders an als zuvor. Dann traf sein Blick auf Sarah. Sie nickte, wortlos, und sagte damit alles.

Kapitel 83

Sie zitterte, als sie ihm Phil in den Arm legte. Sah ihm zu, wie er sein Kind durch den Raum trug, es liebevoll streichelte und es ungläubig immer wieder ansah. Phils Hände griffen nach seinem Gesicht, und als Josh ihn anlächelte, strahlte Phil zurück. Minutenlang wiegte Josh ihn in seinem Arm, hielt ihn wie einen zerbrechlichen Schatz sicher geborgen, bis das Kind eingeschlafen war. Er lachte und weinte zugleich. Dann blieb er stehen und sah sie an.

»Bin ich zu spät?«

»Nein«, sagte sie und küsste ihn voller Zärtlichkeit.

»Jetzt ist genau die richtige Zeit.«

Danke

Man sagt, das Schreiben sei eine einsame Tätigkeit. Ich habe das während der Entstehung von „Restsüße" überhaupt nicht so empfunden. Ohne die Hilfe anderer gäbe es dieses Buch nicht.

Mein erster Dank geht deshalb an meinen Mann. Flo, ich danke Dir für Deine Begeisterungsfähigkeit, die mir von Anfang an Flügel verlieh, die mir so oft Mut machte, wenn ich ins Zweifeln geriet und die mich immer wieder aufs Neue motivierte. Ich danke Dir für das Cover, die Titelfindung und für Deine unermüdliche Unterstützung dabei, „Restsüße" bekannt zu machen. Und natürlich danke ich Dir dafür, Dich schon so lange an meiner Seite zu haben. Ohne Dich wüsste ich nicht, wie groß die Liebe ist.

Ein großer Dank geht auch an meine Familie. Mama, Papa, Anja & Jochen: Jeder von Euch ist für mich ein Fels in der Brandung. Mich auf Eure Ehrlichkeit und Euren Humor verlassen zu können, ist für mich unschätzbar wertvoll. Beim Schreiben und im Leben.

Meinen Söhnen danke ich für ihre Geduld, die sie mit mir hatten, während „Restsüße" entstand. Ich bin superstolz auf Euch beide.

Danke auch an meine Lektorin Doro. Deine Tipps und Hinweise haben mir sehr geholfen! Mit Ausrufezeichen!

Ein besonders lieber Dank geht auch an Hajo Müller. Sich vor Deiner Kamera wohlzufühlen ist so herrlich leicht. Ich hätte mir für meine Autorenfotos keinen besseren Fotografen wünschen können.

Und danke an Dich, lieber Leser. Sich eine Geschichte auszudenken, ist nur der Anfang einer Reise, sie zu erzählen der längste Teil und damit unterhalten zu haben, das Ziel, das man erreichen möchte. Ich hoffe, das ist mir bei Dir gelungen.

Außerdem als E-Book und Taschenbuch erhältlich:

»Als die Elefanten kamen: Eine Liebesgeschichte«

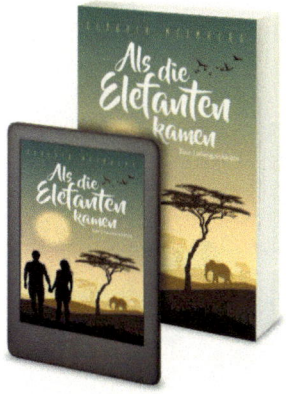

Eine bewegende Geschichte über den Mut, das eigene Glück zu leben.

> »Man sagt, dass Elefanten nie vergessen.«
> »Und woran möchtest du dich für immer erinnern?«
> »An die Tage mit dir. An uns.«

Zwei Menschen. Zwei feste Lebenspläne. Eine große Liebe.
In Köln steht Luisa kurz davor, die Werbeagentur ihrer Mutter zu übernehmen.
In Südafrika ist Marc stolz auf sein kleines Hotel am Kruger-Nationalpark.
Als sie sich während Luisas Urlaub kennenlernen, empfinden sie schnell eine ungewöhnliche Vertrautheit füreinander. Trotzdem sind sie sich sicher, dass aus ihrem Flirt nicht mehr werden kann. Zu wichtig sind ihre Verpflichtungen, zu groß die Distanz. Aber was, wenn Gefühle trotz allem unvergesslich sind?

»Bittersüße: Eine Liebesgeschichte«

Eine gefühlvolle Erzählung über die Liebe, Erwartungen und Enttäuschungen – und die Chancen, die in ihnen liegen.

»Die Liebe kommt, wenn man sie am wenigsten erwartet.«
»Sie geht aber auch genau dann.«

Heiraten – davon träumt die Kölner Floristin Annika schon ihr ganzes Leben. Doch ihr langjähriger Freund Ben macht ihr keinen Heiratsantrag – sondern trennt sich völlig überraschend von ihr. Verzweifelt beschließt Annika, um die Liebe ihres Lebens zu kämpfen. Nur, um Ben eifersüchtig zu machen, lässt sie sich auf eine unverbindliche Affäre mit dem Frauenschwarm Patrick ein.

Doch hält die Liebe sich an solche Pläne? Wie überzeugend wirkt Patrick, obwohl er nichts von festen Beziehungen hält? Und was braucht es, um einen Menschen zu ändern – und seine Träume?